AS AVENTURAS DE TOM SAWYER

O livro é a porta que se abre para a realização do homem.

Jair Lot Vieira

MARK TWAIN

As aventuras de Tom Sawyer

Tradução
Alexandre Sanches Camacho

Ilustrações
True Williams

VIALEITURA

Copyright da tradução e desta edição © 2016 by Edipro Edições Profissionais Ltda.

Título original: *The Adventures of Tom Sawyer*. Publicado originalmente nos Estados Unidos, em 1876, por The American Publishing Company. Traduzido a partir da primeira edição.

Todos os direitos reservados. Nenhuma parte deste livro poderá ser reproduzida ou transmitida de qualquer forma ou por quaisquer meios, eletrônicos ou mecânicos, incluindo fotocópia, gravação ou qualquer sistema de armazenamento e recuperação de informações, sem permissão por escrito do editor.

Grafia conforme o novo Acordo Ortográfico da Língua Portuguesa.

1ª edição, 1ª reimpressão 2024.

Editores: Jair Lot Vieira e Maíra Lot Vieira Micales
Produção editorial: Denise Gutierres Pessoa
Assistente editorial: Thiago Santos
Preparação: Marta Almeida de Sá
Revisão: Lucas Puntel Carrasco e Tatiana Tanaka
Tratamento de imagens: Karine Moreto Massoca e Kelly Adão
Editoração eletrônica: Estúdio Design do Livro
Capa: Marcela Badolatto | Studio Mandragora

Dados Internacionais de Catalogação na Publicação (CIP)
(Câmara Brasileira do Livro, SP, Brasil)

Twain, Mark, 1835-1910.

As aventuras de Tom Sawyer / Mark Twain ; tradução de Alexandre Sanches Camacho ; ilustrações de True Williams. – São Paulo : Via Leitura, 2016. – (Clássicos da Literatura Universal).

Título original: The Adventures of Tom Sawyer; 1ª ed. 1876.

ISBN 978-85-67097-27-5

1. Literatura infantojuvenil I. Título.

15-10778   CDD-028.5

Índices para catálogo sistemático:
1. Literatura infantojuvenil : 028.5
2. Literatura juvenil : 028.5

VIA LEITURA

São Paulo: (11) 3107-7050 • Bauru: (14) 3234-4121
www.vialeitura.com.br • edipro@edipro.com.br
@editoraedipro   @editoraedipro

*A minha esposa
este livro é afetuosamente dedicado.*

Sumário

Prefácio, 13

I. Eeeei, Tom – Tia Polly decide sobre seu dever – Tom pratica música – O desafio – Uma entrada privativa, 15

II. Fortes tentações – Movimentos estratégicos – Os inocentes enganados, 24

III. Tom como um general – Triunfo e recompensa – Felicidade lúgubre – Atos e omissões, 31

IV. Acrobacias mentais – Frequentando a escola dominical – O superintendente – Exibidos –Tom endeusado, 40

V. Um padre útil – Na igreja – O clímax, 51

VI. Autoexame – Odontologia – O charme da meia-noite – Bruxas e demônios – Abordagens cautelosas – Momentos felizes, 58

VII. Um trato foi firmado – Primeiras lições – Um erro cometido, 71

VIII. Tom decide sobre seu caminho – Velhas cenas reencenadas, 78

IX. Uma situação solene – Assuntos fúnebres são introduzidos – Injun Joe explica, 85

X. O juramento solene – O terror traz arrependimento – Punição mental, 93

XI. Muff Potter chega – A consciência de Tom trabalhando, 100

XII. Tom mostra sua generosidade – Tia Polly enfraquece, 106

XIII. Os jovens piratas – O ponto de encontro – Conversas ao pé do fogo, 112

XIV. A vida no acampamento – Uma sensação – Tom foge do acampamento, 120

XV. Tom explora – Descobre o que se passa – Relata tudo no acampamento, 127

XVI. Diversões de um dia – Tom revela um segredo – Os piratas aprendem uma lição – Uma surpresa noturna – Uma guerra de índios, *133*

XVII. Lembranças dos heróis desaparecidos – O motivo do segredo de Tom, *143*

XVIII. Os sentimentos de Tom são investigados – Um sonho maravilhoso – Becky Thatcher é ofuscada – Tom fica com ciúme – Vingança negra, *147*

XIX. Tom conta a verdade, *157*

XX. O dilema de Becky – A nobreza de Tom se confirma, *160*

XXI. Eloquência juvenil – As redações das garotas – Uma visão de alcance – A vingança dos garotos, *166*

XXII. A confiança de Tom é traída – Expectativa de punição, *174*

XXIII. Os amigos do velho Muff – Muff Potter no tribunal – Muff Potter é salvo, *178*

XXIV. Tom é o herói do vilarejo – Dias de esplendor e noites de horror – A perseguição de Injun Joe, *185*

XXV. Sobre reis e diamantes – Caça ao tesouro – Mortos e fantasmas, *187*

XXVI. A casa mal-assombrada –Fantasmas adormecidos – Uma caixa de ouro – Sorte amarga, *195*

XXVII. Dúvidas a esclarecer – Os jovens detetives, *204*

XXVIII. Uma tentativa no Número Dois – Huck monta guarda, *208*

XXIX. O piquenique – Huck no rastro de Injun Joe – O trabalho de "vingança" – Ajuda à viúva, *213*

XXX. Os relatos do velho galês – Huck interrogado – A história circulou – Uma nova sensação – A esperança dá lugar ao desespero, *222*

XXXI. Uma expedição de exploração – Começam os problemas – Perdidos na caverna – Escuridão total – Encontrados, mas não salvos, *233*

XXXII. Tom conta a história de sua fuga – O inimigo de Tom aprisionado, *244*

XXXIII. O destino de Injun Joe – Huck e Tom comparam anotações – Uma expedição à caverna – Proteção contra fantasmas – "Um lugar aconchegante e horroroso" – Recepção na casa da viúva Douglas, *249*

XXXIV. Um segredo vem à tona – A decepção do senhor Jones, *260*

XXXV. Uma nova ordem – Pobre Huck – Novas aventuras em planejamento, *264*

Conclusão, *271*

Prefácio

A maioria das aventuras descritas neste livro realmente aconteceu; uma ou duas aconteceram comigo mesmo, e as outras ocorreram com garotos que eram meus colegas de escola. Huck Finn veio da vida real; Tom Sawyer também, só que não de um único indivíduo – ele é uma combinação das personalidades de três garotos que conheci, portanto pertence à ordem composta da arquitetura.

As estranhas superstições mencionadas eram predominantes entre as crianças e os escravos do oeste dos Estados Unidos na época desta narrativa – ou seja, 30 ou 40 anos atrás.

Embora meu livro vise principalmente ao entretenimento de meninos e meninas, espero que não seja evitado por homens e mulheres por causa disso, já que parte do meu plano tem sido tentar lembrar aos adultos de forma prazerosa que eles já foram crianças, e como se sentiam e pensavam e falavam, e em que estranhas peripécias se envolviam às vezes.

O autor
Hartford, 1876

As Aventuras de Tom Sawyer

CAPÍTULO I.

"TOM!"

Sem resposta.
"TOM!"
Sem resposta.
"O que será que aconteceu com esse garoto? Ei, TOM!"
Sem resposta.

A velha senhora baixou os óculos e olhou por cima deles, procurando pela sala; depois ergueu-os e olhou novamente, agora por baixo. Ela raramente ou nunca olha *através* dos óculos para algo tão pequeno como um menino; na verdade, eles tinham uma função muito mais estética que operacional – ela conseguia enxergar até através de uma tampa de fogão, se fosse necessário. Por alguns instantes, a senhora pareceu perplexa, e depois gritou, sem raiva, mas em alto e bom som:

"Ai, se eu te pegar, eu vou..."

Ela não terminou a frase, pois já estava se ajoelhando e cutucando a parte de baixo da cama com uma vassoura e precisava tomar ar entre uma estocada e outra. Com exceção do gato, não atingiu nada.

"Nem sinal daquele moleque!"
A mulher caminhou até a porta, parou e pôs-se a olhar os tomateiros e as ervas daninhas que constituíam o jardim da casa. Nada de Tom. Ela então ergueu a voz para ser ouvida a longa distância, e dessa vez gritou ainda mais alto:
"Eeeei, *Tom*!"
Ouviu um leve ruído atrás de si e virou-se a tempo de ver o menino e capturá-lo em plena fuga.
"Peguei! Como não pensei na despensa? O que você estava fazendo lá?"
"Nada."
"Nada! Veja suas mãos. E a sua boca. O que é isso?"
"*Eu* não sei, tia."
"Mas *eu* sei. É geleia, é isso que é. Já lhe disse mais de quarenta vezes que, se mexesse na geleia, eu arrancaria sua pele. Dá aqui essa vareta."

A vareta que Tom usara para roubar a geleia voou pelo ar. Pressentindo o problema que estava por vir, Tom pensou rápido:
"Minha nossa! Tia, olha, atrás de você!"
A velha virou-se devagar, agarrando a saia por segurança. O garoto aproveitou o momento de distração, pulou pela cerca de madeira e desapareceu.
Tia Polly ficou parada, surpresa por alguns segundos, depois sorriu com ternura.
"Segure o menino! Você nunca aprende? Depois de tantas escapadas como essa, já devia estar preparada! Parece que, quanto mais velha, mais tola estou ficando. É difícil ensinar novos truques a um cão velho, é o que dizem. Mas ele nunca usa o mesmo

truque duas vezes seguidas. Como descobrir qual será o próximo? Ele parece saber o quanto pode me importunar. Antes que eu chegue ao meu limite, ele escapa por alguns minutos, ou me faz rir, e eu nunca consigo pegá-lo de jeito. Está difícil cumprir minha obrigação e educar esse menino, mas Deus sabe que estou tentando! 'Poupe a vara e estragará a criança', diz a Bíblia. Assim acabo colocando o pecado e o sofrimento em nosso destino. Ele é terrível e merece um bom castigo, mas, por nosso Senhor, ele é o filho de minha falecida irmã, coitadinho! Como posso puni-lo? Quando deixo que ele fuja, minha consciência não fica em paz, mas quando consigo dar-lhe umas palmadas meu coração é que se parte. O livro sagrado diz que assim que um homem nasce começam a surgir os problemas em sua vida. Acredito nisso. Ele vai gazetear hoje, e amanhã terei que castigá-lo fazendo-o trabalhar. É muito difícil fazê-lo trabalhar aos sábados, enquanto todos os outros garotos estão se divertindo; e ele odeia trabalhar mais que tudo nesta vida. Assim, cumpro parte de minha obrigação com o menino. Se não fizer isso, vou arruinar sua educação."

Tom realmente faltou à aula, e se divertiu a valer. Chegou em casa pouco antes do jantar, a tempo de ajudar Jim, o negrinho, a serrar a lenha e preparar os gravetos para o dia seguinte. Na verdade, ele ficou contando suas aventuras para Jim, enquanto este fazia quase todo o trabalho. O irmão mais novo de Tom (ou melhor, meio-irmão), Sid, já havia cumprido sua parte do trabalho (coletar gravetos e lascas). Era um garoto calmo, não vivia aventuras nem aprontava travessuras.

Durante o jantar, Tom roubava torrões de açúcar sem ninguém perceber, enquanto tia Polly o interrogava com perguntas profundas e maliciosas – queria fazê-lo revelar algo comprometedor. Como muitas outras pessoas de alma simples, ela inocentemente acreditava que tinha um talento especial para a diplomacia obscura e manipuladora, e adorava enxergar seus estratagemas mais transparentes como verdadeiros prodígios do ardil. Ela disse:

"Tom, fez muito calor hoje na escola?"

"Sim, tia."

"Quente demais, não é?"

"Sim, tia."

"Nesses dias, você não sente vontade de nadar?"

Tom ficou assustado e pôde notar uma incômoda suspeita. Ele olhou para tia Polly, mas sua expressão era neutra. Então respondeu: "Não, tia, não muito."

A senhora estendeu a mão e tocou a camisa de Tom, dizendo: "Mas você não parece estar sentindo muito calor agora" – ela ficou satisfeita ao notar que descobrira que a camisa do garoto estava seca sem que ninguém percebesse sua discreta manobra investigativa. Mas na verdade Tom percebeu o truque. E então previu qual seria o próximo movimento:

"Eu e mais alguns garotos jogamos água da bomba na cabeça. Veja como a minha ainda está molhada!"

Tia Polly envergonhou-se ao perceber que tinha deixado de notar aquela evidência circunstancial e perdido a chance de usar mais um truque investigativo. Mas logo teve nova inspiração:

"Tom, para jogar água da bomba em sua cabeça, você precisaria desfazer a costura que fiz na gola de sua camisa, não é? Tire já a jaqueta!"

Sem parecer preocupado, Tom abriu a jaqueta. A gola da camisa estava perfeitamente costurada.

"Que pecado, o meu! Pode sair agora. E eu aqui pensando que você faltou à aula para ir nadar. Perdoe-me, Tom. Reconheço que, pelo menos desta vez, você foi melhor do que parecia ser."

Ela estava um tanto desapontada com a falha cometida em sua sagaz investigação, mas também outro tanto lisonjeada pela rara conduta obediente de Tom.

Todavia Sidney percebeu algo:

"Tive a impressão de que você havia costurado a gola dele com linha branca, mas agora vejo que era preta."

"Mas eu usei linha branca! Tom!"

Tom não esperou o desfecho da história. Enquanto saía às pressas pela porta, ainda teve tempo de dizer:

"Siddy, eu te pego por essa!"

Depois de encontrar um lugar seguro, Tom examinou as duas grandes agulhas trespassadas na lapela da jaqueta, ainda tinham as linhas amarradas a elas. Uma linha era preta; a outra, branca. Ele disse:

"Ela nunca teria percebido se não fosse pelo comentário do Sid. Ela sempre se confunde! Algumas vezes usa linha branca; outras, linha preta. Se ao menos escolhesse uma das duas e ficasse só com ela! Ficaria mais fácil me lembrar. Mas é certo que darei a Sid uma lição por seu comentário!"

Naturalmente ele não era o menino exemplar do vilarejo. Porém sabia perfeitamente quem era esse menino – e o odiava.

Depois de dois minutos ou menos, Tom já esquecera todos os seus problemas. Não porque eles fossem menores ou menos amargos que os de qualquer homem comum, mas sim porque algo novo e interessante chamou sua atenção e mudou o foco de sua mente por alguns momentos – exatamente como quando as desgraças de um homem são esquecidas em decorrência da excitação causada por novos acontecimentos. Esse novo interesse era um método de assobio que um preto lhe ensinara e que ele estava ansioso por praticar sem ser incomodado. O som era muito peculiar, semelhante ao de um pássaro com um gorjeio fluido, produzido pelo toque da língua no céu da boca a pequenos intervalos durante o curso da música – o leitor deve lembrar como se faz, se alguma vez já foi criança. Com perseverança e atenção, Tom logo pegou o jeito, e saiu pela rua com a harmonia entre os lábios e a alma cheia de gratidão. Estava se sentindo como um astrônomo que acaba de descobrir um novo planeta – e é bem possível que tivesse um prazer mais intenso e profundo que o do astrônomo.

As tardes de verão eram longas. Ainda não estava escuro. Tom continuava a assobiar. Um estranho vinha cruzando seu caminho – um garoto um pouco mais alto que ele. Um forasteiro de qualquer idade ou sexo significava uma grande novidade no pequeno e malcuidado vilarejo de São Petersburgo. Além disso, o garoto estava bem-vestido. Bem-vestido num dia de semana: aquilo era impressionante! O chapéu era impecável, o colete azul fechado com botões era novo e elegante, assim como as belas calças. Estava usando sapatos – e ainda era sexta-feira. Até gravata ele usava, feita de fita brilhante. Tinha uma aparência urbana que irritava Tom. Quanto mais ele encarava o esplendor do garoto, mais esnobe parecia. E as próprias roupas de Tom pareciam cada vez mais sujas e simples. Nenhum deles falava. Quando um se movimentava, o outro fazia o mesmo – mas na direção contrária; depois andaram em círculos, até que ficaram face a face, olho no olho. Tom finalmente disse:

"Se eu quiser, posso te dar uma surra!"
"Quero ver você tentar."
"Se quiser, posso sim."
"Não pode não."
"Sim, eu posso."
"Não, não pode."
"Posso."
"Não pode."
"Posso!"
"Não pode!"

Depois de uma pausa constrangedora, Tom disse:
"Qual o seu nome?"
"Não te interessa. Não vou dizer."
"Interessa sim! E se quiser, faço você dizer!"
"E por que você não tenta?"
"Continua falando que eu faço!"
"Falo, falo, falo. Assim está bom?"
"Ah, você se acha esperto, não é? Posso te dar uma surra com uma mão amarrada, se quiser."
"E por que você não dá? Você só fala."
"Continua brincando que eu dou mesmo."
"Ah, sim. Já ouvi essa história diversas vezes."

"Espertalhão! Você está se achando muito bom com esse seu boné, não é?"

"Você pode tirar ele de mim, se não gosta. Desafio você ou qualquer um a fazer isso! E quem tentar vai apanhar!"

"Mentiroso!"

"Você é que é!"

"Você é mentiroso e briguento! E não cumpre o que promete!"

"Ah, vai andar!"

"Continua com esse papo furado que eu jogo uma pedra na sua cabeça!"

"Ah, *claro*, vai jogar sim."

"Jogo *sim*!"

"Então por que você não joga? Você continua falando, mas não faz nada! Deve ser porque está com medo."

"Não estou com medo."

"Está sim."

"Não estou."

"Está."

Outra pausa, e novamente os garotos se encararam e começaram a andar em círculos. Quando ficaram de ombros colados, Tom disse:

"Sai daqui!"

"Sai você!"

"Eu não saio."

"Eu também não."

Os dois ficaram. Os pés em posição de combate, ombros em contato empurrando o rival, o olhar cheio de ódio. Contudo nenhum dos dois conseguia obter vantagem. Depois de muito esforço, ambos relaxaram, sem deixar de fitar atentamente o rival. Tom disse:

"Você parece um cachorrinho covarde. Vou falar de você para meu irmão mais velho, ele vai te esmagar com o dedo mindinho, é só eu pedir."

"Não ligo para seu irmão mais velho! Tenho um irmão maior que o seu, e ele pode jogar você por cima daquela cerca." (Os dois irmãos eram imaginários.)

"É mentira."

"Você bem queria que fosse mentira."

Tom passou o dedão do pé na terra e desenhou uma linha, dizendo: "Desafio você a cruzar esta linha. Se cruzar, vou te bater até você não conseguir se levantar. E se mais alguém cruzar a linha, leva uma surra também."

O forasteiro passou por cima da linha imediatamente, e disse: "Você lançou o desafio, agora quero ver se cumpre."

"Acho melhor você sair daqui e tomar cuidado."

"Não disse que iria me bater? Por que não bate?"

"Bato em você até por dois centavos."

O garoto sacou duas moedas do bolso e jogou ali com desdém. Tom pegou e logo jogou no chão. Imediatamente, os dois meninos se agarraram e rolaram na terra, atracados como gatos; por cerca de um minuto, lutaram, puxaram cabelos, rasgaram roupas, se socaram e arranharam, ficando cobertos de poeira e glória. Depois de algum tempo, a nuvem de poeira baixou e Tom surgiu sentado sobre o outro garoto, batendo nele com os punhos cerrados.

"Toma essa!", dizia.

O garoto fazia força para tentar escapar. Ele chorava de raiva.

"E toma mais uma!", a sova continuava.

Quando o forasteiro finalmente escapou, teve tempo apenas de dizer "Chega!". Tom deixou que levantasse, emendando:

"Espero que tenha aprendido. Veja com quem está lidando da próxima vez."

O garoto se afastou tirando a poeira das roupas, soluçando, fungando e balançando a cabeça de forma desafiadora, insinuando que da próxima vez pegaria Tom de jeito. Tom fez pouco da ameaça, deu meia-volta e seguiu seu caminho orgulhoso. No entanto, assim que virou as costas, o garoto pegou uma pedra e atirou, atingindo Tom entre os ombros, depois voltou-se rapidamente e começou a correr como um antílope. Tom o perseguiu até sua casa, e assim descobriu onde ele morava. Permaneceu em frente ao portão da casa por algum tempo, desafiando o rival a sair novamente. Porém o inimigo apenas

fez caretas pela janela, negando-se a sair. Por fim a mãe do garoto apareceu, chamou Tom de maldoso, depravado e sem educação e o mandou ir embora. Ele foi, mas prometeu vingar-se do forasteiro.

Tom chegou em casa tarde. Depois de escalar cuidadosamente a janela, descobriu que a tia o esperava em uma emboscada; quando ela viu o estado de suas roupas, teve certeza absoluta de que o castigo de trabalhar no sábado era mais que merecido.

CAPÍTULO II.

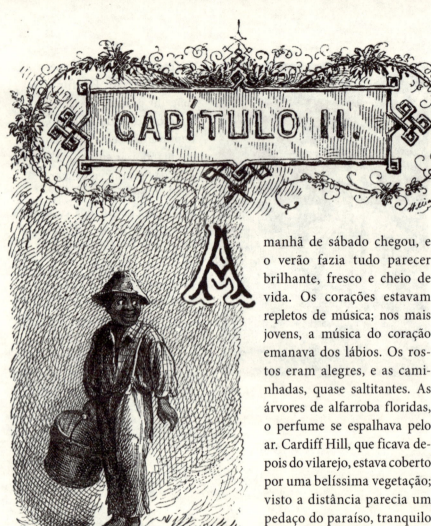

A manhã de sábado chegou, e o verão fazia tudo parecer brilhante, fresco e cheio de vida. Os corações estavam repletos de música; nos mais jovens, a música do coração emanava dos lábios. Os rostos eram alegres, e as caminhadas, quase saltitantes. As árvores de alfarroba floridas, o perfume se espalhava pelo ar. Cardiff Hill, que ficava depois do vilarejo, estava coberto por uma belíssima vegetação; visto a distância parecia um pedaço do paraíso, tranquilo e convidativo.

Tom veio pela calçada, carregando um balde com cal para caiar e um grande pincel. Depois de analisar a cerca que teria que caiar, toda a sua felicidade desapareceu, e uma grande melancolia tomou conta de sua alma. Quase trinta metros de cerca, mais de dois metros de altura. A vida parecia sem sentido, a existência era uma desgraça. Suspirando, mergulhou o pincel e começou a passar na parte de cima da cerca; repetiu a operação uma vez, depois outra; parou e comparou a insignificante parte coberta de cal branca com a imensidão quase infinita que ainda precisava ser caiada.

Sentou desanimado em um tronco de árvore. Jim veio chegando de longe, cantarolando e carregando um balde de lata. Buscar água da bomba na cidade nunca fora uma tarefa agradável para Tom, mas naquela situação ele mudara de opinião. Lembrou que sempre havia muita gente por lá: meninos e meninas brancos, mulatos, pretos. Todos descansando, brincando e lutando enquanto esperavam sua vez. Lembrou também que, apesar de a bomba estar a cerca de cento e quarenta metros de distância, Jim nunca demorava menos de uma hora para trazer a água – e em muitas ocasiões alguém tinha de ir buscá-lo. Tom então disse:

"Jim, eu busco a água enquanto você caia a cerca."

Jim chacoalhou a cabeça, dizendo:

"Não posso, mestre Tom. A velha me mandou buscar água e não dar assunto para ninguém. Ela disse que o mestre Tom ia falar para eu caiar, e ela disse para eu cuidar do meu trabalho e seguir em frente, que ela cuidava do trabalho de caiar a cerca."

"Não se preocupe com o que ela disse, Jim. Ela sempre fala coisas desse tipo. Dá o balde... eu não demoro nem um minuto. Ela nunca vai descobrir."

"Não posso, mestre Tom. A velha disse que vai cortar minha cabeça. E ela vai cortar mesmo!"

"Ela? Ela não machuca ninguém. No máximo, bate com o dedal em nossa cabeça. Não há com que se preocupar. Ela ameaça muito, mas só fica na ameaça. Jim, eu te dou um presente, te dou uma bola de gude branca!"

Jim começou a hesitar.

"Bola branca, leitosa, Jim! E é das boas!"

"Minha nossa, deve ser maravilhosa! Mas eu tenho muito medo da velha, mestre Tom."

"Se você aceitar, ainda te mostro meu dedo do pé machucado."

Jim não conseguiu resistir à tentação. Colocou o balde no chão, apanhou a bola de gude e agachou para ver o dedão enquanto Tom tirava a bandagem. Porém, no momento seguinte, o garoto descia a rua às carreiras com o balde de lata, Tom voltara a caiar a cerca com vigor, e tia Polly observava o desfecho da ação com um chinelo na mão e um olhar triunfante.

Mas a energia de Tom durou pouco. Ele começou a pensar em toda a diversão que planejara para seu dia, e seu pesar aumentou. Em pouco tempo os demais garotos estariam voltando de suas deliciosas aventuras, e não perderiam a chance de zombar dele por ter de ficar trabalhando – o simples fato de pensar nisso deixava-o enlouquecido. Juntou em suas mãos toda a fortuna que tinha consigo e examinou: pedaços de brinquedo, bolas de gude e lixo; era o suficiente para convencer alguém a trabalhar em seu lugar, mas não por mais de meia hora. Então devolveu os itens ao bolso e desistiu da ideia de tentar corromper os colegas. No entanto, em meio à tristeza e ao desânimo, surgiu uma inspiração! Uma inspiração grandiosa e magnífica.

Ele pegou o pincel e voltou a trabalhar tranquilamente. Ben Rogers logo apareceu por lá – justamente o garoto cuja zombaria ele mais temia. Ben caminhava alegre e saltitante, indicando claramente que estava animado e que ansiava por zombar de Tom. Ele estava comendo uma maçã enquanto fazia sons de chaminé e de motor, imitando um barco a vapor. Ao se aproximar, reduziu a velocidade, parou no meio da rua, fez uma ampla curva a estibordo e girou lentamente, com pompa e circunstância – estava personificando o barco *Big Missouri* navegando em águas profundas. Era uma combinação de barco, capitão e apitos de motores, e se imaginava dentro de seu deque, dando as ordens e executando-as:

"Pare, senhor! Tim-tim-tim!" A rota do barco estava quase terminando, e ele caminhou lentamente pela calçada.

"Barco para trás! Tim-tim-tim!" Seus braços estavam esticados e firmes, junto ao corpo.

"Recuem para estibordo! Tim-tim-tim! Chow! Ch-chow-wow! Chow!" O braço direito agora fazia grandes círculos; era a imensa roda de doze metros de altura.

"Deixem o barco recuar para bombordo! Tim-tim-tim! Chow-ch--chow-chow!" E agora o braço esquerdo fazia círculos.

"Parem a estibordo! Tim-tim-tim! Parem a bombordo! Avancem a estibordo! Parem! Deixem que ele gire! Tim-tim-tim! Chow-ow-ow! Saiam da linha, rápido, agora! Continuem saindo, está quase lá! Girem e aproximem a corda daquele tronco! Encostem e deixem seguir! Desliguem os motores! Tim-tim-tim! *Sh't! S'h't! Sh't!*" (Era o barulho do maquinário desligando.)

Tom continuava a caiar, sem prestar atenção no barco a vapor. Ben fitou-o por um momento e disse:

"Olá! Está encrencado, não é?"

Sem resposta. Tom analisou as últimas pinceladas, com jeito de artista, depois deu mais uma leve pincelada e novamente analisou o resultado. Ben colocou--se a seu lado. A boca de Tom chegou a salivar pela maçã, mas ele continuou concentrado no trabalho. Ben disse:

"Oi, meu camarada! Teve que trabalhar, não é?"

Tom virou e respondeu:

"Ah, é você, Ben! Não tinha percebido."

"Olha, estou indo nadar agora. Aposto que você gostaria de vir também, não é? Mas pelo visto você ainda tem muito trabalho a fazer. É, muito trabalho."

Tom encarou o garoto por alguns momentos e disse:

"O que você quer dizer com trabalho?"

"Isso! Não é trabalho?"

Tom parou de caiar a cerca e respondeu calmamente:

"Bom, talvez sim, talvez não. O que sei é que agrada a Tom Sawyer."

"Ah, espere um pouco. Você está me dizendo que gosta de fazer isso?"

E o pincel continuava em movimento.

"Se eu gosto? Não há motivo para não gostar. Uma chance de caiar a cerca não aparece todo dia."

Agora a situação tinha outra perspectiva. Ben parou de mordiscar sua maçã. Tom continuava a pincelar para cima e para baixo, afastava-se para ver o resultado, dava um retoque aqui e acolá, analisava a mudança. Ben observava cada movimento e ficava cada vez mais interessado, mais compenetrado. Finalmente disse:

"Ei, Tom, deixa eu caiar um pouco."

Tom pensou por um instante, quase concordou, mas mudou de ideia:

"Não, Ben, melhor não. Tia Polly preza muito a cerca que fica de frente para a rua. Se fosse a dos fundos eu não me importaria, tampouco minha tia. Mas ela tem um cuidado especial com esta cerca; ela tem de ser caiada com cuidado. Acho que não existe um garoto sequer que seja capaz de caiar da forma como deve ser feito."

"É mesmo? Ah, vamos lá, deixa eu tentar. Só um pouco! Se fosse eu em seu lugar, eu deixaria, Tom."

"Ben, eu adoraria deixar você tentar um pouco, mas a tia Polly... Veja só, Jim também queria caiar, mas ela não autorizou; Sid também se ofereceu, mas ela não permitiu. Agora você entende a minha situação? Se eu deixo você caiar e alguma coisa dá errado..."

"Deixa disso! Eu tomo cuidado. Deixa eu tentar. Se você deixar, te dou um pedaço da minha maçã."

"Tá bom, eu deixo. Não, Ben, melhor não, eu tenho medo."

"Te dou toda a minha maçã!"

Tom entregou o pincel parecendo ainda relutante, mas no íntimo estava alegre. Enquanto o capitão do barco *Big Missouri* trabalhava e suava sob o sol, o artista descansava sentado em um barril à sombra, esticando as pernas e saboreando sua maçã, planejando arrebanhar novas vítimas para seu trabalho. E de fato não faltaram voluntários. Os garotos chegavam para zombar, mas acabavam caiando a cerca. Quando Ben se cansou, Tom deu a Billy Fisher a oportunidade de caiar, e ele em troca lhe deu uma pipa; quando este se cansou, Johnny Miller o substituiu, dando de presente a Tom um rato morto pendurado numa linha – e assim por diante, por horas a fio. E no meio da tarde, diferentemente do pobretão que era de manhã, Tom estava literalmente nadando na riqueza. Além do que já carregava no bolso, tinha agora doze bolas de gude, parte de uma harpa de boca, um pedaço de garrafa azul que servia de lente, um carretel de linha, uma chave que não destrancava nenhuma porta, um pedaço de giz, um tampão para decânter, um soldado de lata, um casal de girinos, seis rojões, um gatinho caolho, uma maçaneta, uma coleira, um cabo de faca, quatro cascas de laranja e um pedaço de esquadria de janela.

Tom se divertiu muito com seus companheiros, e a cerca estava agora coberta por três camadas de cal! Se a cal não tivesse acabado, no fim ele levaria os colegas à falência.

Depois de tudo isso, a vida parecia ter algum sentido para Tom, afinal. Ele descobrira sem querer uma das grandes leis sobre a ação humana – para fazer uma pessoa cobiçar alguma coisa, é preciso fazer que essa coisa seja difícil de conseguir. E se ele fosse um grande filósofo, assim como o escritor deste livro, chegaria à conclusão de que o trabalho consiste em qualquer coisa que somos *obrigados* a fazer, e a diversão é o que não é obrigatório. E isso o ajudaria a entender

que fabricar enfeites de flores, ou mover um moinho, é trabalho, enquanto jogar boliche, ou escalar o Mont Blanc, é diversão. Há senhores ricos na Inglaterra que estariam dispostos a guiar uma carruagem de quatro cavalos por quarenta ou cinquenta quilômetros, durante um dia inteiro, no meio do verão, somente por ser uma diversão que custa muito dinheiro; mas se recebessem um salário para desempenhar tal função, isso se tornaria um trabalho, e eles não o fariam.

O garoto refletiu com satisfação sobre as mudanças substanciais que ocorreram em seu mundo e seguiu rumo a seu quartel-general para fazer um relatório sobre as descobertas.

CAPÍTULO III

Tom apresentou-se para tia Polly, que estava sentada perto de uma janela aberta em um agradável cômodo que servia como quarto, sala de café da manhã, sala de jantar e biblioteca, todos combinados. O ar quente do verão, o sossego, o aroma das flores e o zumbido das abelhas tinham um efeito relaxante, e ela meneava a cabeça por sobre o tricô – já que não tinha companhia a não ser o gato, que dormia em seu colo. Os óculos estavam escorados na cabeça grisalha, por segurança. Ela pensara que, obviamente, Tom já havia abandonado o trabalho há muito tempo, por isso ficou surpresa ao vê-lo ali tão próximo, colocando-se de maneira intrépida. Ele disse: "Posso ir brincar agora, tia?".

"Mas já? Quanto você fez?"

"Já terminei, tia."

"Tom, não minta para mim, eu não suporto isso."

"Não é mentira, tia. Já terminei."

Tia Polly não acreditou no que ouviu. Saiu para ver com os próprios olhos, e ficaria feliz se vinte por cento do trabalho estivesse concluído. Quando viu que toda a cerca estava pronta, visivelmente com mais de uma camada de cal, e até o chão tinha recebido uma faixa branca, ficou boquiaberta. Disse:

"Que surpresa! Não há como negar que quando você quer trabalha muito bem, Tom." E complementou o elogio: "Mas é muito raro você querer, devo dizer. Está bem, vá brincar agora; mas não demore, senão lhe dou uma surra".

Ela estava tão satisfeita com o resultado do trabalho que levou o garoto até a despensa, apanhou uma maçã e deu a ele, aproveitando a ocasião para proferir algumas palavras sobre o valor e o sabor especial que tem um presente quando ele é dado em troca de um esforço verdadeiro, livre de pecados. E enquanto ela finalizava seus dizeres com alguma citação sagrada, ele discretamente roubava uma rosquinha.

Tom então foi saindo ligeiro e viu Sid, que acabava de passar em direção às escadas do lado de fora, que levavam aos quartos do andar superior. Havia alguns pedregulhos no chão, e em poucos segundos eles estavam viajando pelo ar, atingindo Sid como uma pancada de chuva; antes que tia Polly pudesse se recuperar de seu estado de surpresa e corresse para acudir Sid, seis ou sete pedras atingiram o alvo e Tom já havia pulado a cerca e fugido. Havia um portão, mas era raro que ele o usasse, pois estava sempre com pressa. Sua alma agora estava tranquila, acertara as contas com Sid por ele ter alertado sua tia sobre a linha preta, metendo-o em encrenca.

Tom caminhou algumas quadras e acabou chegando a um beco lamacento que levava aos fundos do estábulo da propriedade de sua tia. Agora ele já se livrara de qualquer risco de ser pego ou castigado, então apressou-se em direção à praça do vilarejo, onde duas "companhias militares" de garotos tinham combinado antes um confronto. Tom era o general de uma delas, e Joe Harper (um amigo do peito) era o general da outra. Esses dois grandes comandantes não entravam pessoalmente na briga – essa função era atribuída aos de patente pequena – e ficavam sentados em uma posição privilegiada, dando ordens aos ajudantes. O exército de Tom conquistou uma honrosa vitória após longa e dura batalha. Depois disso contaram-se os mortos, devolveram-se prisioneiros e estabeleceram-se os termos para o próximo – e necessário – combate. Tom então voltou para casa.

Ao passar pela casa de Jeff Thatcher, avistou uma garota diferente no jardim – uma belezinha de olhos azuis, com cabelos loiros divididos em duas tranças e um vestido branco de verão e calças bordadas. O recém-coroado herói sentiu-se impotente. Amy Lawrence, uma antiga paixão, desapareceu rapidamente de seu coração sem deixar sequer lembrança. Ele achava que a amava incondicionalmente, que era apaixonado e a adorava; mas então percebeu que aquilo era só um flerte. Demorou vários meses para conquistá-la, ela mesma confessou. E se sentiu o menino mais feliz e orgulhoso do mundo durante sete curtos dias; e agora, de uma hora para outra, ela desaparecia de seu coração assim, como um estranho qualquer que passa rapidamente por sua vida.

Ele venerou sua nova princesa com olhos furtivos, até perceber que ela o tinha visto; então fingiu que não notara sua presença antes e começou a se exibir de todas as maneiras que um garoto podia imaginar, tentando atrair sua atenção. Por algum tempo, ele continuou com suas palhaçadas; mas, enquanto executava um perigoso movimento de ginástica, olhou para o lado e percebeu que a garota estava entrando em casa. Tom debruçou-se na cerca da casa e inclinou o corpo, aflito, na esperança de que ela pudesse ficar por lá mais um pouco. Ela parou por um instante antes de subir as escadas, mas depois caminhou em direção à porta. Tom suspirou fundo vendo-a adentrar a casa. Mas segundos depois seu rosto se alegrou outra vez: a garota lançou uma flor, um amor-perfeito, na sua direção antes de desaparecer.

O garoto correu e parou a meio metro de distância de onde pousara a flor; em seguida colocou a mão sobre os olhos, como se estivesse avistando algo interessante no fim da rua. Pegou um canudo e começou a equilibrá-lo no nariz, com a cabeça voltada para cima, se movimentando de um lado para outro, até se aproximar do amor-perfeito e finalmente pousar o pé sobre ele. Com seus habilidosos dedos do pé, ele pegou a flor e saiu saltitando até dobrar a esquina. Depois percebeu que podia pendurar a flor na parte de dentro da jaqueta, perto do coração, ou do estômago, talvez, já que sabia muito pouco de anatomia, mas isso não o preocupava agora.

Ele voltou à casa da garota e ficou junto da cerca até escurecer, exibindo seus talentos, como antes; mas ela não apareceu mais. Tom se consolava com a esperança de que ela estivesse sentada perto da janela, dando a devida atenção a seus malabarismos. Por fim decidiu ir para casa, relutante, com a cabeça cheia de pensamentos.

Durante o jantar, mostrou-se muito feliz, a ponto de deixar a tia curiosa para saber o que motivara tanta alegria. Ele levou uma baita bronca por ter atirado pedras em Sid, mas não pareceu nem um pouco chateado. Tom tentou roubar torrões de açúcar diante dos olhos da tia, por isso tomou um tapa na mão. Então disse:

"Tia, você não bate no Sid quando ele pega torrões de açúcar."

"Ele não me perturba o tempo todo, como você. Se eu não te vigiasse, você pegaria açúcar o tempo todo."

Tia Polly saiu para a cozinha, e Sid, feliz com sua imunidade, esticou o braço em direção ao pote de açúcar – aquilo significava uma derrota insuportável para Tom. No entanto os dedos de Sid escorregaram, o pote caiu no chão e quebrou. Tom ficou em êxtase, mas soube controlar a língua e se manteve em silêncio. Ficou pensando que não pronunciaria uma palavra sequer, nem mesmo quando sua tia chegasse, e ficaria sentado esperando que ela perguntasse quem havia quebrado o pote; aí sim ele falaria, e não haveria nada melhor no mundo do que observar o bom garoto levar a merecida bronca.

Ele estava tão animado com a situação que quase não percebeu quando a velha voltou e parou em pé em frente ao pote quebrado, o olhar raivoso sob os óculos. Tom pensou: "É agora!".

Contudo, no instante seguinte estava estirado no chão! A potente mão da tia já vinha pronta para desferir o segundo golpe, quando Tom gritou:

"Espera aí, por que está me batendo? Foi o Sid que quebrou o pote!"

Tia Polly parou, perplexa, e Tom ficou à espera de um ato de comoção. Mas a tia disse apenas:

"Humpf. Tenho certeza de que o tapa não foi em vão. Você já aprontou muitas outras coisas na minha ausência. Estou certa de que fez por merecer."

Sua consciência pesou, e ela desejou dizer algo gentil e amável; mas depois pensou que isso constituiria uma confissão, por isso achou melhor não falar nada. Ficou em silêncio e foi cuidar de seus afazeres com o coração pesado. Tom ficou amuado em um canto, pensando em sua desgraça. Ele sabia que a tia estava arrependida, e isso era de certa forma gratificante. No entanto, ele não deixava isso transparecer para ela. Podia sentir o olhar cheio de lágrimas vindo em sua direção, mas não reconhecia aquilo como pedido de desculpas. Tom se imaginava deitado em seu leito de morte com a tia ao lado, suplicando uma palavra de perdão; ele virava o rosto para a parede e morria sem pronunciar uma palavra sequer. Ah, como será que ela se sentiria? Depois, imaginava-se sendo trazido do rio para casa, morto, os cabelos cacheados molhados, o coração ferido enfim descansando. Imaginava como ela se atiraria sobre seu corpo, chorando sem parar, rezando para Deus devolver seu menino, jurando que nunca mais encostaria um dedo nele! Mas ele ficaria deitado, estático e pálido, sem esboçar nenhuma reação – um pobre sofredor que por fim descansava em paz.

Tom continuou mergulhado nesses pensamentos, vendo-se obrigado a engolir o choro para não engasgar, com os olhos molhados, derramando lágrimas que escorriam até a ponta do nariz cada vez que ele piscava. E tão sublime era esse processo de pesar que ele não podia permitir sequer uma faísca de alegria ou gratidão em sua alma; era um sofrimento sagrado; tanto que quando sua prima Mary entrou saltitante, feliz por estar de volta em casa depois de um passeio de uma semana pelo campo, ele se levantou e levou as nuvens negras por uma porta enquanto ela trazia música e luz do sol por outra.

Tom vagou por locais distantes daqueles em que costumava encontrar os amigos, e procurou lugares tristes, que estivessem em harmonia com seu estado de espírito. Avistou uma canoa no rio, sentou-se na borda da embarcação, contemplando a vasta correnteza, desejando morrer afogado, perder a consciência rapidamente, sem ter de passar pelos sofrimentos da vida cotidiana. Então se lembrou de sua flor. Retirou-a do bolso. Estava amassada e murcha. Isso só aumentou sua sublime tristeza. Perguntou a si mesmo se a garota ficaria com pena dele se soubesse. Se choraria, desejando poder enlaçar seu pescoço com os braços para confortá-lo. Ou se simplesmente, com frieza, ignoraria o fato, assim como todo o resto. Essa imagem, que ele mesmo projetou, trouxe-lhe um sofrimento tão prazeroso que sua mente passou a refazer a cena diversas vezes, com perspectivas e cenários diferentes, até que a dor se tornou quase insuportável. Finalmente ele se levantou, suspirando, e voltou a caminhar na escuridão.

Por volta de nove e meia, dez horas, ele chegou à rua deserta onde morava a adorada desconhecida; ficou parado por alguns instantes; seus ouvidos atentos não perceberam nenhum som; uma vela bruxuleava por trás da cortina no segundo andar. Será que ela estava lá? Tom pulou a cerca, caminhou com dificuldade por entre as plantas, até colocar-se debaixo da janela; ficou ali a observá-la, emocionado, por algum tempo; depois se deitou no chão, segurando a flor murcha e amassada

sobre o peito. Morreria assim – ao relento, no frio, sem abrigo para sua pobre pessoa, sem uma mão amiga para limpá-lo e dar-lhe dignidade, sem ninguém para chorar por sua alma. Ela o veria lá quando abrisse a janela na manhã seguinte. Será que derramaria ao menos uma lágrima por aquele pobre garoto? Será que suspiraria ao ver uma vida tão jovem e brilhante ser repentinamente abreviada?

A janela se abriu, a voz da empregada da casa interrompeu a calma sagrada daquele momento, e um jorro d'água acertou em cheio os restos mortais do pobre mártir!

O bravo herói levantou-se resmungando. Um projétil foi lançado ao ar, acompanhado do murmúrio de um xingamento. Depois ouviu-se o som de vidro quebrando, e um pequeno e indefinido vulto passou por cima da cerca e sumiu na escuridão.

Pouco tempo depois, Tom já estava pronto para se deitar, examinando suas roupas encharcadas sob a luz fraca, quando Sid acordou; mas, se este teve qualquer pensamento de conversar sobre o que havia ocorrido horas antes, desistiu e voltou a dormir ao notar o olhar ameaçador de Tom.

Tom virou para o outro lado e dormiu sem fazer as orações. Sid percebeu, e apenas anotou mentalmente aquela omissão.

CAPÍTULO IV.

sol raiou, trazendo tranquilidade ao mundo, e iluminou o pacífico vilarejo, como uma bênção. Depois do café da manhã, tia Polly reuniu a família para orar: iniciou com uma reza estruturada com base em citações da Bíblia, conectadas por meio de interpretações de sua autoria, e finalizou de maneira grandiosa com um capítulo austero do Velho Testamento, sobre o Sinai.

Tom então foi selecionar seus versículos para memorizar, como era costume na família. Sid já havia escolhido e decorado os seus. Tom concentrou suas energias na memorização de cinco versículos; escolhera o "Sermão da Montanha", simplesmente porque não conseguira encontrar outros versículos menores. Após meia hora, tinha apenas uma vaga ideia do que deveria dizer, pois sua mente ficara absorta em questões da humanidade enquanto suas mãos brincavam com outra coisa qualquer. Mary pegou o livro de Tom para ouvi-lo recitar, e ele tentava encontrar as palavras perdidas em algum lugar de sua cabeça:

"Bem-aventurados os, os, os..."

"Pobres."
"Sim, os pobres; bem-aventurados os pobres... pobres..."
"De espírito."
"De espírito; bem-aventurados os pobres de espírito, porque eles... eles..."
"Deles."
"Porque deles. Bem-aventurados os pobres de espírito porque deles será o reino dos céus. Bem-aventurados os que lamentam, porque eles... eles..."
"Se..."
"Porque eles..."
"Ser..."
"Porque eles ser... Ah, essa eu não sei!"
"Serão!"
"Ah, serão! Porque eles serão... serão lamentados... bem-aventurados são aqueles que serão... serão o quê? Por que não me conta, Mary? Por que é assim tão má?"
"Tom, não seja bobo, não estou fazendo isso por maldade. Nunca faria isso. Mas você precisa aprender. Não desanime, tenho certeza de que vai conseguir. E, quando conseguir, vou te dar um belo presente. Vamos lá, seja um bom menino!"
"Tá bom, Mary, mas diga: qual é o presente?"
"Por enquanto, só vou te dizer que é um belo presente!"
"Bom, já que você garante, vou voltar a estudar."

E lá foi ele, estudar "outra vez". Agora, a curiosidade e a possibilidade de ganhar um presente o motivavam, e ele decorou os versículos de forma brilhante. Mary deu a ele um canivete novinho em folha, que valia um bom dinheiro. Tom não cabia em si de felicidade pelo presente que ganhara. É verdade que o canivete não cortava nada, mas era legítimo, da marca Barlow, e só isso já era motivo de imenso orgulho – os garotos da região chegaram a cogitar a possibilidade de a peça ser falsificada, mas tiveram medo de que, se fosse mesmo original, pudesse machucá-los de verdade, então decidiram parar de duvidar. Tom logo tentou talhar algumas palavras no pequeno armário de madeira, mas antes que pudesse realizar a façanha foi chamado para se aprontar para ir à escola dominical.

Mary deu a ele uma bacia de lata e um pedaço de sabão. Do lado de fora, o garoto ajeitou a bacia em um banco, mergulhou o sabão em pedra na água e arregaçou as mangas; mas em vez de se lavar, ele derramou a água da bacia no chão e caminhou em direção à cozinha, pegou uma toalha que estava atrás da porta e usou-a para limpar o rosto. No entanto, Mary percebeu a artimanha do garoto, pegou a toalha de suas mãos e disse:

"Você não tem vergonha, Tom? Não seja tolo, a água não vai te fazer mal."

Tom ficou desconcertado. A bacia novamente cheia de água, o garoto parou de frente para ela, como que tomando coragem para enfrentar um grande desafio; então respirou fundo e começou. Pouco depois ele entrava novamente na cozinha, desta vez com os olhos fechados, tateando em busca da toalha, o rosto coberto de sabão e água. Porém, depois que ele se enxugou, foi possível notar que o trabalho não fora totalmente concluído: a área limpa terminava na região do queixo e abaixo das bochechas, como uma máscara; abaixo da linha do rosto, a sujeira permanecia intacta. Mary pegou-o pela mão e, quando terminou a limpeza, não havia mais distinção de cor em sua pele; o cabelo, antes ensebado, estava agora limpo e penteado, os pequenos cachos pareciam ter todos o mesmo tamanho – ele tentava secretamente amaciar os cachos, com muito esforço, procurando amassá-los junto à cabeça, porque achava que aquilo era coisa de "mulherzinha" e que os cachos só lhe traziam desgosto. Então Mary separou a roupa que, nos últimos dois anos, ele só usava aos domingos – conhecida como "a outra roupa" –, e assim foi possível perceber como as opções de vestuário do menino eram escassas. Ela tratou dos ajustes finais depois que Tom se vestiu: abotoou o colete até a altura do queixo, ajeitou a gola e o caimento da camisa, escovou-o e finalizou o visual com um chapéu de palha. Ele estava bem mais apresentável, e também mais incomodado; todo aquele asseio e aquela limpeza eram muito desconfortáveis. Ele torceu para que Mary se esquecesse dos sapatos, mas isso não aconteceu; ela os engraxou, como de costume, e trouxe para o garoto. Tom ficou irritado e reclamou, dizendo que sempre era obrigado a fazer coisas de que não gostava. Mas Mary respondeu de maneira persuasiva:

"Por favor, Tom, seja um bom menino."

Ele calçou os sapatos rosnando. Mary arrumou-se rapidamente, e as três crianças seguiram rumo à escola dominical – evento que Tom odiava profundamente, mas que Sid e Mary adoravam.

As aulas religiosas começavam às nove horas e terminavam às dez e meia, seguidas pela missa. Duas das crianças ficavam voluntariamente para o sermão – já a outra era obrigada a participar. A igreja tinha bancos com apoio alto, mas sem estofamento, e abrigava cerca de trezentas pessoas; a edificação era pequena e plana e ostentava uma bela torre de campanário. Próximo à porta de entrada, Tom recuou alguns passos e ficou perto de um colega, também vestido com roupas especiais de domingo:

"Ei, Billy, você tem um bilhete amarelo?"

"Sim."

"Quanto quer por ele?"

"O que tem para oferecer?"

"Um pedaço de doce e um anzol."

"Deixa eu ver."

Tom mostrou seus itens. Eles foram aprovados, e a mercadoria mudou de mãos. Tom então trocou mais algumas bolas de gude por três bilhetes vermelhos, e umas outras bugigangas por mais dois bilhetes azuis. Continuou negociando com outros garotos por mais dez ou quinze minutos, e logo tinha diversos bilhetes das mais variadas cores. Finalmente entrou na igreja, junto com uma multidão de crianças limpas e barulhentas; sentou-se e começou a importunar o garoto a seu lado. O professor, um homem solene de idade avançada, interferiu, mas, logo que deu as costas, Tom puxou o cabelo de outro garoto, que estava no banco da frente. Quando este se virou para identificar o autor da gracinha, Tom estava concentrado, lendo seu livro. Depois espetou um menino com um alfinete, e tomou outra reprimenda do professor quando a vítima gritou de dor. Os amigos de Tom tinham um comportamento parecido com o dele. Eram barulhentos, agitados e encrenqueiros. Nenhum deles foi capaz de recitar seus versículos com precisão, e tiveram de ser auxiliados diversas vezes. Mas ainda assim conseguiram cumprir a tarefa e foram recompensados com bilhetes azuis, que continham passagens da Bíblia; cada bilhete azul era dado como recompensa por dois versículos recitados corretamente. Dez bilhetes azuis eram equivalentes a um vermelho e poderiam ser trocados; dez bilhetes vermelhos equivaliam a um amarelo; e em troca de dez bilhetes amarelos o superintendente dava ao aluno uma Bíblia com acabamento simples, que na época valia cerca de quarenta centavos de dólar. Pergunto agora a meus leitores se seriam capazes de memorizar dois mil versículos, mesmo que fosse em troca da Bíblia ilustrada por Doré. Por incrível que pareça, Mary já ganhara duas Bíblias – trabalho paciente de dois anos –, e um garoto de ascendência alemã ganhara quatro ou cinco. Certa vez, ele recitara três mil versículos sem parar, mas o esforço para executar tal façanha fora muito grande, e desde então ele ficou abobalhado – um grande infortúnio para a escola, já que era comum esse garoto ser convocado pelo superintendente (como Tom dizia) para exibir-se em eventos importantes. Somente os alunos mais velhos conseguiam guardar seus bilhetes e trabalhar longas e tediosas horas até ganhar uma Bíblia. Isso fazia do prêmio algo valioso e desejável; o aluno condecorado ficava em evidência, admirado e invejado por todos os demais, e a glória durava cerca de duas semanas. É possível que Tom nunca tenha tido a ambição de conquistar um prêmio desse tipo, mas era inquestionável para muitos que um dia o menino já sonhara com a glória e a pompa que vinham com ele.

A aula transcorria normalmente. Em determinado momento o superintendente, que estava diante do púlpito com o hinário nas mãos, marcando algumas páginas com os dedos, pediu a atenção de todos. Sempre que um superintendente de escola dominical pede a palavra para fazer seu discurso, ele tem em mãos um hinário, assim como um cantor de ópera, que tem sempre a sua frente uma partitura na hora de cantar. Por que eles precisam disso é um mistério: nenhum deles utiliza esse recurso durante sua atuação. Esse superintendente era magro e tinha aproximadamente trinta e cinco anos. Tinha cavanhaque e cabelos aloirados. Usava um colarinho engomado que chegava à ponta das orelhas e se dobrava em curva, alcançando a beirada de sua boca. Era como um cabresto, forçando-o a olhar sempre para a frente. Quando precisava olhar para o lado, tinha que girar o corpo todo. Seu queixo ficava escorado em uma larga gravata que mais parecia uma cédula de dinheiro e tinha franjas nas pontas; os bicos das botas eram inclinados, como ditava a moda da época, e lembravam a

frente de um trenó – para conseguir esse efeito, o homem pressionava pacientemente a ponta dos sapatos contra uma parede por horas e horas. O senhor Walters era um homem muito sério, sincero e honesto; ele tratava as coisas e os locais sagrados com muito respeito e reverência, mantendo-os separados das questões mundanas. Inconscientemente, durante as aulas dominicais, sua voz ganhava uma entonação peculiar, muito diferente da que apresentava no restante da semana. Depois de pedir a atenção de todos, ele começou:

"Agora, crianças, peço que se sentem alinhadas e dediquem toda a sua atenção a mim por um ou dois minutos. Isso, assim mesmo. É assim que bons meninos e meninas devem se comportar. Vejo uma garotinha olhando pela janela... Acho que ela pensa que estou do lado de fora... talvez em alguma árvore, fazendo discurso para os pássaros. [*aplausos*] Quero lhes dizer como me sinto bem ao ver tantos rostos brilhantes e asseados em um local como este, aprendendo a fazer o correto e o bem." E assim seguiu seu discurso. Não é necessário transcrever completamente. É um padrão que varia pouco, familiar a todos nós.

O último terço do discurso foi arruinado pela retomada das brigas, cutucões e cochichos entre os garotos mais inquietos, entediados pela duração do evento, perturbando até a concentração dos mais comportados, como Sid e Mary. Porém, de súbito, todos os ruídos cessaram, e a voz do senhor Walters concluiu o discurso. O público agradeceu a finalização silenciosamente.

Boa parte dos sussurros foi causada por um evento um tanto raro – a aula recebera visitantes: o advogado Thatcher, acompanhado por um idoso bastante debilitado; um homem de meia-idade, bem-apessoado e de cabelo grisalho; e uma respeitável senhora que parecia ser a esposa desse último senhor. Ela estava de mãos dadas com uma criança. Tom mostrava-se inquieto, não parava de irritar os colegas; sua consciência estava pesada – ele evitava os olhares apaixonados de Amy Lawrence, pois não era capaz de correspondê-los. Quando Tom enfim notou quem havia entrado na igreja, sua alma se acendeu de tanta felicidade. Sua nova paixão estava lá, e sem demora ele passou a se exibir: cutucava os meninos, puxava cabelos, fazia caretas – resumindo, usava todos os recursos possíveis para atrair a atenção da garota e conquistar sua admiração. Só uma coisa perturbava sua alegria:

a lembrança da humilhação que sofrera no jardim de sua amada; mas aquilo era passado, e desaparecia rapidamente em meio às ondas de felicidade que o cobriam agora.

Os visitantes foram acomodados nos assentos de honra, e assim que o discurso do senhor Walters terminou ele os apresentou à escola. O homem de meia-idade era uma grande personalidade – o juiz do condado –, provavelmente a figura mais importante que aquelas crianças já tinham visto pessoalmente – eles tentavam imaginar do que ele era feito, se era capaz de rugir e, se rugisse, o que deveriam fazer. O homem vinha de Constantinopla, distante cerca de vinte quilômetros do vilarejo. Isso significava que ele já viajara pelo mundo e já vira o palácio de justiça do condado, que, ouvia-se dizer, tinha até teto de latão. A admiração que essas reflexões causavam era atestada pelo impressionante silêncio e pelos olhares arregalados. Tratava-se do grande juiz Thatcher, irmão do advogado do vilarejo. Jeff Thatcher adiantou-se para mostrar a todos que era próximo do grande homem. Assim seria invejado por toda a escola. E seria um grande prazer ouvir os sussurros dos colegas:

"Olha, Jim! Ele está indo para lá. Olha só, vai apertar a mão dele! Está apertando a mão dele! Nossa... você não gostaria de ser o Jeff agora?"

O senhor Walters começou a se exibir para a autoridade, apressando-se em realizar tarefas oficiais, dando ordens, criticando subalternos e proferindo instruções a quem quisesse ouvir. O bibliotecário teve a mesma atitude; corria para todo lado com os braços cheios de livros na esperança de que a "pseudocelebridade" estivesse acompanhando seu trabalho com satisfação. As jovens professoras também se exibiam, curvando-se docemente na direção de seus alunos, advertindo com calma os mais levados (que poucos minutos antes levavam broncas pesadas) e elogiando os mais comportados. Os professores também queriam chamar atenção, e repreendiam alguns alunos, dando pequenas demonstrações de amor à profissão – e a maioria dos professores, de ambos os sexos, passava pelo púlpito em direção à biblioteca, sempre parecendo ter uma tarefa urgente a realizar. Alguns fizeram o caminho mais de uma vez. As alunas também encontraram suas formas de se exibir, e os meninos capricharam nas tradicionais guerras com bolinhas de papel e nos murmúrios. E acima de tudo isso o grande homem permanecia majestosamente sentado, com um sorriso imponente dirigido a todos os presentes, feliz com sua importância e – por que não? – se exibindo também.

Só uma coisa faltava para que o êxtase do senhor Walters fosse completo: a chance de exibir um prodígio da escola e entregar a ele uma Bíblia como prêmio. Muitos alunos tinham alguns bilhetes amarelos, mas nenhum deles atingira o número necessário para ganhar o prêmio – ele avaliou seus melhores alunos em busca de um possível vencedor. Daria o mundo para ter seu aluno alemão em plena forma agora.

E justamente nesse momento de esperanças quase perdidas Tom Sawyer apresentou-se com nove bilhetes amarelos, nove vermelhos e dez azuis, reivindicando seu direito a uma Bíblia. Aquilo foi como um trovão em dia de céu azul e limpo. Walters não esperava, nem naquele momento nem dali a dez anos. Porém não havia escapatória – as evidências estavam na mão do garoto e eram todas autênticas. Tom foi conduzido ao local onde estavam o juiz e seus acompanhantes, e a grande notícia foi anunciada a todos pelos organizadores. Era a surpresa da década, e o impacto foi tão profundo que elevou o novo herói ao mesmo patamar do juiz, e a escola agora podia admirar duas maravilhosas personalidades ao mesmo tempo. Os garotos estavam mortos de inveja – mas os mais irritados eram aqueles que perceberam, tarde demais, que contribuíram para a glória de Tom dando seus bilhetes em troca das bugigangas que ele acumulou quando deixou os amigos caiarem a cerca em seu lugar. Sentiam-se desprezíveis por terem sido enganados por aquela cobra ardilosa que agora recebia um prêmio.

A Bíblia foi entregue a Tom com todo o reconhecimento que as circunstâncias permitiam; mas faltou espontaneidade, já que o superintendente sabia instintivamente que havia algum mistério por trás daquela conquista, ainda precisava investigar tudo aquilo; era simplesmente impossível que aquele garoto tivesse memorizado dois mil versículos sagrados – uma dúzia deles já estaria perto do limite de sua capacidade.

Amy Lawrence estava feliz e orgulhosa, e tentou fazer que Tom visse seu rosto – mas ele não olhou para ela. A menina não entendeu e começou a ficar preocupada. Depois de alguns instantes, passou a suspeitar de algo. Mais preocupada ainda, resolveu observá-lo com atenção. Finalmente, um olhar furtivo explicou tudo; seu coração se partiu, ela estava com ciúme, com raiva; as lágrimas vieram, e ela odiou todo mundo. Principalmente Tom (ela pensava).

Tom foi apresentado ao juiz; mas sua língua travou, a respiração ficou difícil, o coração falhou – em parte por causa da grandeza do homem, mas sobretudo porque ele era o pai da menina. Se ninguém estivesse vendo, Tom teria se ajoelhado diante dele. O juiz colocou a mão na cabeça de Tom, chamou-o de "gentil rapazinho", perguntou seu nome. O garoto gaguejou, engasgou e finalmente disse:

"Tom."

"Ah, não. Só Tom?"

"Thomas."

"Agora, sim. Sabia que tinha mais. Muito bem. Mas aposto que ainda tem algo mais, e tenho certeza de que vai me dizer, não é?"

"Diga seu sobrenome ao senhor, Thomas", aconselhou Walters, "e seja educado, diga 'senhor'."

"Thomas Sawyer, senhor."

"Aí está. É um bom garoto! Muito bom, gentil rapazinho! Gentil e valoroso. Dois mil versos é muita coisa – é realmente uma grande coisa. Você deve se orgulhar de ter se esforçado tanto; o conhecimento vale mais que qualquer coisa neste mundo; é o que faz um homem ser bom e grandioso. Você será um homem bom e grandioso um dia, Thomas, e quando olhar para trás se lembrará da importância dessas aulas dominicais, e vai perceber que deve tudo o que tem aos seus professores, que o ensinaram a aprender, ao superintendente, que o motivou e supervisionou e lhe deu essa bela Bíblia...

uma Bíblia esplêndida, elegante, para que você possa sempre consultá-la! Você deve tudo à boa educação que eles lhe deram. É assim que vai ser, Tom. E nenhum dinheiro pagará esses dois mil versos que você aprendeu. Nunca. Agora, espero que não se importe de mostrar a mim e a esta senhora um pouco do que aprendeu. Não, você não vai se importar, porque temos orgulho dos garotos que são estudiosos. Tenho certeza de que sabe os nomes dos doze discípulos. Por que não me diz quais foram os dois primeiros nomeados?"

Tom brincava com a casa do botão de seu casaco sentindo-se intimidado. Ele corou e ficou olhando para o chão. O coração do senhor Walters batia forte. Pensava que seria impossível o garoto responder àquela simples pergunta e não conseguia entender *por que* o juiz a fizera. Ainda assim, sentiu-se na obrigação de dizer:

"Responda ao cavalheiro, Thomas. Não tenha medo."

Tom permaneceu calado.

"Sei que *a mim* ele vai responder", disse a senhora. "Os nomes dos dois primeiros discípulos eram..."

"Davi e Golias!"

Vamos agora baixar a cortina da caridade sobre o restante da cena.

Capítulo V.

Por volta das dez e meia, o sino da igrejinha começou a soar, e as pessoas se aglomeravam para a missa matinal. As crianças da escola dominical se espalharam, cada qual com seus familiares, para assistir ao sermão. Tia Polly chegou, e Tom, Sid e Mary sentaram-se com ela. Tom ficou na ponta, próximo ao corredor, para não correr o risco de ser distraído pela bela paisagem de verão que se via da janela do lado oposto. Aos poucos, a multidão lotou a nave da igreja: o chefe dos correios, velho e doente; o prefeito e sua esposa – como se aquele minúsculo vilarejo precisasse de um prefeito; o juiz de paz; a viúva Douglass, uma pessoa bonita, boa, inteligente, com cerca de quarenta anos – uma alma caridosa e bem-intencionada que vivia em uma mansão perto do morro, o único palácio do vilarejo, onde aconteciam as mais generosas festas de São Petersburgo; o arqueado e venerável major Ward com a esposa; o advogado Riverson, a nova personalidade da região; a princesa do vilarejo, acompanhada por uma tropa de belas garotas, todas com lindos vestidos e laços de enfeite; os rapazes, sempre atrás das garotas –

eles ficavam no vestíbulo, brincando com suas bengalas e lançando sorrisos para as moças, até que a última entrasse para o sermão; e fechando o desfile vinha o garoto modelo Willie Mufferson, cuidando da mãe com tamanha atenção que parecia que ela era feita de vidro. Ele sempre levava a mãe à igreja, era o orgulho de todas as matronas. Os meninos o odiavam por ser tão "bonzinho", e ele era sempre usado como exemplo quando os mais velhos davam suas broncas. Seu lenço branco ficava "acidentalmente" pendurado para fora do bolso todos os domingos. Tom não tinha lenço, achava aquilo esnobe.

A congregação estava quase toda reunida agora, e o sino soou novamente, dando um último aviso aos atrasados. Depois disso, a igreja ficou em solene silêncio, e só se ouviam alguns risos abafados e murmúrios vindos do coro, na galeria. Era comum escutar sussurros e risos do coro durante a missa. Acredito que só vi um coro de igreja bem-comportado uma única vez, mas não lembro onde. Faz muitos anos, e lembro poucas coisas daquele dia, acho que era um coro estrangeiro.

O padre anunciou a leitura e conduziu-a com prazer. Seu estilo era peculiar, ele era admirado por muitos naquela região. Sua voz começava em um tom médio e ia se elevando aos poucos até atingir a medida certa, dando uma forte ênfase nas palavras importantes e depois caindo rapidamente, como se tivesse saltado de um trampolim:

Serei car-re-ga-do aos céus em um *leito* florido

de tranquilidade,

Enquanto outros lutam pelo prêmio e navegam em mares *san-*

-gren-tos?

Ele era reconhecido como ótimo leitor. Em eventos sociais da igreja, era sempre convidado para ler poesia; quando terminava de ler, as senhoras levavam as mãos ao colo, com os olhos marejados, a cabeça sacudindo em concordância, dizendo: "Palavras não podem expressar isso; é belo demais, muito belo para esse mundo dos mortais".

Finda a leitura, o reverendo senhor Sprague virou-se para o quadro de avisos e anunciou os encontros e reuniões que estavam por vir. A lista parecia interminável. Este é um tedioso hábito que perdura em muitas igrejas até hoje, época em que há jornais para todo lado. Normalmente, quanto mais difícil é justificar um velho costume, mais difícil é livrar-se dele.

E agora começava a reza do padre. Uma reza boa e generosa, feita em detalhes: rogou-se pela igreja, pelas crianças da igreja, pelas outras igrejas do vilarejo, pelo próprio vilarejo, pela cidade, pelo estado, pelos oficiais do estado, pelos Estados Unidos, pelas igrejas dos Estados Unidos, pelo Congresso, pelo presidente, pelos oficiais do governo, pelos pobres marinheiros, navegando por mares agitados, pelos milhões que sofrem pela exploração das monarquias na Europa e dos despotismos orientais, por aqueles que têm a luz e a bonança mas não conseguem enxergá-las, pela saúde daqueles que estão longe; e finalmente encerrou com uma súplica para que suas palavras encontrassem graça e realização e fossem como semente plantada em solo fértil, resultando em uma rica colheita de bondade. Amém.

Houve um farfalhar de vestidos, e a congregação, que estava em pé, sentou-se. Nosso protagonista não gostava das rezas, apenas sobrevivia a elas – quando muito. Ficou quieto o tempo todo e correspondia às orações no momento certo, mesmo que inconscientemente – ele não estava ouvindo, mas tinha uma boa ideia de como era a sequência pregada pelo padre –, e quando surgia algo novo no processo ele percebia e reclamava, considerando que aquelas adições eram abusivas e desnecessárias. No meio da reza, uma mosca apareceu sobre o banco à sua frente e lá ficou pousada, torturando a alma do garoto, esfregando as patas e passando-as na cabeça, polindo o corpo vigorosamente, expondo o frágil e fino pescoço, mexendo nas asas com as patas traseiras e ajeitando-as junto ao corpo, como se fossem um casaco; fazia todo esse processo tranquilamente, parecendo saber que estava segura. E realmente estava; mesmo que as mãos de Tom estivessem coçando para pegá-la, ele não podia fazer nada – acreditava que sua alma seria instantaneamente destruída se fizesse aquilo durante uma reza. Mas, ao perceber as frases finais sendo pronunciadas, Tom começou a curvar a mão e, no exato instante do "amém", atacou e aprisionou a mosca. Tia Polly percebeu o movimento e mandou-o soltar o inseto.

O padre finalizou a reza e partiu para uma homilia tão monótona que muitas cabeças começaram a pender para a frente ou para trás, pegando no sono, ainda que o tema fosse o fogo infinito, o cheiro de enxofre do inferno e a escassa lista de predestinados que seriam salvos (tão pequena que nem valia a pena tentar uma vaga). Tom contou as páginas do sermão; depois da missa, ele sempre sabia quantas páginas tinham sido lidas, mas raramente sabia algo sobre o discurso propriamente dito. Contudo, dessa vez ele realmente se interessou por alguns instantes. O padre fez uma emocionante descrição de como o mundo seria palco de uma grande união no fim do milênio, quando o leão e o cordeiro caminhariam juntos, guiados por uma criança. O garoto não foi capaz de compreender a lição e a moral do espetáculo, só pensava na notável participação do personagem principal diante de todas as nações; seu rosto se iluminou, e ele desejou ser aquela criança, desde que o leão fosse domesticado.

Mas o sofrimento voltou quando o sermão retomou seu curso. Tom lembrou-se então de um pequeno tesouro que tinha guardado no bolso. Era um enorme besouro com belíssimas pinças – um "pinçador", ele batizou. O inseto estava em uma caixa de papelão. Assim que Tom abriu a caixa, o besouro pinçou-lhe o dedo. O garoto sacudiu a caixa, e o besouro caiu de costas no corredor da igreja. Tom levou o dedo à boca. O besouro permaneceu no chão, balançando as patas e tentando se virar. Tom o avistou e quis pegá-lo, mas estava muito longe.

Outras pessoas desinteressadas do sermão também observavam o besouro, distraídas. Foi quando se aproximou dali um poodle, vagando entediado, preguiçoso por causa do calor do verão, suspirando em busca de alguma novidade. O cão avistou o besouro e começou a abanar o rabo imediatamente. Ele observou a presa, caminhou ao redor, farejou de uma distância segura; caminhou ao redor outra vez, tomou coragem e farejou mais de perto; então tentou cuidadosamente mordiscar o besouro, mas errou; tentou mais uma vez, depois outra; começou a se divertir com a brincadeira; deitou-se e colocou o besouro entre as patas, dando sequência a seus experimentos; aos poucos foi ficando entediado, até que a brincadeira perdeu a graça. O poodle baixou a cabeça e foi descendo o queixo pouco a pouco, até encostar no inseto, que o pinçou. O cachorro ganiu e chacoalhou a cabeça, e o besouro foi arremessado para longe, caindo novamente de costas. Os espectadores próximos divertiam-se sem emitir nenhum som; muitos protegiam o riso com leques e lenços. Tom estava radiante. O cachorro ficou confuso, mas também estava ressentido e queria revanche. Foi até o besouro e começou a atacá-lo de novo, saltando em volta do inimigo em um círculo imaginário, arriscando algumas patadas e mordiscando, cada vez mais perto, chacoalhando a cabeça e abanando as orelhas. Depois cansou. Então se distraiu perseguindo uma mosca e também uma formiga com o focinho. Sem muito ânimo, o cão bocejou, suspirou e esqueceu completamente o besouro. E justamente por isso sentou-se sobre o inseto. Ouviu-se um sonoro ganido de dor, e o poodle saiu em disparada pelo corredor da igreja. Os ganidos continuavam. Ele cruzou toda a nave da igreja, passando pelo altar e chegando ao outro corredor, atravessando diversas portas. Parecia procurar o caminho de casa. Sua angústia aumentava à medida que corria, e logo ele parecia um cometa coberto de pelos, movendo-se na própria órbita na velocidade da luz. Finalmente a pobre vítima parou de correr e requisitou o colo do dono, que estava fora da igreja. Os ganidos foram sumindo devagar enquanto eles seguiam seu caminho.

A esta altura, todos na igreja estavam com o rosto corado, contendo o riso. O sermão fora interrompido, mas logo o padre o retomou, no mesmo ritmo lento e tedioso, sem nenhum sobressalto interessante. Até mesmo os trechos mais sentimentais passavam despercebidos, e grande parte da congregação conversava de forma alegre e profana, protegida pelo encosto do banco da frente, como se o pobre vigário tivesse dito alguma heresia. Foi um verdadeiro alívio para todos quando a cerimônia acabou e a bênção final foi pronunciada.

Tom Sawyer foi para casa animado, pensando que os eventos dominicais na igreja podiam de fato ser divertidos, desde que houvesse algo diferente em cada cerimônia. Só uma coisa o chateava: apesar de ter gostado de ver o cachorro brincar com o "pinçador", não achava justo que ele o tivesse levado embora.

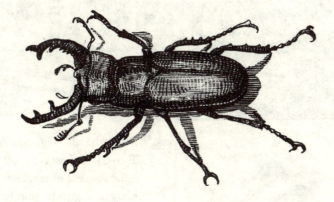

CAPÍTULO VI.

Na manhã de segunda-feira, Tom Sawyer estava muito infeliz. Isso era normal nas manhãs de segunda, porque elas indicavam o início de mais uma semana de aulas. Em geral, ele começava esse dia praguejando contra os feriados, pois eles faziam os dias de cativeiro e grilhões serem ainda mais odiosos.

Tom ficou deitado, a pensar. Concluiu que seria bom se estivesse doente, para poder faltar à escola. Era um sonho remoto, mas, em todo caso, resolveu examinar seu corpo. Não encontrou nenhum problema, e resolveu investigar novamente. Dessa vez, detectou sintomas de cólica e começou a ter reais esperanças. No entanto eles logo desapareceram. Ele refletiu um pouco mais e, subitamente, descobriu algo. Um de seus dentes superiores frontais estava mole. Era seu dia de sorte! Ele já ia começar a gemer, mas logo lhe ocorreu que, se fizesse isso, sua tia iria arrancar seu dente à força, e provavelmente aquilo ia doer muito! Ele então resolveu guardar o dente para outra ocasião e pensar em outro problema. Nada lhe ocorreu por algum tempo, até que se lembrou de ouvir o médico falar sobre certo mal que deixava o doente de cama por duas ou três semanas e colocava-o em risco de perder os dedos. Ele logo tirou seu dedão do pé para fora do lençol a fim de fazer uma inspeção. Contudo ele não sabia quais sintomas deveria ter. Decidiu então arriscar e começou a gemer com vigor.

Sid continuou a dormir inconsciente.

Tom gemeu mais alto, e agora quase sentia a dor de verdade.

Mas nada de Sid acordar.

Cansado de tanto se esforçar, Tom fez uma pausa. Depois tomou ar e emitiu alguns gemidos admiráveis.

Sid continuava a roncar.

Tom ficou nervoso e começou a chamar e chacoalhar o irmão na cama. Isso enfim deu resultado, então Tom começou a gemer novamente. Sid bocejou, se espreguiçou e ajeitou-se sobre os cotovelos, olhando para Tom, que continuava gemendo. Sid disse:

"Tom! Ei, Tom!" Sem resposta. "Aqui, Tom! TOM! O que está acontecendo?" Ele chacoalhou de volta o irmão, olhando ansiosamente para seu rosto.

Tom murmurou:

"Ai, Sid, não me balance."

"Por quê? Qual o problema, Tom? Vou chamar a tia."

"Não, esqueça. Vai passar logo, logo. Não chame ninguém."

"Mas é preciso! Seu gemido está horrível. Há quanto tempo está assim?"

"Horas. Ai, não encoste, Sid, assim você me mata."

"Tom, por que você não me acordou antes? Não, Tom, por favor. Fico em agonia de te ver assim. Qual o problema?"

"Eu te perdoo, Sid", gemeu ele, "por tudo o que fez comigo. Quando eu partir..."

"Ah, Tom, você não vai morrer, vai? Não, Tom! Talvez eu..."

"Eu perdoo todo mundo, Sid", gemendo mais uma vez. "Diga isso a todos. E dê minha esquadria de janela e meu gato caolho para aquela garota que mudou-se para cá. Diga a ela que..."

Mas Sid já havia se vestido e saído do quarto. Tom estava realmente sofrendo agora, tamanha era a capacidade de sua imaginação, e seus gemidos eram de fato genuínos.

Sid desceu a escadaria correndo e disse:
"Tia Polly, venha, Tom está morrendo!"
"Morrendo?"
"Sim, senhora. Venha rápido!"
"Pare de besteira! Não acredito nisso!"
De qualquer forma, ela subiu as escadas correndo, com Sid e Mary correndo atrás. Sua face empalideceu com o susto quando viu o garoto. Ao chegar à beira da cama, ela arfou sobressaltada:
"Ei, Tom! Qual é o problema?"
"Ai, tia, eu estou..."
"Qual é o problema com você? Qual o problema, pequeno?"
"Ah, tia! Meu dedo machucado está doendo muito!"
A velha senhora caiu na poltrona e sorriu aliviada, depois chorou um pouco, e depois sorriu e chorou ao mesmo tempo. Depois de se recuperar, ela disse:
"Tom, que susto você me deu... Pare já com essa besteira e deixe de gemer."
De fato, o gemido cessou e a dor no dedão desapareceu. O garoto, sentindo-se um pouco tolo, disse:
"Tia Polly, eu achei que ele estava gangrenando, e doía tanto que até me esqueci do meu dente."
"Seu dente? O que há de errado com seu dente?"
"Ele está mole e dói muito."
"Venha aqui, e não comece a gemer de novo. Abra a boca. Bem, seu dente está mole, mas você não vai morrer por isso. Mary, pegue um carretel de linha e uma brasa do fogão na cozinha."
Tom disse:
"Não, tia, por favor, não arranque meu dente. Ele já parou de doer. Por favor, não, tia. Não quero faltar na escola."
"Ah, você não quer? Então toda essa encenação era porque você queria faltar na escola e fugir para pescar? Tom, Tom, eu amo você, mas tenho a impressão de que está sempre tentando me enganar com seus ultrajes."
Os instrumentos para a extração do dente já estavam preparados. A velha senhora fez um laço com a linha e amarrou-o ao dente de Tom; fez mais um laço na outra extremidade da linha e amarrou-o na cabeceira da cama. Ela então pegou a brasa incandescente e empur-

rou-a na direção do rosto do garoto. No instante seguinte, o dente estava pendurado na linha, que pendia na cabeceira da cama.

Todo o sacrifício trouxe-lhe uma compensação. Tom acabou indo para a escola depois do café da manhã, mas foi invejado por todos os garotos, porque a janela em sua arcada dentária fez com que ele conseguisse cuspir de uma forma inovadora e admirável. Muitos rapazes quiseram assistir à exibição de sua nova habilidade; um deles, que tinha o dedo cortado e era até então a sensação da turma, perdeu rapidamente o público e a glória para Tom. Ele ficou triste e disse a todos com um falso desdém que não havia nada de excepcional na forma que Tom Sawyer cuspia; mas outro garoto respondeu-lhe dizendo que ele estava com inveja, e ele teve de aceitar que agora era um herói do passado.

Pouco tempo depois, Tom deparou-se com o jovem pária do vilarejo, Huckleberry Finn, filho de um bêbado qualquer. Huckleberry era odiado e temido por todas as mães da cidade porque era preguiçoso, mal-educado, vulgar e maldoso – e também porque todas as crianças o admiravam por tudo isso e queriam ser como ele. Assim como os demais rapazes, Tom invejava a condição libertina de Huckleberry e era proibido de brincar com ele. E justamente por isso ele brincava com o garoto sempre que tinha chance. Huckleberry vestia roupas velhas de adultos, sempre rasgadas e desbotadas. Seu chapéu estava em ruínas, com um grande pedaço da aba faltando; seu casaco, quando usava, ia até os calcanhares e tinha botões na parte traseira, bem abaixo de onde deveriam estar. As calças também eram largas, pareciam um saco vazio, e suas barras com franja se arrastavam pela terra quando ele não as dobrava.

Huckleberry ia e vinha de acordo com sua vontade. Ele dormia nas escadarias das ruas nos dias de tempo bom; e nos dias úmidos, dormia em barris. Ele não precisava ir para a escola ou para a igreja, nem respeitar os mestres e obedecê-los; podia pescar e nadar sempre que desse vontade, e ficar até enjoar; ninguém o proibia de brigar, e ele podia ficar na rua até a hora que quisesse; era o primeiro a andar descalço na primavera, e o último a vestir sapatos no outono; não precisava tomar banho, nem vestir roupas limpas; podia xingar e falar palavrão. Em resumo, ele fazia tudo que um garoto sonhava fazer. E era assim que pensava todo garoto obediente, educado e respeitável de São Petersburgo.

Tom acenou para o garoto:
"Olá, Huckleberry!"
"Olá! Veja o que acha disso."
"O que é isso?"
"Um gato morto."
"Deixe-me vê-lo, Huck. Nossa... Ele já está duro. Onde o encontrou?"
"Comprei-o de um garoto."
"O que deu em troca?"
"Um bilhete azul e uma bexiga de boi, que peguei no matadouro."
"Onde conseguiu o bilhete azul?"
"Troquei com o Ben Rogers há duas semanas por um aro de girar."

"Diga, Huck, para que você usa um gato morto?"
"Para curar verrugas."
"Não! Sério? Sei de algo melhor."
"Aposto que não. O que é?"
"Água de chuva, armazenada em troncos."
"Água de chuva! Nunca nem prestei atenção nisso."
"Nunca, não é? Então nunca experimentou."
"Não. Mas Bob Tanner já usou."

"Quem te disse?"

"Bem, ele contou a Jeff Thatcher, e Jeff contou a Johnny Baker, que disse para Jim Hollis, que passou a informação para Ben Rogers, que por sua vez contou a um crioulo, e esse crioulo me disse. Aí está!"

"Ah, é? Pois aposto que estão mentindo. Ao menos o crioulo está. Não o conheço, mas sei que os pretos mentem. Agora me diga como é que o Bob Tanner usou a água de chuva, Huck."

"Ora, ele mergulhou a mão em um tronco podre que tinha água de chuva."

"Durante o dia?"

"Sim, claro!"

"Com o rosto voltado para o tronco?"

"Sim, ao menos imagino que sim."

"E ele disse alguma coisa?"

"Acredito que não tenha dito nada. Eu não sei."

"A-ha! Ele quer curar as verrugas usando água de chuva, mas não faz nada do que deve ser feito! Desse jeito, não adianta mesmo. Você deve ir sozinho para o meio de uma floresta onde tenha certeza de que vai haver um tronco com água de chuva, e quando der meia-noite, você deve virar as costas para o tronco, colocar a sua mão na água e dizer: 'Cevada e milho, cevada e milho, água de chuva; venha deste tronco e cure minhas verrugas!'. Depois saia andando rapidamente, dê onze passos, com os olhos fechados, depois dê três giros e volte para casa sem conversar com ninguém. Se falar com alguém, o encanto se quebra."

"Parece um método eficiente, mas Bob Tanner não fez assim."

"Eu aposto que não! Ele é o garoto que tem mais verrugas da cidade; e ele não teria nenhuma se soubesse usar a água de chuva. Já tirei milhares de verrugas da minha mão usando esse método, Huck. Brinco muito com sapos, por isso sempre tenho verrugas. Algumas vezes, eu as curo com um feijão."

"Sim, feijão é bom! Já usei."

"Já? Como você fez?"

"Dividi um feijão ao meio, depois cortei a verruga para pegar um pouco de sangue. Coloquei o sangue em um pedaço do feijão, cavei um buraco e enterrei-o, à meia-noite, em uma esquina, sob a luz da lua, depois queimei a outra metade do feijão. O pedaço enterrado com sangue vai tentar se unir ao outro pedaço, e isso faz com que o sangue da verruga seque e ela caia."

"Isso, Huck, isso mesmo! E se você disser 'feijão abaixo, verruga afora, não me perturbe nunca mais' fica ainda melhor! É assim que o Joe Harper faz, e ele já viajou muito, chegando até Coonville, então tem muita experiência. Mas, diga-me, como você cura uma verruga com um gato morto?"

"Bem, você leva seu gato até um cemitério e espera até a meia-noite de um dia em que uma pessoa maldosa for enterrada. Quando chegar a hora, um diabo vai aparecer, talvez dois ou três, mas não podemos vê-los, somente ouvir o som deles, que parece o vento, e algumas vezes é possível ouvi-los falar. Quando perceber que eles estão carregando a pessoa enterrada, você deve levar o gato até a cova, levantá-lo na direção deles e dizer 'diabo segue o cadáver, gato segue o diabo, verruga segue o gato e não volte nunca mais!'. Não há verruga que resista."

"Parece bom. Você já tentou, Huck?"

"Não, mas foi a velha madre Hopkins que me ensinou."

"Então nesse caso deve funcionar, já que dizem que ela é uma bruxa."

"Sim, Tom, eu sei que ela é. Ela já jogou feitiço no meu pai. Ele mesmo admite isso. Certo dia, ele estava caminhando e percebeu que ela havia lançado alguma bruxaria em sua direção. Ele então arremessou uma pedra e só não a acertou porque ela desviou. Nessa mesma noite, ele caiu do telheiro em que estava dormindo e quebrou o braço."

"Que horror! Mas como seu pai sabia que ela estava lhe jogando um feitiço?"

"Foi fácil perceber. Meu pai me disse que quando olham para você durante muito tempo, fixamente, estão te jogando um feitiço.

Principalmente se estiverem murmurando. Porque os murmúrios são na verdade as orações divinas recitadas de trás para frente."

"Huck, quando você vai testar a simpatia do gato?"

"Hoje. Acho que os diabos vêm buscar a alma do velho Hoss Williams nesta noite."

"Mas ele foi enterrado no sábado. Será que não pegaram sua alma na noite de sábado mesmo?"

"Imagina! Eles não viriam pegar sua alma antes da meia-noite, e depois disso já era domingo. Os diabos não trabalham nos domingos, creio eu."

"Nunca havia pensado nisso, mas faz sentido. Posso ir com você?"

"Claro, se não estiver com medo."

"Medo? Nunca! Você mia para me chamar?"

"Sim, mas quero que você mie de volta, quando conseguir. Na última vez, fiquei miando para te chamar até que o velho Hays atirou pedras em mim gritando 'Maldito gato!'. Joguei um tijolo em sua janela depois, mas não conte para ninguém."

"Não contarei. Não pude miar naquela noite porque minha tia estava de olho, mas vou miar desta vez. O que é isso?"

"É só um carrapato."

"Onde você o encontrou?"

"Na floresta."

"O que quer em troca dele?"

"Não sei, não quero vendê-lo."

"Tudo bem. É um carrapato pequeno, mesmo."

"Ah, é fácil desdenhar do carrapato dos outros. Estou feliz com ele. Acho que é um ótimo carrapato."

"Há muitos carrapatos por aí. Se eu quisesse, teria milhares deles."

"E por que não tem? Você sabe muito bem que não é capaz de pegá-los. Este é um carrapato pequeno, de fato. Mas é o primeiro que vi este ano."

"Huck, eu te dou meu dente em troca dele."

"Deixe-me vê-lo."

Tom pegou um pedaço de papel e desdobrou-o cuidadosamente. Huckleberry observou. A tentação era forte. Então ele disse:

"É genuíno?"

Tom levantou o lábio e mostrou a "janela".

"Tudo bem", disse Huckleberry, "vamos trocar."

Tom colocou o carrapato na pequena caixa de papelão que servia de prisão para o besouro pinçador, e os garotos partiram, cada um para seu lado, satisfeitos com a troca.

Tom chegou à distante casa onde ficava a escola caminhando apressado, parecendo sinceramente preocupado com o atraso. Pendurou seu chapéu no cabide e sentou-se com naturalidade. O professor, acomodado em sua grande poltrona que mais parecia um trono, estava sonolento, observando os alunos a estudar. O barulho interrompeu seu cochilo:

"Thomas Sawyer!"

Tom sabia que, quando seu nome completo era pronunciado, ele estava encrencado.

"Sim, senhor."

"Venha até aqui. Por que se atrasou novamente?"

Enquanto pensava em uma mentira qualquer, Tom avistou as duas tranças de cabelos loiros descendo pelas costas da garota que tanto admirava; e ao lado dela, o único assento vago no lado das garotas. Ele então disse:

"PERDI A HORA PORQUE FIQUEI CONVERSANDO COM HUCKLEBERRY FINN!"

O professor ficou em silêncio, olhando surpreso para o garoto. Todos os alunos olharam para Tom, imaginando que ele finalmente havia enlouquecido de vez. O professor perguntou:

"O que você disse?"

"Que perdi a hora porque estava com Huckleberry Finn."

Realmente não havia nenhum engano.

"Thomas Sawyer, esta é a confissão mais inusitada que já ouvi. Nem a palmatória é castigo suficiente para isso. Tire seu casaco."

O professor castigou o garoto com diversas chibatadas e depois ordenou:

"Agora vá sentar-se do lado das *garotas*! E veja se cria um pouco de juízo!"

Os risos abafados que ecoaram pela sala deixaram o garoto um pouco envergonhado, mas ele estava satisfeito com a sorte que tivera, já que a punição recebida era exatamente a que imaginava – e desejava. Ele se sentou em uma extremidade do banco, e a garota se afastou dele, virando a cabeça e indo para a outra extremidade. Agora podiam-se notar cutucadas, piscadelas e cochichos pela sala, mas Tom se sentou em silêncio, os braços sobre a carteira, parecendo concentrado em seu livro.

Aos poucos os murmúrios diminuíram e o silêncio voltou a imperar. O garoto logo começou a lançar olhares furtivos para sua amada. Ela o observou, fez-lhe uma careta e virou a cara. Quando ela voltou a olhar na direção dele, havia um pêssego a sua frente. Ela o afastou, mas Tom gentilmente o colocou de volta. Ela o afastou novamente, porém dessa vez mais hesitante. Tom colocou-o de volta pacientemente. Ela deixou a fruta no lugar. Tom escreveu um bilhete: "Aceite, por favor – tenho mais". A garota leu o bilhete, mas não deu nenhum sinal. Agora Tom desenhava algo no papel, escondendo seu trabalho com a mão esquerda. Por alguns instantes, a garota se recusou a prestar atenção; no entanto sua curiosidade começou a se manifestar em pequenos gestos, pouco perceptíveis. Ele continuava a trabalhar, aparentemente concentrado. A garota fez uma discreta tentativa de espiar, mas ele percebeu e voltou a proteger sua obra. Finalmente, ela desistiu e cochichou hesitante:

"Deixe-me ver."

Tom descobriu o desenho e mostrou uma casa meio sombria, com um telhado de duas caídas e uma nuvem de fumaça saindo pela chaminé. A garota começou a se interessar pelo trabalho de Tom e deixou de lado o que estava fazendo. Quando ele terminou o desenho, ela analisou e disse:

"Legal, desenhe um homem."

O artista logo rabiscou um homem na frente da casa. Ele mais parecia uma grande torre de transmissão; suas pernas poderiam passar por cima da casa. Mas a garota não era exigente. Ela gostou do grande monstro e murmurou:

"É um homem bonito. Agora me desenhe junto com ele."

O desenho de Tom parecia mais uma ampulheta, uma lua cheia e alguns gravetos. No que parecia ser a mão da garota, ele desenhou um grande leque. A garota disse:

"Tudo muito bonito. Gostaria de saber desenhar."

"É fácil", cochichou Tom. "Posso te ensinar."

"Sério? Quando?"

"Meio-dia. Você vai almoçar em sua casa?"

"Posso ficar aqui, se você ficar também."

"Ótimo. Trato feito. Qual é o seu nome?"

"Becky Thatcher. E o seu? Espere, eu já sei. É Thomas Sawyer."

"Este é o nome que usam para me dar bronca. Normalmente, me chamam de Tom. Pode me chamar de Tom?"

"Sim."

Daí Tom começou a rabiscar algo no papel novamente, escondendo o que fazia da garota. Porém dessa vez ela não recuou, mas implorou para ver. Tom então disse:

"Ah, não é nada."

"É, sim."

"Não, não é. Você não deve ver."

"Devo, sim! Por favor, deixe-me ver."

"Não vai contar a ninguém?"

"Não, não vou. Juro por tudo o que é mais sagrado."

"Não vai contar a ninguém mesmo? Em toda a sua vida?"

"Não contarei nada a ninguém, nunca. Deixe-me ver."

"Melhor você não ver!"

"Você me fez jurar, agora *quero* ver." Ela colocou sua mão sobre a dele, e ficaram brigando por alguns instantes. Tom fingiu resistir, mas acabou deixando sua mão escorregar um pouco, e as seguintes palavras foram reveladas: "*Eu te amo*".

"Seu safado!" Ela deu um tapa na mão dele, mas, apesar disso, ficou corada e parecia satisfeita.

Nesse exato momento, o garoto sentiu que alguém o pegava pela orelha e o fazia levantar lentamente. E, desse jeito, ele atravessou a classe e foi colocado em seu assento. Toda a turma se divertiu mais uma vez. O professor ficou parado em pé de frente para ele por alguns terríveis instantes e finalmente voltou ao seu trono sem pronunciar

uma palavra sequer. Embora estivesse com a orelha doendo, Tom estava com o coração aos pulos de felicidade.

Quando os alunos voltaram a se acalmar, Tom fez um verdadeiro esforço para estudar, mas sua mente estava dispersa. Na aula de leitura, ele só fez besteiras; na de geografia, trocou lagos por montanhas, montanhas por rios e rios por continentes. E o pior desempenho veio no ditado: errou diversas palavras simples e acabou perdendo a medalha de peltre que ostentara por meses.

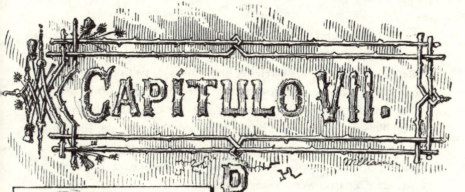

CAPÍTULO VII.

Por mais que Tom se esforçasse para manter a concentração em seu livro, sua mente viajava. Por fim, depois de um suspiro e um bocejo, ele desistiu. Parecia que o sinal do meio-dia nunca mais iria tocar. O ar estava pesado. Nenhuma brisa. O mais sonolento dos dias. O murmúrio dos alunos entorpecia, parecendo o zumbido de abelhas. Do lado de fora, o sol brilhava sobre os verdes montes de Cardiff Hill, o calor deixava tudo com um tom avermelhado, e alguns pássaros flutuavam preguiçosos pelo céu; nenhum ser vivo era visível, com exceção de algumas vacas adormecidas no pasto. Tom ansiava pela liberdade, ou ao menos por algo interessante para ajudar a fazer o tempo passar. Sua mão passeou pelo seu bolso por alguns instantes, e logo seu rosto se iluminou de felicidade. Ele então retirou do bolso a pequena caixa de papelão, soltou o carrapato e colocou-o sobre a carteira. O inseto provavelmente também transbordou de felicidade, achando que estava em liberdade. Porém não era bem assim. Quando a criatura começou a caminhar lentamente, Tom cutucou-a com o alfinete, mudando sua direção.

O melhor amigo de Tom estava sentado a seu lado e sofria com o clima modorrento da aula até aquele instante. Mas agora ele finalmente tinha algo para entretê-lo. Esse amigo do peito era Joe Harper. Eles eram melhores amigos durante a semana e arqui-inimigos aos sábados. Joe pegou o alfinete de sua lapela e usou-o para ajudar Tom a exercitar seu prisioneiro. A brincadeira ficou interessante. Tom notou que um atrapalhava a alfinetada do outro e nenhum dos dois conseguia tirar bom proveito do carrapato. Ele então traçou uma linha na carteira e separou-a em dois territórios.

"Agora", disse ele, "você o cutuca quando estiver do seu lado, e eu espero; mas, se você deixá-lo escapar para meu lado, terá de esperar até que ele volte para seu território."

"Tudo bem, combinado. Vamos começar."

O carrapato logo escapou de Tom e atravessou a linha meridiana. Joe cutucou-o por alguns instantes, mas ele logo mudou de área. Ele trocava de lado com frequência. Enquanto um garoto cutucava concentrado o carrapato, o outro esperava atento um deslize qualquer. Eles tinham as cabeças coladas uma à outra e não prestavam atenção em mais nada. Em um determinado momento, a sorte pareceu escolher Joe. O carrapato tentou por aqui, por ali, por acolá e parecia tão tenso quanto os garotos, mas, toda vez que se aproximava da liberdade, Joe o alfinetava e colocava sua rota dentro do território dele. Os dedos de Tom já estavam coçando de tanta ansiedade, e ele por fim não resistiu. Era muita tentação. Esticou o braço e alfinetou o inseto. Joe irritou-se e exclamou:

"Tom, deixe-o em paz!"

"Só quero alfinetá-lo um pouco, Joe."

"Não, não é justo. Deixe-o em paz."

"Calma, não vou cutucar muito."

"Eu já disse, deixe-o!"

"Não!"

"Mas você tem que deixar! Ele está do meu lado."

"Veja bem, Joe Harper, de quem é este carrapato?"

"Não me importa! Ele está do meu lado, e você não deve cutucá-lo."

"Pode apostar que eu vou cutucá-lo! Ele é meu, e faço o que quiser com ele!"

Uma tremenda pancada atingiu o ombro de Tom e logo depois também o ombro de Joe; por alguns minutos, a poeira dos casacos formou uma nuvem ao redor dos garotos, para a diversão de toda a turma. Eles estavam tão envolvidos com o carrapato que não perceberam que a sala estava em silêncio e que o professor se aproximou na ponta dos pés, parando atrás deles. Ele observou boa parte da trama antes de entrar em cena.

Quando finalmente o sinal do meio-dia bateu, Tom correu em direção a Becky Thatcher e sussurrou em seu ouvido:

"Coloque seu chapéu e finja que está indo para casa. Quando dobrar a esquina, ande devagar e deixe que as outras pessoas passem por você. Depois entre na outra rua e volte. Eu vou pelo lado contrário e te encontro na rua de trás."

E então cada qual seguiu com seu grupo pelo caminho combinado. Em pouco tempo eles se encontraram e voltaram para a escola, agora vazia, livre para eles. Eles sentaram-se juntos, abriram um caderno, e Tom deu um lápis a Becky. Ele segurou a mão da garota, guiando-a para desenhar outra casa. Depois de algum tempo, o interesse pela arte começou a abrandar e os dois iniciaram um conversa. Tom estava radiante. Ele disse:

"Você gosta de ratos?"

"Não, odeio ratos!"

"Bem, eu também odeio ratos vivos. Mas me refiro aos ratos mortos, daqueles que amarramos pelo pescoço e balançamos por aí."

"Não, não ligo muito para ratos. Gosto mesmo é de goma de mascar."

"Ah, eu também adoro! Queria ter algumas aqui agora."

"Queria? Eu tenho. Deixo você mascar um pouco, mas depois tem que me devolver."

Parecia uma boa ideia! Eles então mascavam um pouco e depois passavam para o outro, balançando as pernas de felicidade.

"Você já foi ao circo?", perguntou Tom.

"Sim, e meu pai vai me levar novamente, se eu me comportar."

"Eu já fui ao circo umas três ou quatro vezes. É muito mais legal do que a igreja. Sempre tem algo divertido acontecendo. Quero ser um palhaço de circo quando crescer."

"É mesmo? Isso seria muito legal. Acho palhaços divertidos e elegantes."

"São mesmo. E ganham rios de dinheiro. Quase um dólar por dia. É o que disse Ben Rogers. Diga-me uma coisa, Becky, você já foi noiva?"

"Como assim?"

"Noiva, para se casar."

"Não."

"Você gostaria de ser?"

"Acho que sim. Não sei. Como se faz?"

"Como? Não se faz nada. Você só diz a um garoto que vai ficar com ele para sempre, sempre, sempre. E com mais ninguém. Depois você beija o garoto, e pronto. Qualquer um pode fazer."

"Beijar? Mas por que beijar?"

"Porque, bem, você sabe, é... Todo mundo faz isso."

"Todo mundo?"

"Sim, ué. Todo mundo que está apaixonado. Você se lembra do que eu escrevi no papel?"

"Si-sim."

"O que era?"

"Não devo dizer."

"Então eu devo dizer?"

"Si-sim. Mas outra hora."

"Não, agora."

"Não, agora não. Amanhã."

"Ah, não, agora. Por favor, Becky! Eu posso sussurrar. É sempre mais fácil."

Becky hesitou, e Tom entendeu o silêncio como um consentimento. Ele passou o braço por sua cintura e sussurrou as palavras, com a boca bem próxima de seu ouvido. E depois completou:

"Agora você sussurra a mesma coisa para mim."

Ela resistiu um pouco e então disse:

"Se você virar seu rosto, para que eu não o veja, eu digo. Mas você não pode contar para ninguém. Você não vai contar, né, Tom?"

"De forma alguma. Nunca. Agora diga, Becky."

Ele virou o rosto. Ela dobrou-se timidamente até sua boca ficar muito próxima dos caracóis dos cabelos dele e sussurrou: "Eu te amo!".

Então ela se esticou, levantou e começou a correr, dando voltas nas carteiras e nos bancos. Tom a perseguia. Ela encostou-se em um canto da sala e cobriu o rosto com um lenço. Tom entrelaçou seu pescoço e implorou:

"Agora, Becky, está tudo feito. Só falta o beijo. Não tenha medo, não há nada errado nisso. Por favor, Becky." Ele puxou o lenço e as mãos da garota, que resistiu.

Pouco a pouco ela cedeu e afastou as mãos; seu rosto estava avermelhado depois de correr e lutar. Ela ficou parada, e Tom beijou seus lábios vermelhos. Depois ele disse:

"Agora está feito, Becky. E a partir de agora, como te disse, você nunca mais amará ninguém e nunca mais casará com ninguém. Ficará apenas comigo, para sempre. Promete?"

"Prometo, Tom. Nunca amarei outro alguém, nem casarei com outro alguém. Mas você também deve ficar apenas comigo."

"É claro que sim! Faz parte do acordo. E, sempre que estivermos a caminho da escola, ou voltando para casa, devemos andar juntos, mas só quando ninguém estiver olhando. Nas festas, sempre seremos pares. É assim que os noivos fazem."

"É tão legal! Eu não sabia que era assim."

"Ah, é de fato ótimo. Veja, quando eu e Amy Lawrence..."

Tom arregalou os olhos, entregando sua escorregada. Ele parou confuso.

"Ah, Tom! Então este não é seu primeiro noivado!"

A garota começou a chorar. Tom disse:

"Não chore, Becky, eu não gosto mais dela."

"Gosta sim, Tom! Eu sei que gosta."

Tom tentou enlaçar o pescoço da garota com o braço, mas ela o empurrou e virou o rosto para a parede, chorando. Tom tentou novamente, dessa vez pronunciando palavras de ternura, mas foi repelido de novo. O orgulho do garoto estava ferido, e ele deu as costas para a garota e saiu da sala. Ele ficou parado do lado de fora, impaciente, olhando insistentemente para a porta, na esperança de vê-la vindo atrás dele. Mas ela não veio. E Tom começou a sentir-se

mal, percebendo que estava errado. Era difícil ceder naquele momento tão delicado, mas ele se acalmou e decidiu voltar à sala. Ela continuava em pé, no canto, soluçando, com o rosto virado para a parede. Tom estava com o coração ferido. Ele chegou perto dela e parou por um momento, sem saber exatamente o que fazer. Depois, hesitante, ele disse:
"Becky, eu... eu não gosto de ninguém além de você."
Nenhuma resposta, somente soluços.
"Becky", suplicou. "Becky, você não vai dizer nada?"
Mais soluços.

Tom pegou em seu bolso sua mais nobre joia, um puxador de bronze de um gradeado de lareira, e mostrou a preciosidade à garota, dizendo:
"Por favor, Becky, pegue para você!"
Mas ela jogou o presente no chão. Tom então saiu caminhando firme em direção ao morro distante, sem a mínima intenção de voltar à escola naquele dia. Becky suspeitou da fuga do garoto, correu em

direção à porta, mas não o avistou. Ela correu para o parquinho, mas ele também não estava lá. Ela então chamou:
"Tom! Volte, Tom!"
Ela esperou a resposta, mas não ouviu nada. Sua única companhia era o silêncio e a solidão. Ela então sentou-se para chorar novamente, mas naquele instante alguns alunos começaram a voltar para a escola e ela teve que esconder seus pesares e seu coração partido e enfrentar uma longa e dolorosa tarde sem ter nenhuma amiga para ouvir suas lamentações.

Capítulo VIII.

Tom caminhou por diversas ruas pouco conhecidas, até ficar bem distante do trajeto dos demais alunos, e seguiu andando cabisbaixo. Ele cruzou um riacho duas ou três vezes, pois acreditava que quando cruzava a água ninguém poderia persegui-lo. Meia hora depois ele estava longe, passando por trás da mansão Douglas no pico de Cardiff Hill, e a escola já ficara muito para trás, em um vale pouco visível de onde estava. Ele adentrou uma floresta densa e caminhou por um trecho sem trilha até chegar ao que parecia ser o centro dela; então sentou-se sobre o musgo de um tronco de carvalho. Não havia sequer um vento leve no ar; o calor do meio-dia era fortíssimo, nem os pássaros se arriscavam a cantar; a natureza estava em transe, e o único som que se ouvia ocasionalmente era o martelar de um pica-pau distante dali, que parecia tornar ainda mais profunda a solidão. A alma do garoto estava melancólica; seus sentimentos correspondiam ao ambiente que o rodeava. Ele ficou sentado com os cotovelos apoiados nos joelhos, segurando o queixo com as mãos, meditando. Tinha a impressão de que a vida era cheia de problemas, e chegava a invejar um pouco o falecido Jimmy Hodges; devia ser muito agradável – pensava ele – deitar, dormir e sonhar para sempre, com o vento soprando entre as árvores e acariciando a grama e as flores de sua sepultura, sem nada para o incomodar, nunca mais. Se ao menos sua ficha na escola religiosa dominical estivesse limpa, ele poderia partir agora mesmo. Mas então apareceu essa garota. O que ele fez de errado? Nada! Tinha as melhores das intenções, e mesmo assim foi tratado como um simples cachorro. Ela ainda iria se arrepender daquilo, mas, quando isso acontecesse, poderia ser tarde demais. Ah, se fosse possível morrer apenas *temporariamente*!

Entretanto o intenso coração de um jovem não pode ser reprimido por muito tempo. Tom começou pouco a pouco a se interessar novamente pelas coisas da vida. E se ele sumisse misteriosamente agora? E se ele fugisse para longe, muito longe, para países desconhecidos do outro lado do mar, e nunca mais voltasse? Como ela se sentiria? A ideia de ser palhaço havia voltado à sua mente, mas agora aquele plano não o agradava. A frivolidade, as piadas e as calçolas coloridas pareciam intrusas que pouco combinavam com um espírito cheio de pensamentos elevados e românticos. Não, ele seria mesmo um soldado, que retornaria para sua casa, anos depois, com feridas de guerra, mas muito valorizado por todos. Ou, melhor ainda, ele se juntaria aos índios e sairia à caça de búfalos nas montanhas perigosas e nas intermináveis planícies do extremo oeste; anos depois, voltaria como grande chefe, enfeitado com penas e com o rosto todo pintado. Apareceria na missa de domingo, em uma manhã quente de verão, emitindo um intimidador grito de guerra e matando seus amigos de inveja. Ou não. Havia algo ainda melhor que aquilo. Ele seria um pirata! Isso sim! Agora seu futuro estava definido e parecia brilhar com grande esplendor. Seu nome seria conhecido em todo o mundo, e as pessoas o temeriam! Ele iria navegar de maneira gloriosa pelos mares revoltos, com seu longo e veloz barco de casco preto, o "Espírito da Tempestade"; a bandeira macabra hasteada na proa! E, no auge de sua fama, ele iria aparecer sem aviso na igreja do vilarejo, todo bronzeado, castigado pelo sol, vestindo um colete de veludo preto, botinas de couro, faixa vermelha na cabeça, cinto brilhando, um cutelo na cintura, chapéu enfeitado com plumas, agitando a bandeira negra com o crânio e os ossos cruzados. As pessoas iriam sussurrar: "É o pirata Tom Sawyer! O Vingador Negro do Mar das Antilhas!".

Agora, sim. Sua carreira estava definida. Ia fugir de casa e mergulhar nesse plano. Começaria na manhã seguinte. Por isso tinha que começar a se preparar, organizar tudo de que iria precisar. Ele caminhou até um tronco apodrecido e começou a cavar um buraco com seu canivete Barlow no chão, próximo a uma das extremidades. Em pouco tempo ele atingiu um pedaço de madeira que parecia oca dentro do buraco. Colocou a mão dentro do buraco e pronunciou as seguintes palavras como se fossem um encantamento:

"O que não estava aqui, que apareça! O que estava aqui, que continue!"

Então escavou a terra e retirou do buraco uma tábua de madeira de pinho. Continuou a puxar e percebeu que aquilo era na verdade uma pequena caixa, toda feita com tábuas de madeira de pinho. Dentro dela, uma bola de gude branca. Tom ficou incrivelmente surpreso! Coçou a cabeça, perplexo, e disse:

"Esta foi realmente incrível!"

Ele arremessou a bola de gude para o lado, de maneira displicente, e começou a refletir. A verdade era que uma superstição que ele e seus amigos consideravam infalível havia acabado de falhar. Eles acreditavam que se você enterrasse uma bola de gude com os encantos apropriados, deixasse lá por quinze dias e depois cavasse o buraco utilizando o mesmo encanto, você encontraria todas as bolas de gude que já perdera em toda a sua vida, todas juntas, não importando o local ou a data em que você as perdera. No entanto agora ele testemunhara que esse procedimento era falho. Toda a fé de Tom estava agora abalada. Ele já ouvira muitos colegas dizendo que o encanto funcionava, mas nunca ninguém lhe disse que, sequer uma vez, ele havia falhado.

O que não lhe ocorreu naquele momento foi que ele havia tentado realizar o procedimento diversas vezes no passado, mas nunca conseguira encontrar a bola escondida depois. Ele pensou sobre aquilo por algum tempo e chegou à conclusão de que alguma bruxa devia ter interferido e quebrado o encanto. Aquela hipótese era provavelmente verdadeira, mas, de qualquer forma, ainda queria investigar. Ele observou a área até encontrar um pequeno buraco em um banco de areia, com um formato de funil. Ele se deitou e colocou a boca perto da depressão, dizendo:

"Tatu-bola, tatu-bola, diga-me o que quero saber! Tatu-bola, tatu-bola, diga-me o que quero saber!"

A areia começou a se mover, e logo o pequeno inseto preto apareceu por alguns segundos na superfície e depois voltou amedrontado para o buraco.

"Ele não disse nada! Então foi mesmo a bruxa que quebrou o encanto. Eu sabia."

Ele sabia muito bem que não adiantava lutar contra os feitiços de uma bruxa, então deu por perdida aquela investida, mas lembrou-se de que poderia ficar com a bola de gude que havia arremessado pouco antes, então deu início a uma paciente busca. Porém, não teve sucesso. Ele então voltou ao local onde encontrara a caixa de madeira e colocou-se na mesma posição que estava quando jogou a bola para o lado; depois pegou outra bola em seu bolso e arremessou-a da mesma forma, dizendo:

"Vá encontrar sua irmã!"

Ele observou o curso da bola e viu onde ela havia caído; foi até lá e procurou-a. Mas o lançamento deve ter sido muito longo, ou muito curto; ele então tentou mais duas vezes e enfim conseguiu. As duas bolas de gude estavam a cerca de trinta centímetros de distância uma da outra.

Neste exato momento, ouviu-se um som de trompete vindo de outra parte da floresta. Tom rapidamente tirou sua jaqueta e suas calças, amarrou o suspensório na cintura, como um cinto, e vasculhou os arbustos próximos ao tronco apodrecido; encontrou um arco e algumas flechas improvisadas, uma espada de ripa de madeira e um trompete de lata; agarrou tudo e saiu correndo, com as pernas peladas e a camisa esvoaçante. Encontrou abrigo em um grande olmo, tocou o seu trompete em resposta e começou a andar cuidadosamente, observando os arredores. Ele então murmurou para os companheiros imaginários:

"Cuidado, meus homens. Mantenham-se escondidos até eu soprar."

Apareceu então Joe Harper, tão armado e preparado como Tom.

Tom gritou:

"Alto! Quem adentrou a floresta Sherwood sem minha autorização?"

"Guy de Gisborne não precisa de autorização. E você, quem é? Seu, seu..."

"Cuidado com o que diz", disse Tom, prontamente, já que falavam o texto memorizado de um livro.

"E quem é você, que ousa falar de tal forma?"

"Eu sou Robin Hood! Sua carcaça logo tomará conhecimento."

"Você é mesmo o famoso fora da lei? Fico feliz em saber que vou disputar contigo o direito de atravessar esta bela floresta. Em guarda!"

Eles pegaram as espadas de madeira, jogaram as outras tralhas no chão, posicionaram o corpo e os pés para lutar e começaram a tocar as espadas, "duas para cima e duas para baixo". Tom então disse:

"Agora, se ainda tem juízo, vá embora!"

Mas Joe Harper não foi, então eles continuaram a lutar, ofegantes e suados por causa do esforço. Tom então gritou novamente:
"Caia! Caia! Por que você não cai?"
"Eu não cairei! Por que você não cai? Quem está apanhando é você."
"Não estou, não. E também não posso cair; não é assim que está escrito no livro. O livro diz: 'Então, com um golpe pelas costas, ele matou o pobre Guy de Gisborne'. Você tem que se virar e deixar que eu te atinja pelas costas."

Não havia como questionar a história, então Joe virou-se, recebeu o golpe e caiu.

"Agora", disse Joe se levantando, "você deixa que eu te mate também. É o mais justo."

"Eu não posso fazer isso, não está no livro."

"Mas isso não é justo."

"Veja, Joe, só se você for Friar Tuck ou Much, o filho do moleiro, daí você pode me bater com um bastão; ou eu posso ser o xerife de Nottingham, e você, o Robin Hood, só um pouquinho. Assim você pode me matar."

Chegaram então a um acordo e, dessa forma, seguiram com suas aventuras. Depois Tom tornou-se Robin Hood novamente e pôde sangrar a freira traiçoeira até a morte. Por fim, Joe representou uma tribo inteira de foras da lei que capturaram o herói, roubando-lhe o arco e as flechas. Antes de perder a arma, Tom disse: "Onde cair esta flecha, ficará enterrado o pobre Robin Hood".

E ele então disparou a flecha e caiu como se fosse morrer, mas aterrissou sobre folhas de urtiga e acabou saltando vividamente, como nunca fizera antes qualquer cadáver.

Os garotos se vestiram, esconderam os equipamentos e foram embora reclamando que já não existem mais foras da lei como antigamente, e que a civilização moderna precisa de algum novo inimigo público para compensar o desaparecimento dos vilões. Eles diziam que preferiam ser um fora da lei por um ano na floresta de Sherwood do que presidente dos Estados Unidos para sempre.

CAPÍTULO IX.

Às nove e meia da noite, Tom e Sid foram para a cama, como de costume. Fizeram as orações, e Sid logo dormiu. Tom ficou acordado esperando impacientemente. Quando a ele parecia que o dia já ia raiar, finalmente ouviu o relógio anunciar as dez horas da noite! Estava desesperado! O nervosismo lhe dava vontade de se mexer e suspirar, mas ele ficava em silêncio para não acordar Sid. Manteve-se estático, com os olhos abertos na escuridão. Tudo estava calmo e silencioso, mas, pouco a pouco, pequenos ruídos surgiram em meio ao silêncio. O tique-taque do relógio ficava cada vez mais perceptível. As vigas de madeira e os degraus da escada estalavam misteriosamente. Era evidente que os espíritos estavam à solta. Um ronco ritmado e barulhento vinha do quarto da tia Polly. E então ele começou a ouvir o som de um grilo, mas era impossível saber de onde vinha. Depois ele identificou o ruído monótono de um escaravelho que parecia estar na parede da cabeceira de sua cama. Ele estremeceu, pois sabia que a presença daquele inseto significava que os dias de alguém estavam contados. Então ouviu o uivo de um cão que parecia estar muito distante dali; e outro cão, que parecia ainda mais longe, respondeu com outro uivo. Tom estava agoniado.

Por fim, depois de algum tempo, seu sofrimento começou a diminuir, à medida que o sono ia tomando conta de seus pensamentos; quando o relógio anunciou as onze horas, ele já não ouviu. Em meio a seus primeiros sonhos, ele começou a ouvir o melancólico miado de um gato. Algum vizinho levantou a janela, gritou alguns palavrões para o gato e depois atirou uma garrafa vazia que se estilhaçou no telhado de sua casa. Isso acordou-o completamente. Em um minuto ele se vestiu e saiu pela janela engatinhando. Ele miou como resposta, uma ou duas vezes, e depois pulou do telhado para o chão. Huckleberry Finn estava lá com seu gato morto. Os dois garotos saíram caminhando e desapareceram na escuridão. Depois de meia hora, eles já estavam andando pelo matagal do cemitério.

Era um cemitério típico do velho oeste. Ficava em um morro, a cerca de três quilômetros de distância do vilarejo. Era protegido por uma estranha cerca de madeira, ora torta para dentro, ora para fora, mas que se equilibrava por toda a extensão. Havia plantas e mato por todo lado, todas as sepulturas antigas estavam cobertas pela relva verde. As lápides estavam todas desorganizadas, carcomidas por insetos e tombadas para os lados. "Em homenagem à memória de..." era o que deveria estar escrito na maioria delas, mas já não era possível ler, mesmo sob a luz do dia.

Uma brisa leve movimentou algumas árvores, e Tom imaginou que fossem os espíritos daqueles lá enterrados, reclamando por ter sido perturbados. Os garotos falavam pouco e em volume baixo, já que aquele ambiente pesado os oprimia. Eles enfim encontraram a sepultura recente que estavam procurando e se abrigaram próximo a três grandes árvores que formavam uma espécie de esconderijo, a poucos metros da cova.

Eles esperaram em silêncio pelo que pareceu ser um longo período. Tudo o que ouviam era o piar de uma coruja, longe dali. Tom começou a ficar inquieto e sentiu a necessidade de conversar um pouco. Ele então murmurou:
"Hucky, você acha que os mortos gostam do fato de estarmos aqui?"
Huckleberry respondeu:
"Quem me dera saber. Mas o clima aqui é muito pesado, não é?"
"Ah, sim, com toda a certeza."
Depois de uma considerável pausa, e alguma reflexão sobre o assunto, Tom voltou a falar:
"Diga, Hucky, você acha que o Hoss Williams está nos ouvindo?"
"Mas é claro que sim. Ao menos o seu espírito nos ouve."
Depois de mais uma pausa, Tom disse:
"Queria ter dito senhor Williams. Mas não quis ser desrespeitoso. Todos o chamavam de Hoss."
"Nenhum morto pode fazer muita exigência em relação a como era chamado antes de partir, Tom."
E a conversa cessou mais uma vez.
Logo depois, Tom agarrou o braço de seu companheiro e exclamou:
"Shhh!"
"O que foi, Tom?", e os dois se encostaram, com o coração disparado.
"Shhh! De novo! Você não ouviu?"
"Eu..."
"Aí está! Agora você ouviu."
"Deus, Tom, eles estão vindo! Estão vindo com toda a certeza. O que faremos?"
"Não sei. Você acha que eles nos viram?"
"Ah, Tom, eles podem enxergar no escuro, assim como os gatos. Não deveríamos ter vindo."
"Não tenha medo. Não acho que eles vão nos incomodar. Não estamos fazendo nada. Se ficarmos quietinhos aqui, talvez eles nem percebam a nossa presença."
"Vou tentar, Tom, mas estou tremendo muito."
"Ouça!"
Os garotos grudaram um no outro e quase não respiravam. Um som abafado de vozes veio se aproximando, vindo da saída do cemitério.

"Veja, ali!", sussurrou Tom. "O que é aquilo?"
"Parece fogo dos diabos. Tom, isso é horrível!"
Alguns vultos se aproximavam na escuridão, balançando uma velha lanterna que ficava próxima do chão, espalhando faíscas pelo caminho. Huckleberry Finn murmurou tremendo:

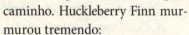

"É certo que são os diabos. São três, meu Deus! Tom, estamos fritos, você sabe rezar?"
"Vou tentar, mas não tenha medo. Eles não vão nos machucar. Basta ficarmos aqui e..."
"Shhh!"
"O que foi, Huck?"
"São pessoas! Ao menos um deles é com toda a certeza. Ouço a voz do velho Muff Potter."
"Não pode ser, ou pode?"
"Tenho certeza, conheço a voz dele. Agora não faça barulho. Ele não conseguiria perceber nossa presença. Ele deve estar bêbado, como sempre, praguejando!"
"Tudo bem, vou ficar quieto. Parece que estão parados. Não consigo vê-los. Aí vêm eles novamente. Estão chegando perto. Quente. Frio. Muito quente! Estão vindo para cá. Huck, acho que reconheço outra das vozes, é o Injun Joe."
"É ele mesmo, aquele assassino bastardo! Preferia que fossem os diabos. O que será que eles querem aqui?"
Eles tiveram que interromper os sussurros, pois agora os três homens estavam em frente à sepultura, próximos do esconderijo, a poucos metros de distância.
"Aqui está", disse a terceira voz, que levantou a lanterna enquanto falava, revelando ser do jovem doutor Robinson.
Potter e Injun Joe carregavam um carrinho de mão com uma corda e algumas pás. Eles descarregaram as ferramentas e começaram a cavar. O doutor colocou a lanterna na lápide da sepultura e se sentou

encostado em uma das árvores próximas. Ele estava tão perto que os garotos poderiam tocá-lo se quisessem.

"Vamos, homens!", disse ele em voz baixa. "A lua pode surgir de trás das nuvens a qualquer momento."

Eles resmungaram uma resposta qualquer e continuaram a cavar. Por algum tempo, não houve nenhum ruído a não ser o som das pás escavando e carregando a terra. Era muito monótono. Finalmente uma pá bateu na madeira: haviam chegado ao caixão. Depois de um ou dois minutos, os homens haviam retirado a caixa de madeira do buraco e a colocado no chão. Eles removeram a tampa com as pás, retiraram o corpo e o jogaram rudemente no chão. A lua saiu de trás das nuvens e expôs sua grande superfície esbranquiçada. Os homens então ajeitaram o carrinho de mão e colocaram o corpo sobre ele, cobrindo-o com uma coberta e amarrando-o com uma corda. Potter pegou um canivete, cortou as sobras da corda e disse:

"Agora que toda esta loucura já está feita, doutor, dê-me mais cinco, senão fica por aqui mesmo."

"É assim que se fala!", disse Injun Joe.

"Mas, afinal, o que significa isso?", perguntou o doutor. "Você pediu pagamento adiantado, e eu já lhe paguei."

"Sim, mas você fez mais do que isso", disse Injun Joe, aproximando-se do doutor, que agora estava em pé. "Há cinco anos, você me enxotou da cozinha de seu pai em uma noite qualquer, quando fui até lá pedir algo para comer. Você disse que eu não deveria nem estar lá; e eu jurei que iria me vingar daquilo, nem que tivesse de esperar por séculos. Vendo tudo isso, seu pai me mandou para a prisão, dizendo que eu não passava de um mendigo insolente. Você acha que me esqueci? O sangue em minhas veias nunca me deixou esquecer. E agora tenho você em minhas mãos. Vamos acertar as contas!"

Ele ameaçava o doutor colocando o punho em seu rosto. Porém o doutor atacou de surpresa, atingiu o bandido e levou-o a nocaute. Potter deixou o canivete cair e exclamou:

"Não ouse bater em meu parceiro!" E logo depois ele atirou-se contra o doutor e os dois começaram a lutar, rolando pela grama e pela terra, levantando poeira enquanto mediam forças. Injun Joe recuperou-se e, com ódio no olhar, pegou o canivete de Potter e engatinhou em direção aos combatentes, esperando uma oportunidade de agir. Em um movimento rápido, o doutor livrou-se da briga, alcançou a lápide de William e bateu em Potter com ela – mas no mesmo instante o bastardo aproveitou a oportunidade e cravou o canivete no peito do jovem rapaz, que girou e caiu por cima de Potter, manchando-o com seu sangue; as nuvens voltaram a vagar sobre a lua, escurecendo a noite, e nada mais pôde ser visto. Os dois garotos, amedrontados, aproveitaram a chance e fugiram pela escuridão.

Quando a lua voltou a iluminar a noite, Injun Joe estava de frente para os dois corpos, contemplando-os. O doutor emitiu alguns gemidos, deu seu último suspiro e morreu. O bastardo murmurou:

"Agora estamos quites, maldito."

Ele então roubou as posses do doutor, colocou o canivete na mão direita de Potter e sentou-se desmantelado sobre o caixão. Passaram-se alguns minutos e Potter começou a se mexer e a gemer. Sua mão, que estava aberta, fechou-se segurando o canivete com firmeza; ele levantou-a, olhou para ela e deixou-a cair, estremecendo. Depois sentou-se empurrando o cadáver para o lado, observando-o confuso. Seus olhos procuraram Joe:

"Meu Deus, o que houve aqui, Joe?", perguntou ele.

"A pior das desgraças", disse Joe, sem se mexer.

"Mas por que você fez isso?"

"Eu? Eu não fiz nada."

"Olhe para ele! Não há como negar."

Potter tremeu e empalideceu.

"Achei que estava sóbrio, já que não bebi esta noite. Mas parece que estou ainda pior do que quando chegamos aqui. Estou muito confuso, não consigo me lembrar de nada que aconteceu. Diga-me, Joe, meu amigo, honestamente: fui eu que fiz isso? Joe, eu nunca tive a intenção, juro por minha alma e minha honra, nunca quis fazer isso, Joe. Diga-me como foi. Ah, que horror! E ele era tão jovem e promissor..."

"Bem, vocês dois estavam lutando, e ele atingiu você com a lápide. Você caiu; mas logo se recuperou e voltou cambaleando; apanhou o canivete e o atacou no mesmo instante em que ele te desferiu outro golpe. Você caiu e parecia morto, até agora."

"Eu não sabia o que estava fazendo. Juro por tudo que há de mais sagrado. Foi tudo culpa do uísque e do calor do momento. Nunca usei uma arma em minha vida antes, Joe. Já briguei muito, mas nunca com armas. Todo mundo sabe disso. Joe, não diga a ninguém! Você é um bom companheiro, sei que não dirá a ninguém. Eu sempre gostei de você e te apoiei. Você se lembra, não é? Você não vai contar para ninguém, de acordo?" E o pobre coitado caiu de joelhos diante do verdadeiro assassino, agarrando suas mãos.

"Você sempre foi justo e correto comigo, Muff Potter, e eu não vou te entregar. Pronto, isso é tudo o que posso te garantir."
"Oh, Joe, você é um anjo. Eu lhe serei eternamente grato por isso." E Potter começou a chorar.
"Vamos, chega deste assunto, não é hora de promessas e gentilezas. Você vai por ali e eu por aqui. Mexa-se, e não deixe pistas!"
Potter saiu a passos largos e logo começou a correr. O mestiço ficou parado, observando-o. Depois murmurou:
"Se ele realmente estiver tão confuso e bêbado quanto parece estar, não se lembrará do canivete até estar muito longe daqui. E quando lembrar, não terá coragem de voltar até aqui e buscar sua arma. Que grande covarde!"

Alguns minutos depois, o homem assassinado, o cadáver coberto, o caixão sem tampa e o buraco da cova estavam sem nenhuma testemunha ao redor, com exceção da brilhante lua. O silêncio era absoluto novamente.

CAPÍTULO X.

Os dois garotos correram sem parar até chegar ao vilarejo, calados pelo pavor. Eles olhavam por sobre os ombros de vez em quando, apreensivos, como se tivessem medo de estar sendo seguidos. Cada vulto de tronco que aparecia pelo caminho parecia um homem à espreita, fazendo-os prender a respiração; quando passaram por alguns casebres ainda nos arredores do vilarejo, foram surpreendidos pelo latido de diversos cães de guarda; aquilo fez com que eles corressem ainda mais.

"Se conseguirmos chegar ao curtume para descansar um pouco", sussurrou Tom, entre uma respiração e outra, "não conseguirei continuar por muito tempo."

A única resposta de Huckleberry foi a respiração ofegante. Os dois garotos miraram o alvo e correram com determinação. Deram os últimos passos, atravessaram a porta entreaberta e caíram no chão, exaustos, mas agradecidos, dentro do abrigo. Aos poucos eles foram recuperando o fôlego, e Tom sussurrou:

"Huckleberry, o que você acha que vai acontecer agora?"

"Se o doutor Robinson morrer, acho que alguém será condenado à forca."

"Você acha?"

"Tenho certeza, Tom."
Tom pensou um pouco e então disse:
"Mas quem vai contar? Nós?"
"De jeito nenhum! E se por algum motivo Injun Joe escapar da forca? Com toda a certeza, ele viria atrás de nós e nos mataria."
"Era exatamente o que eu estava pensando, Huck."
"Deixe que o Muff Potter conte. Ele sim é tolo e bêbado o suficiente para isso!"
Tom não disse nada e ficou a pensar. Depois sussurrou:
"Huck, o Muff Potter não sabe. Ele não pode contar."
"E por que você acha que ele não sabe?"
"Porque ele havia tomado aquela pancada pouco antes do ataque fatal do Injun Joe. Você acha que ele viu alguma coisa? Será que ele saberia?"
"É verdade, Tom, você está certo."
"E acho que aquela pancada pode tê-lo matado também."
"Acho que não, Tom. Ele estava bêbado, isso eu pude perceber; e, para ser sincero, ele sempre está. Quando meu pai está bêbado, você pode acertá-lo com um pedregulho que nada lhe acontece. Ele mesmo sempre diz isso. O mesmo acontece com o Muff Potter, tenho certeza. Mas, se ele estivesse sóbrio, aquela pancada poderia matá-lo, aí sim poderia."
Outra reflexão em silêncio, e depois Tom disse:
"Hucky, você tem certeza de que consegue manter segredo?"
"Nós temos que manter segredo, Tom. Você sabe disso. Injun é terrível, e não seria nenhuma surpresa se ele nos matasse como gatos de rua se descobrisse que o entregamos. Isso se escapar de ser enforcado. Agora vamos fazer um juramento. Sim, é o que precisamos fazer; jurar ficar em silêncio."
"Estou de acordo. É a melhor coisa. Vamos apertar as mãos e jurar que..."
"Ah, não, isso não seria suficiente. Aperto de mão é para coisas simples e cotidianas. As garotas fazem isso e desfazem o trato com a maior facilidade o tempo todo. Para coisas mais importantes como esta, temos que fazer de outra forma: com sangue."
Tom achou a ideia genial. Era profunda, obscura e terrível; a hora, as circunstâncias e o ambiente pediam aquilo. Ele pegou uma tábua

de pinho que estava sob a luz da lua, sujou o dedo com um pouco de pó vermelho que trazia em seu bolso e começou a traçar algumas linhas, lentamente, como se fosse muito difícil e sacrificado, colocando a língua entre os dentes e pressionando o dedo a cada movimento enquanto escrevia as palavras.

> *Huck Finn e Tom Sawyer juram que vão ficar em silêncio sobre o ocorrido, e que eles morram imediatamente se disserem alguma coisa a este respeito.*

Huckleberry estava admirado com a facilidade com que Tom escrevia aquelas palavras, de uma forma tão solene. Ele então pegou um alfinete de sua lapela e estava a ponto de se furar quando Tom o interrompeu:

"Espere! Não faça isso. É um alfinete de bronze e está com verdete."

"O que é verdete?"

"É veneno. É isso o que é. Experimente engolir um pouco disso e verá." Tom então desenrolou um de seus alfinetes. Os dois garotos furaram a ponta do dedo e espremeram até sair uma gota de sangue. Repetiram o processo algumas vezes, e depois de algumas espremidas Tom conseguiu rabiscar suas iniciais usando a ponta do dedo como caneta. Ele então mostrou a Huckleberry como escrever um H e um F, e assim o juramento estava completo. Eles enterraram a tábua próxima da parede, sempre em clima cerimonial e encantado; depois fingiram cortar a língua, simbolizando o decreto final do acordo.

Um vulto passou furtivamente através de uma passagem na outra extremidade do prédio, mas eles não notaram.

"Tom", sussurrou Huckleberry, "isso nos impede de dizer qualquer coisa para sempre?"

"É claro que sim. Não importa o que aconteça, temos que permanecer calados. Nós morreríamos, você entende?"

"Sim, entendo perfeitamente."

Eles continuaram a sussurrar por alguns minutos. Nesse momento, um cachorro uivou prolongadamente de um jeito lúgubre do lado de fora, mas muito próximo deles. Os garotos se agarraram assustados.

"Para qual de nós ele está uivando?", gaguejou Huckleberry.

"Eu não sei! Olhe pelo buraco, rápido!"

"Não, olhe você, Tom!"

"Não, não consigo, Huck!"

"Por favor, Tom. É ele de novo!"

"Ah, espere um pouco", sussurrou Tom. "Eu conheço esse latido, é o cão Bull Harbison."

"Nossa, que bom! Vou te dizer uma coisa, Tom, estava morrendo de medo; tinha quase certeza de que era um cachorro de rua."

No entanto o cachorro uivou novamente, e o coração dos garotos voltou a bater forte.

"Meu Deus! Não é o cão Bull Harbison!", disse Huckleberry. "Vá espiar, Tom!"

Tom, tremendo de medo, colocou um olho no buraco e sussurrou bem baixinho:

"Ai, Huck, é mesmo um cachorro de rua!"

"Veja depressa para qual de nós ele está uivando!"

"Huck, eu acho que ele uiva para nós dois, pois estamos juntos aqui."

"Acho que estamos perdidos. E eu já sei para onde vai minha alma, pois tenho sido muito mau."

"É nisso que dá matar aulas o tempo todo e desobedecer aos mais velhos. Eu poderia ter sido bonzinho, como Sid, mas não fui, é claro. Porém eu juro que, se conseguir escapar desta, serei o garoto mais comportado das aulas religiosas de domingo!" E Tom começou a fungar um pouco.

"Você se considera mau?", perguntou Huckleberry, que a esta altura fungava também. "Perto de mim, Tom Sawyer, você é quase um anjo. Meu Deus! Meu Deus! Quisera eu ter a metade das chances da sua alma."

Meio engasgado, Tom disse:
"Olhe, Hucky, olhe! Ele virou-se para trás!"
Hucky olhou, agora mais esperançoso.
"Ele realmente virou, mas será que foi antes de uivar?"
"Sim, foi antes de uivar. Eu não havia pensado nisso. Não é um bom sinal. Para quem será que ele está uivando?"
O uivado parou e Tom apurou os ouvidos.
"Shhh! Que som é esse?", perguntou ele.
"Parecem porcos grunhindo. Não, é alguém roncando, Tom."
"É isso mesmo! Mas de onde vem, Huck?"
"Acho que vem lá do outro lado. Pelo menos é o que parece. Meu pai dormia lá, de vez em quando, junto com os porcos. Mas seu ronco era muito mais alto. Além disso, acho que ele nunca mais veio ao vilarejo."
O espírito de aventura voltou a tomar conta da alma dos garotos.
"Hucky, se eu for até lá, você me acompanha?"
"Eu não sei, Tom, e se for o Injun Joe?"
Tom hesitou, mas a tentação foi mais forte, e os garotos resolveram arriscar a sorte, combinando antes que, se o ronco parasse, eles fugiriam em disparada. Então eles foram, na ponta dos pés, lentamente. Quando estavam a cinco passos do homem que roncava, Tom pisou em um graveto, que quebrou e emitiu um estalo alto. O homem murmurou, girou o corpo, e a luz da lua iluminou seu rosto. Era Muff Potter. Os garotos ficaram paralisados, pois acharam que o homem

poderia ter acordado, mas perceberam logo que ele continuava dormindo. Saíram por uma fenda, também na ponta dos pés, e pararam depois de alcançar uma distância segura para trocar algumas palavras. Contudo, naquele mesmo instante, o uivado lúgubre tomou conta da noite mais uma vez! Eles se viraram e avistaram o estranho cachorro, próximo ao local onde Potter dormia, olhando na direção do homem, com o focinho levantado.

"Meu Deus! É para ele que o cachorro está uivando!", exclamaram os dois, suspirando.

"Tom, ouvi dizer que um cachorro de rua uivou ao redor da casa de Johnny Miller, por volta da meia-noite, há duas semanas; e que, depois disso, um curiango pousou na varanda da casa e lá ficou a cantar; mas ninguém morreu."

"Bem, eu sei disso. E acho que ninguém vai morrer. Mas ouvi dizer que a Gracie Miller caiu na cozinha e se queimou no sábado seguinte."

"Sim, mas não morreu. E está se recuperando muito bem."

"Espere e verá. Ela está condenada, assim como Muff Potter. É o que dizem os pretos, e eles sabem disso melhor do qualquer um, Huck."

Eles então se separaram pensativos. Quando Tom chegou à janela de seu quarto, a noite já estava quase no fim. Ele trocou de roupa, com muito cuidado, e foi dormir feliz por não ter sido descoberto depois de tanta aventura. Ele não poderia imaginar que Sid estava na verdade acordado, e assim esteve por cerca de uma hora.

Quando Tom acordou, Sid já havia se vestido e descido. Pela luz do dia, ele teve a impressão de que já era tarde. Ficou intrigado. Por que Sid não o havia acordado e perturbado, até que ele levantasse, como de costume? Algo parecia errado. Em menos de cinco minutos ele se vestiu e desceu as escadas ainda sonolento. A família estava à mesa, mas já tinham terminado o café da manhã. Não houve nenhum sermão, mas os olhares pareciam condená-lo; o silêncio e o ar solene do ambiente gelaram seu coração. Ele sentou-se e tentou fingir que estava animado, mas ninguém lhe retornou o sorriso, nem sequer lhe dirigiram a palavra. Então ele ficou em silêncio, com o coração mergulhado em tristeza.

Depois do café da manhã, sua tia chamou-o num canto, e Tom ficou quase feliz em saber que iria tomar uma bronca, mas não era isso. Ela começou a chorar e perguntou a ele como era capaz de partir seu coração daquela forma; disse que, se continuasse a agir assim, ele iria se arruinar, e ela iria por certo para o túmulo entristecida, pois já não sabia mais o que fazer. Aquilo era pior do que mil palmadas, e o coração de Tom ficou em frangalhos. Ele chorou, pediu perdão, prometeu diversas vezes que iria mudar, e então foi dispensado. Saiu com a sensação de que o perdão que havia recebido era pouco sincero e que ainda não ganhara a confiança da tia.

Ele ficou tão triste que nem conseguiu ter raiva de Sid, que saiu pelos fundos da casa com medo da retaliação de Tom. Caminhou cabisbaixo para a escola e, quando chegou, foi castigado, junto com Joe Harper, por ter matado a aula do dia anterior. No entanto, sua fisionomia indicava que aquele era o menor de seus problemas. Ele então foi para sua carteira, colocou os cotovelos à mesa, segurou a cabeça com as mãos no queixo e fixou os olhos em uma parede com a certeza de que seu sofrimento não poderia ficar pior. Seu cotovelo estava encostado em algum objeto. Depois de alguns instantes, ele mudou de posição lentamente e pegou o objeto com um suspiro triste. Era um pedaço de papel. Ele desdobrou-o. Uma alegre surpresa animou seu coração. Era o seu puxador de bronze!

Agora sim seu dia começara.

Capítulo XI.

Era quase meio-dia quando o vilarejo foi assombrado com as notícias sinistras. Não foi preciso jornal, ou noticiário oficial; a história passou de boca a boca com uma velocidade impressionante. Obviamente, o diretor da escola liberou os alunos da aula da tarde; o vilarejo poderia suspeitar dele se não o fizesse.

Um canivete ensanguentado foi encontrado próximo ao corpo do homem assassinado, e alguém o reconheceu como pertencente a Muff Potter – a história se espalhou. Outro rumor indicava que um cidadão do vilarejo avistara Potter se banhando em um riacho por volta de uma ou duas horas da manhã e que Potter então fugira – uma atitude muito suspeita, especialmente a parte de se banhar no riacho, algo não muito habitual para Potter. Também disseram no vilarejo que o assassino Potter estava sendo procurado (sim, o povo não perdeu tempo em condenar o pobre coitado com base nas evidências existentes), mas ninguém o havia encontrado. A guarda montada saiu pelas estradas em todas as direções, e o xerife estava confiante de que iria capturá-lo antes do anoitecer.

Todas as pessoas do vilarejo estavam nos arredores do cemitério. Tom havia esquecido sua tristeza e caminhava também em direção ao local do crime não porque tivesse vontade de ir para lá, mas sim porque sentia uma estranha fascinação que o atraía. Chegando ao

local da desgraça, ele escorregou seu pequeno corpo em meio à multidão e conseguiu observar bem a cena do delito. Parecia-lhe que haviam se passado séculos desde que estivera lá. Alguém beliscou seu braço. Ele se virou e deu de cara com Huckleberry. Então ambos olharam em volta para ter certeza de que ninguém desconfiara da troca de olhares entre eles. Porém todos estavam entretidos com o horrível espetáculo e observavam tristes, emitindo, vez ou outra, frases de lamentação.

"Pobre rapaz! Tão jovem! Que sirva de lição para os ladrões de sepultura! Muff Potter será enforcado por isso, se for pego!" Estas eram as frases mais ouvidas.

Já o padre disse:

"Isso foi uma punição. A mão de Deus está aqui."

Nesse instante, Tom estremeceu da cabeça aos pés; seus olhos avistaram a face impassível de Injun Joe. No entanto, naquele exato momento, a multidão começou a se agitar e alguns gritaram: "É ele! É ele! Está vindo por conta própria!".

"Quem? Quem?", perguntaram outras vozes.

"Muff Potter!"

"Vejam, ele parou! E agora está se virando! Não deixem que ele fuja!"

As pessoas que estavam penduradas nas árvores ao redor da sepultura diziam que ele não estava tentando escapar; só parecia confuso e perplexo.

"Mas que audácia", disse um homem na multidão, "parece que veio quietinho dar uma olhada no que aprontou, não esperava encontrar gente por aqui."

A multidão se afastou e deu passagem ao xerife, que já segurava Potter pelo braço. O pobre homem estava transtornado e seus olhos demonstravam um medo intenso. Ele parou em frente ao homem morto e, tremendo muito, colocou as mãos sobre o rosto e começou a chorar.

"Eu não fiz isso, meus amigos", soluçou. "Dou minha palavra de honra que não fui eu."

"Mas quem te acusou?", gritou uma voz.

O grito parece tê-lo despertado de um transe. Potter ergueu a cabeça e olhou ao redor com um olhar desesperado. Ao avistar Injun Joe, ele disse:

"Ah, Injun Joe, você me prometeu que nunca..."

"Esse canivete é seu?", perguntou o xerife, jogando a arma diante dele.

Potter teria desabado no chão se as pessoas próximas a ele não o tivessem segurado e o colocado sentado. Então ele disse:

"Algo me dizia que se não voltasse aqui para pegar..." Ele continuava tremendo. Então ergueu a mão, quase sem forças, e disse: "Conte a eles, Joe, conte a eles. Já não adianta mais nada".

Huckleberry e Tom ficaram mudos, observando impressionados como aquele mentiroso frio e calculista descrevia sua falsa versão do ocorrido; eles torciam para que, a qualquer momento, um raio enviado por Deus caísse daquele límpido céu e acertasse a cabeça daquele infeliz. Mas isso não aconteceu, e quando ele terminou a sua explanação, vivo e inteiro, os garotos tiveram um impulso de quebrar o juramento e salvar o pobre injustamente acusado, mas logo desistiram da ideia. Estava claro que o assassino havia vendido a alma para o diabo, e o esforço deles seria inútil.

"Por que você não fugiu? Para que veio aqui?", perguntou alguém.

"Não consegui evitar, foi mais forte do que eu", murmurou Potter.

"Eu queria fugir, mas não conseguia ir para nenhum outro lugar. Só queria vir para cá." E voltou a soluçar.

Injun Joe repetiu seu relato calmamente, alguns minutos depois, sob juramento; e os garotos, vendo que de fato nenhum raio caiu, tiveram certeza de que Joe realmente vendera sua alma ao diabo. Ele então se tornara o mais maligno e interessante personagem daquele vilarejo para os garotos. Eles não conseguiam tirar os olhos dele.

Decidiram intimamente que iriam vigiá-lo de noite, na esperança de poder testemunhar uma aparição do mestre das trevas.

Injun Joe ajudou a erguer o corpo do homem assassinado e colocá-lo dentro de uma carroça para a remoção; algumas pessoas na multidão sussurraram que o ferimento parecia ter sangrado um pouco! Os garotos acharam que esse fato poderia colocar outras pessoas sob suspeita, inclusive o verdadeiro assassino, mas isso não aconteceu, já que algumas pessoas disseram:

"Isso deve ter ocorrido quando Muff Potter esteve próximo do corpo. Ele pode tê-lo atacado novamente."

O segredo de Tom perturbava sua consciência, e ele não conseguiu dormir durante quase uma semana. Certa manhã, no café, Sid disse:

"Tom, você tem estado agitado e falado enquanto dorme ultimamente. Isso tem me perturbado também."

Tom empalideceu e baixou os olhos.

"Isso não é bom", disse a tia Polly, com uma entonação séria. "O que está acontecendo, Tom?"

"Nada. Nada que eu saiba." Porém o garoto tremeu tanto que até derrubou um pouco de café.

"E você diz coisas estranhas...", completou Sid. "Na noite passada, você disse: 'É sangue, é sangue sim!'. Disse isso várias vezes. E também disse: 'Não me perturbe, senão eu conto!'. Contar o quê? O que você quer contar?"

A cabeça de Tom dava voltas. Era difícil imaginar que aquela conversa acabaria bem. Mas afortunadamente a preocupação de tia Polly desapareceu, e ela acabou socorrendo Tom sem saber. Ela disse:

"Ah, então é aquele assassinato horrível. Eu também sonho com isso quase toda noite. Às vezes, sonho que fui eu quem matou o pobre rapaz."

Mary também colaborou, dizendo que se sentia da mesma forma. Sid pareceu aceitar a justificativa. Tom saiu discretamente do recinto assim que a oportunidade surgiu e depois daquilo reclamou que estava com dor de dente por uma semana; ele enfaixava sua boca todas as noites antes de dormir. Ele nunca descobriu que Sid continuava a observá-lo durante a noite e frequentemente retirava a bandagem de sua boca, deixando-o falar por algum tempo, e depois colocava-a de volta. As preocupações de Tom foram diminuindo aos poucos, e a dor de dente simulada deixou de ser necessária. Se Sid conseguiu descobrir algo das frases desconexas pronunciadas por Tom durante seu sono, guardou para si em segredo.

Tom tinha a impressão de que seus colegas da escola nunca mais deixariam de falar sobre gatos mortos; assunto que sempre trazia as tenebrosas lembranças de volta à mente do garoto. Sid percebeu que Tom nunca argumentava sobre esse tema, embora sempre tenha adorado um debate a respeito de qualquer outro assunto; ele também percebeu que Tom se negava a ser a testemunha nas brincadeiras de investigação – aquilo também era estranho. E Sid também não deixou de notar que Tom chegava a ter certa aversão por aquele tipo de brincadeira, evitando participar sempre que podia. Sid ficou intrigado, mas não disse nada. Entretanto as brincadeiras de investigação começaram a ser esquecidas, e Tom por fim deixou de sofrer.

Quase todos os dias, durante esse período de sofrimento, Tom saía na surdina e ia até a pequena janela da cadeia onde se encontrava preso o "assassino" e levava para ele todo tipo de presente. A prisão era uma pequena casa de tijolos que ficava próxima de um pântano já quase fora do vilarejo. Não era necessária a presença de guardas; na verdade, poucas vezes havia alguém preso lá. Os presentes ajudavam a aliviar a consciência de Tom.

Algumas pessoas do vilarejo chegaram a propor um castigo ou uma punição para Injun Joe por roubar sepulturas, mas o sujeito era tão assustador que ninguém quis assumir a liderança do ato, e a ideia foi então deixada de lado. Ele foi cuidadoso e começou seus dois testemunhos com a descrição da luta sem confessar que antes estava roubando a sepultura; em razão disso, todos os que analisaram o caso acharam por bem não dar sequência à investigação naquele momento.

CAPÍTULO XII

Um intrigante mistério ajudou Tom a esquecer-se de seus problemas secretos. Becky Thatcher não estava mais indo à escola. Tom tentou ignorar o fato, mas não conseguiu. Ele começou a passar em frente à casa da garota frequentemente, quase todas as noites, sempre muito triste. Ela estava doente. E se ela morresse? Ele ficou com aquele pensamento fixo. Já não se preocupava com a guerra, ou com a pirataria. A alegria da vida se fora; só restava a tristeza. Já não brincava com seu aro de girar nem com seu taco; nada mais tinha graça. Sua tia estava preocupada e começou a dar-lhe toda espécie de remédio. Ela era uma daquelas pessoas que gostam de medicamentos e tratamentos inovadores, capazes de proporcionar ou recuperar a saúde. Era uma pesquisadora incansável. Sempre que aparecia alguma novidade, ela procurava alguém doente só para testar o remédio; não podia testar nela mesma, pois raramente padecia de algum mal, mas em qualquer um que estivesse por perto. Ela assinava todas as revistas e todos os periódicos sobre saúde e acreditava em tudo o que lia, mesmo nos artigos mais absurdos. Era tão importante para ela como o ar que respirava. Todas aquelas baboseiras sobre ventilação de ambientes, preparos para uma boa noite de sono, como despertar com qualidade, o que comer, o que beber, quanto exercício fazer, que tipo de pensamento ajuda o indivíduo, que roupa vestir... era tudo essencial para ela, e ela nunca percebia que os artigos do mês corrente normalmente discordavam totalmente daqueles do mês anterior. Era uma pessoa simples e honesta, por isso, um alvo fácil. Ela juntava seus artigos e seus medicamentos e saía por aí, armada em seu cavalo branco – metaforicamente – para ajudar as pobres almas. Porém ela nunca suspeitou que o anjo curador nem sempre era essencial e imprescindível para toda a vizinhança.

A novidade agora era um tratamento com água, e a condição precária de Tom era a oportunidade perfeita para a realização do teste. Ela o levava para tomar sol todas as manhãs, colocava-o sobre o telhado de madeira e dava-lhe um banho com água fria; ela então enxugava o garoto com uma toalha e levava-o para dentro da casa; depois o enrolava em um lençol molhado e cobria-o com várias cobertas. A ideia era suar a alma do garoto até que as "manchas amareladas saíssem por seus poros", como explicava o próprio Tom.

No entanto, apesar de todo esse esforço, o garoto estava cada vez mais melancólico, pálido e abatido. A tia adicionou ao tratamento banhos quentes, banhos de bacia, chuveiradas e imersões. Tom continuava tão triste quanto um carro fúnebre. Ela aliou o tratamento com água a uma dieta composta de caldo de aveia e emplastros. Ela calculava a capacidade do garoto como se ele fosse uma jarra e preenchia o volume com todo tipo de poção mágica.

Tom estava indiferente à perseguição. E isso deixava a velha senhora consternada. Essa indiferença não podia continuar. E foi justamente nessa época que ela ouviu falar em analgésico pela primeira vez. Imediatamente, ela comprou uma grande quantidade, provou um pouco e adorou. Era fogo em estado líquido. Ela largou o tratamento com água e todo o resto e passou a apostar todas as fichas no analgésico. Ela deu a Tom uma farta colherada do remédio e ficou assistindo ao resultado ansiosa. Seus problemas haviam acabado. Sua alma estava em paz novamente; a indiferença desaparecera. O garoto estava animado e alegre novamente. Parecia até que havia despertado de um transe.

Tom sentia que era hora de acordar; aquele estilo de vida parecia ser bem romântico e combinava com sua condição, mas também era tedioso, e ele não tinha mais tempo a perder. Ele então pensou nas variadas possibilidades que tinha para justificar sua cura repentina e decidiu que o milagre viria dos analgésicos. Passou a pedir o remédio com tanta frequência que sua tia ficou aborrecida, mostrou a ele onde estava o vidro com o medicamento e autorizou-o a pegar o quanto quisesse. Se a instrução tivesse sido dada para Sid, ela estaria tranquila. Mas, como foi para Tom, ela precisou verificar o vidro para ter certeza de que ele seguia tomando a medicação. De fato, o conteúdo estava diminuindo, mas não ocorreu a ela que, na verdade, quem estava se tratando com o remédio era o buraco na madeira do piso da sala de estar.

Certo dia, Tom estava prestes a jogar outra dose de remédio pela rachadura do piso quando o gato amarelo de sua tia se aproximou, ronronando, mirando a colher com apetite, quase pedindo uma prova. Tom disse:

"Não me peça se de fato não quiser, Peter."

Mas Peter parecia realmente interessado na colher.

"Você tem certeza?"

Ele tinha.

"Bem, já que você pediu, eu dou, porque sou uma pessoa muito boa e generosa; mas, caso você não goste, a culpa é toda sua."

O gato parecia concordar com os termos. Então Tom abriu a boca do bichano e despejou o líquido. Peter deu um pulo no ar, soltou um grito desesperado e correu pela sala derrubando móveis e outros objetos; uma verdadeira devastação. Depois ergueu-se nas patas traseiras e continuou girando, delirando de prazer, proclamando em miados sua felicidade inabalável. Então saiu em disparada pela casa novamente, espalhando o caos e a destruição por onde passava. Tia Polly entrou a tempo de vê-lo executar alguns saltos mortais, dar um grito final e pular pela janela derrubando os últimos vasos de flores que ainda permaneciam inteiros. A velha senhora parou petrificada, observando sua sala destruída. Tom estava caído no chão, se contorcendo de tanto rir.

"Tom, o que diabos aconteceu com aquele gato?"
"Eu não sei, tia", respondeu o garoto.
"Nunca o vi daquele jeito. Por que estava tão agitado?"
"Eu realmente não sei, tia Polly. Os gatos são assim quando estão se divertindo."
"Ah, são assim?" Algo no tom de voz da tia Polly deixou Tom apreensivo.
"Sim, senhora. Eu acredito que são."
"É mesmo?"
"Sim, senhora."
A velha senhora começou a se abaixar. Tom observava com interesse e ansiedade. Porém ele descobriu a real intenção de sua tia tarde demais. O cabo da colher estava visível, debaixo do lençol da cama.

Tia Polly pegou o talher e mostrou a Tom. Ele estremeceu e baixou os olhos. Como de costume, ela o levantou pelas orelhas e bateu em sua cabeça com o dedal.

"Agora, senhor, eu quero que me explique por que fez aquilo com o pobre animal."

"Fiz porque tive pena dele. Ele não tem tia."

"Não tem tia? Mas o que isso tem a ver com o caso?"

"Tem tudo a ver. Se ele tivesse uma tia, já teria sido castigado. Ela teria feito picadinho dele, assim como as tias fazem com os sobrinhos humanos!"

Tia Polly sentiu remorso. O comentário do garoto fazia a situação ser vista de outra perspectiva; o que era cruel para um gato era também cruel para uma criança. Ela esmoreceu e começou a se sentir culpada. Seus olhos marejaram. Ela colocou a mão sobre a cabeça de Tom e disse delicadamente:

"Tinha a melhor das intenções, Tom. Ainda bem que o remédio fez você melhorar."

Tom olhou para sua tia com um sorriso discreto e disse:

"Sei que você tinha a melhor das intenções, tia, assim como eu com Peter. O remédio fez bem para ele também. Nunca o vi tão feliz desde..."

"Ah, mas saia daqui agora, Tom, antes que eu perca minha paciência novamente. Veja se pelo menos uma vez na vida você consegue ser um garoto comportado. Por certo, não precisa mais de remédio."

Tom saiu em disparada para a escola e chegou antes do horário. Embora aquilo fosse um pouco estranho, estava acontecendo todos os dias. E, em vez de ir brincar no pátio com seus amigos, ele ficava parado no portão da frente da escola. Dizia aos amigos que estava doente, e de fato era o que parecia. Ele disfarçava o olhar como se estivesse distraído, mas na verdade observava a estrada. Quando finalmente avistou Jeff Thatcher, seu rosto se iluminou. Ele ficou esperançoso por alguns instantes, mas logo se entristeceu novamente. Tom abordou Jeff e tentou descobrir por intermédio de sua conversa alguma coisa sobre Becky, mas o rapaz pareceu não ter percebido sua real intenção. Tom então continuou em frente ao portão, enchendo-se de esperança a cada garota com vestido que surgia no horizonte e caindo na tristeza quando percebia que não era o de sua amada. Quando por fim cessaram de chegar os vestidos floridos no horizonte, ele aceitou a má sorte e foi sentar-se arrasado em seu lugar. Porém, neste exato momento, um último vestido atravessou o portão e o coração de Tom bateu descompassado. No instante seguinte, ele não cabia em si; pulava, gritava, sorria, caçava seus colegas, saltava sobre a cerca, virava estrela e plantava bananeira. E tudo isso com os olhos em Becky Thatcher, checando se a garota percebia suas habilidades. No entanto ela parecia estar alheia aos acontecimentos; nem sequer olhava. Seria possível que ela não tivesse percebido que ele estava lá? Ele continuou com seu espetáculo, agora bem próximo dela; chegou gingando, pegou o chapéu de um garoto e o arremessou no telhado da escola, passou pelo meio de uma roda de garotos, trombando com todos eles, e desabou no chão, quase sobre os pés de Becky. Ela virou para o lado, com a cara fechada, e disse:

"Tem gente que acha que é esperto e engraçado! Sempre se exibindo!"

Tom ficou vermelho de raiva, mas conseguiu se conter e saiu discretamente, com o orgulho mais uma vez ferido.

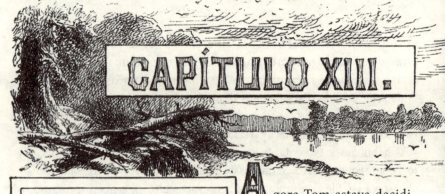

CAPÍTULO XIII.

Agora Tom estava decidido em sua tristeza. Sentia-se solitário e desesperado. Era um garoto perseguido, sem amigos e sem amor. Quando enfim as pessoas percebessem o mal que causaram a ele, ficariam arrependidas. Ele tentou de tudo para fazer a coisa certa, mas ninguém permitiu. Já que todos queriam se ver livres dele, era assim que seria. Se quisessem culpá-lo por tudo, que fosse assim. Ele não tinha amigos mesmo, para quem reclamaria? Sim, todos o forçaram a tomar aquela decisão: ia se tornar um criminoso. Não havia outra escolha.

A esta altura ele já estava longe, caminhando pela Meadow Lane, e quase não pôde ouvir o sinal da escola. Ele ficou magoado ao pensar que nunca mais ouviria aquele som tão familiar em sua vida. Era uma decisão muito difícil, mas ele havia sido forçado a tomá-la; fora atirado naquele mundo frio e teria que se submeter. Entretanto perdoaria a todos. Ele chorava e soluçava cada vez mais.

Então encontrou seu grande amigo Joe Harper. Ele também parecia decidido e entristecido, com alguma resolução no coração. Eram duas almas com um pensamento em comum. Tom enxugou os olhos com a manga da camisa e começou a proferir algumas frases sobre sua decisão de fugir dos maus-tratos e da falta de simpatia de seus entes e partir para algum lugar distante no mundo para nunca mais voltar; ele terminou o discurso dizendo que desejava que Joe não se esquecesse nunca dele.

    Porém Joe iria fazer esse mesmo pedido a Tom, e tinha ido a seu encontro justamente para isso. Sua mãe havia batido nele por ter bebido algo bem cremoso, que ele nunca havia provado, e não sabia sequer o que era; estava bem claro que ela estava cansada dele e queria que fosse embora; e se era aquilo o que ela queria, nada mais poderia ser feito. Ele só desejava que sua mãe fosse feliz e nunca se arrependesse de ter mandado seu pobre filho para fora de casa, para enfrentar o mundo cruel, sofrer e depois morrer.

    Os garotos seguiram caminhando e lamentando e concordaram em ajudar um ao outro, como irmãos, e nunca se separar, até que a morte enfim acabasse com seus problemas. Depois começaram a fazer planos. Joe queria ser um eremita e viver em uma caverna isolada e, depois de algum tempo, morrer de frio, de fome e de tristeza; mas, depois de ouvir os planos de Tom, convenceu-se de que seria muito mais interessante viver como criminoso e aceitou também ser um pirata.

    Distante cinco quilômetros de São Petersburgo, em um ponto em que o rio Mississippi tinha quase dois quilômetros de largura, havia uma pequena ilha repleta de árvores, com uma praia em uma das extremidades, que servia perfeitamente como ponto de encontro. Ela não era habitada; e a outra extremidade ficava muito longe, depois de uma densa e deserta floresta fechada. Assim, a ilha de Jackson foi a escolhida. Eles não tinham a menor ideia de quem seriam as vítimas de suas piratarias, mas não se preocuparam com isso. Foram então atrás de Huckleberry Finn, e ele aceitou juntar-se a eles de imediato, já que para ele qualquer aventura interessava. Eles então se separaram e acertaram um reencontro em um local à beira do rio, cerca de três quilômetros de distância do vilarejo, no horário favorito dos garotos: meia-noite. Havia ali uma pequena canoa, e eles queriam pegá-la. Cada um deles iria levar cordas e ganchos, além de outros itens que pudessem roubar de maneira obscura; afinal, eram agora foras da lei. Antes do anoitecer, todos os três tiveram a prazerosa sensação de que em breve o vilarejo ouviria falar deles. Chegaram a comentar o fato com algumas pessoas, sempre pedindo para que elas ficassem caladas e apenas esperassem.

Por volta da meia-noite, Tom chegou com um presunto cozido e algumas outras quinquilharias; parou perto de alguns arbustos, de onde podia observar o local do encontro.

O céu estava estrelado e o clima estava bom. O rio estava calmo, parecendo um oceano. Tom ficou com os ouvidos atentos, mas nenhum ruído interrompia o silêncio. Então ele deu um assobio baixo e peculiar. A resposta veio da parte baixa da ribanceira. Tom assobiou mais duas vezes, e as respostas vieram prontamente. Uma voz abafada perguntou:

"Quem está aí?"

"Tom Sawyer, o Vingador Negro do Mar das Antilhas. Digam seus nomes."

"Huck Finn, o Mão Vermelha, e Joe Harper, o Terror dos Mares."

Tom havia sugerido esses apelidos, extraídos de seus livros favoritos.

"Muito bem. Mandem-me a contrassenha."

Dois sussurros roucos deram simultaneamente a mesma resposta: "Sangue!"

Então Tom arremessou o presunto para fora dos arbustos e depois saiu, rasgando um pouco de roupas e de pele durante o processo. Havia um caminho rápido e fácil para a beira do rio, mas ele não continha a dificuldade e os perigos tão valorizados por um pirata.

O Terror dos Mares havia trazido um grande pedaço de bacon e estava exausto depois de carregá-lo até lá. Finn, o Mão Vermelha, havia roubado uma frigideira e um pouco de folhas de tabaco. Ele também trouxera algumas cascas de espiga de milho para enrolar o fumo. Mas nenhum dos piratas fumava ou mascava fumo, a não ser ele mesmo. O Vingador Negro do Mar das Antilhas afirmou que era impossível seguir adiante sem uma fogueira. A ideia era boa, mas os palitos de fósforo eram pouco conhecidos naquela época. Eles avistaram fogo ardendo sobre um grande tronco a cerca de cem metros dali. Foram então até o local para pegar algumas brasas, e só esse percurso já foi uma aventura; eles pediam silêncio uns aos outros, com o dedo indicador sobre os lábios; moviam as mãos como se estivessem carregando adagas; davam ordens utilizando um tom de voz sombrio, evitando assim os inimigos que seriam imediatamente apunhalados se tentassem atacá-los. Eles sabiam muito bem que os donos daquela fogueira já estavam no vilarejo, descansando ou bebendo cerveja, mas aquilo não era justificativa para deixar de prestar atenção em cada movimento, como um bom pirata faria.

Eles finalmente zarparam, com Tom no comando, Huck no remo traseiro e Joe no dianteiro. Tom ficou no meio do pequeno barco, com a cara fechada e os braços cruzados, dando ordens em voz baixa e grave:

"Naveguem a favor do vento!"

"Sim, senhor!"

"Firme, firme!"

"Firme, senhor!"

"Deixem girar um grau!"

"Um grau, senhor!"

Os garotos seguiam navegando firme e monotonamente. Todos eles sabiam que as ordens do capitão eram dadas apenas por costume, não significavam autoridade nenhuma.

"Que velas içaram?"

"A do topo e a pequena, senhor."

"Ergam a intermediária! Mandem doze homens para a vela do topo, agora!"

"Sim, senhor!"

"Abram a vela intermediária superior! Segurem firme agora, rapazes!"

"Sim, senhor!"

"Mantenham o curso, porto à vista! Fiquem firmes para a aproximação na hora certa! Porto, porto! Agora, homens! Com vontade! Firmeee!"

"Firme, senhor!"

A canoa seguia seu curso no meio do rio; os garotos se ajeitaram e largaram os remos. O rio não estava alto, e a velocidade da corrente não assustava. Poucas palavras foram ditas nos três quartos de hora seguintes. Agora a canoa passava pelo vilarejo, que podia ser visto a distância. Duas ou três luzes ainda brilhavam acesas, mas o povoado dormia em paz, muito além das calmas águas que refletiam as estrelas do céu. Os garotos seguiam tranquilos, sem imaginar o tenebroso acontecimento que ocorria naquele instante. O Vingador Negro permanecia em pé com os braços cruzados, lançando seu último olhar em direção ao cenário de suas antigas brincadeiras e de seus recentes sofrimentos, desejando que "ela" pudesse vê-lo agora, navegando o mar selvagem, enfrentando o perigo e a morte com o coração destemido, a caminho da ruína, com um sorriso no rosto. Não era difícil imaginar que a ilha de Jackson ficava muito distante do vilarejo, tornando assim a distância muito mais relevante do que de fato era. Os outros piratas também lançavam seu último olhar, e olharam por tanto tempo que quase perderam o curso do barco para a ilha. Felizmente, houve tempo de acertar o rumo da embarcação. Por volta das duas horas da madrugada, a canoa chegou à ilha, um pouco distante da base escolhida por eles, fazendo com que tivessem de carregar a carga a pé por uns duzentos metros. Dentro da canoa havia um pano de vela, que foi estendido em um canto próximo aos arbustos para servir de abrigo para suas provisões; eles, porém, dormiriam ao ar livre, como bons foras da lei.

Eles fizeram uma fogueira a cerca de vinte metros da entrada da sombria floresta e assaram o bacon em uma frigideira para o jantar;

metade do estoque de pão de milho foi devorado nessa refeição. Era gloriosa a sensação de fazer um banquete em plena natureza selvagem, de frente para uma misteriosa floresta em uma ilha desabitada, longe dos problemas dos homens; e eles disseram ali mesmo que nunca mais voltariam para a civilização. A chama da fogueira iluminava o rosto dos garotos e deixava os troncos das árvores com um clarão avermelhado, coroados por uma folhagem envernizada e algumas videiras brilhantes.

Quando enfim acabaram de comer o último pedaço de bacon e as últimas migalhas da cota de pão de milho, eles se deitaram sobre a relva, plenamente satisfeitos. Poderiam procurar um local mais fresco, mas o encantamento de acampar ao redor da fogueira era irresistível.

"Não é muito legal?", perguntou Joe.

"É sensacional!", respondeu Tom. "O que diriam os outros garotos se nos vissem agora?"

"Não sei o que diriam, mas tenho certeza de que adorariam estar aqui, não é, Hucky?"

"Tenho certeza", afirmou Huckleberry, "eu estou bem satisfeito. Não preciso de mais nada. Raramente tenho tanta comida assim; e, ainda por cima, ninguém pode vir me importunar aqui."

"É a vida que pedi a Deus!", disse Tom. "Não preciso acordar cedo, nem ir à escola, nem tomar banho; e nada daquelas outras baboseiras. Perceba, Joe, que um pirata não precisa fazer nada quando está em terra firme. Já o eremita tem que rezar muito, não pode se divertir e deve estar sempre solitário."

"Sim, é verdade", concluiu Joe, "mas eu já nem penso mais nisso, sabe? Prefiro mesmo ser pirata, agora que já experimentei."

"Exato!", prosseguiu Tom. "Hoje em dia, os eremitas não são muito populares. Antigamente, sim. Um pirata, por sua vez, é sempre respeitado. Além disso, o eremita dorme na superfície mais dura que encontrar, veste-se de juta e passa cinzas na cabeça, toma chuva e..."

"Por que ele se veste de juta e passa cinzas na cabeça?", perguntou Huck.

"Não sei, mas eles precisam fazer isso. Eles sempre fazem isso. Você teria que fazer isso se fosse um eremita."

"Eu nunca faria isso", disse Huck.

"Bem, então o que você faria?"

"Eu não sei, mas tenho certeza de que isso eu não faria."

"Sinto muito, Huck, mas você teria que fazer. Como iria escapar?"

"Não iria suportar. Iria fugir."

"Fugir? Então você seria um péssimo eremita."

O Mão Vermelha não respondeu, pois estava ocupado com outra coisa. Acabara de separar uma palha de milho e recheá-la com tabaco. Depois ele pegou uma brasa e acendeu o cigarro feito à mão, puxou e assoprou a fumaça fragrante; para ele, era o ponto alto daquele agradável momento. Os outros piratas invejaram o majestoso vício e secretamente decidiram experimentar aquilo em breve. Huck então perguntou:

"O que mais os piratas têm de fazer?"

Tom respondeu:

"Eles passam por momentos de muita tensão! Saqueiam barcos e os incendeiam, roubam dinheiro e o enterram em lugares ermos da ilha, para que fantasmas o vigiem, matam todos os tripulantes do barco saqueado, fazendo-os andar sobre a prancha."

"E levam as mulheres para a ilha", completou Joe, "eles não matam as mulheres."

"Não", concordou Tom, "não matam mulheres, pois são muito nobres. E também porque as mulheres são belas."

"E as roupas que usam são o máximo! Cheias de ouro, prata e diamantes!", disse Joe, entusiasmado.

"Quem?", perguntou Huck.

"Os piratas, ué."

Huck observou as próprias roupas.

"Então acho que não estou vestido adequadamente", disse ele, em tom de deboche, "mas infelizmente só tenho estas roupas."

Entretanto os outros garotos explicaram que as roupas elegantes surgiriam rapidamente, assim que começassem as aventuras. Eles também disseram que as roupas dele estavam aceitáveis para o começo, embora fosse importante pensar desde já sobre as peças de roupa que iria adquirir.

Gradualmente a conversa foi minguando, à medida que o cansaço chegava e os olhos ficavam pesados. Mão Vermelha deixou cair o charuto de sua mão e dormiu um sono pesado e despreocupado. O Terror dos Mares e o Vingador Negro do Mar das Antilhas demoraram um pouco mais para adormecer. Eles rezaram em silêncio, deitados mesmo, já que não havia ninguém ali que os obrigasse a ajoelhar e rezar em voz alta; na verdade, eles nem tinham a intenção de rezar, mas acabaram ficando com medo de que uma atitude tão rebelde pudesse ser castigada com um raio repentino vindo dos céus. Por fim eles finalmente viraram para o lado, só esperando o sono chegar; mas foi aí que um intruso apareceu e não os deixou dormir: a consciência. Eles começaram a temer que a fuga não tivesse sido uma ideia tão boa; depois pensaram na carne que roubaram e sentiram-se muito culpados. Tentaram aliviar o sentimento ruim, lembrando que já haviam furtado doces e maçãs em outras ocasiões; mas a consciência não aceitava aquela desculpa pouco convincente. Parecia-lhes afinal inegável que furtar doces, vez ou outra, era apenas uma brincadeira, enquanto levar bacon e presunto de casa era um crime muito grave; previsto inclusive na Bíblia Sagrada. Eles então decidiram que, enquanto estivessem atuando como piratas, não se envolveriam mais em graves crimes de roubo. Assim, finalmente, a consciência se acalmou e os contraditórios piratas dormiram em paz.

Capítulo XIV.

Quando Tom acordou de manhã, ficou pensando onde estava. Sentou-se, esfregou os olhos e olhou em volta. Aí enfim se lembrou. A madrugada fora fria e nebulosa, e a sensação de tranquilidade e paz reinava em meio às silenciosas árvores. Nenhuma folha se movia, nenhum som interrompia a meditação da magnífica Natureza. Sobre as folhas e a relva brilhavam gotas de orvalho. Uma camada branca de cinzas cobria o local onde antes estivera a fogueira, que ainda emanava uma fraca fumaça azulada. Joe e Huck ainda estavam dormindo.

Naquele instante, no meio das altas árvores da floresta, um pássaro cantou; outro logo respondeu; ouviu-se então o martelar de um pica-pau. Gradualmente a luz cinzenta da madrugada foi ficando mais clara, os sons foram aumentando, e a vida, se manifestando. A natureza encantadora, despertando e iniciando mais um dia, exibia-se para o garoto. Uma pequena larva verde rastejava sobre uma folha, levantando parte do corpo ocasionalmente, observando os arredores e depois voltando a rastejar. "Está calculando a distância", imaginou Tom; e quando ela se aproximou dele, por livre e espontânea vontade, ele ficou paralisado, como se fosse uma pedra, torcendo para que a pequena criatura escolhesse a rota que passava por sobre ele; depois de levantar o corpo e observar os arredores uma vez mais, a larva rumou decidida para cima da perna de Tom e começou a rastejar sobre o garoto, que se encheu de felicidade, pois aquilo significava que ganharia novas roupas – sem dúvida, um lindo uniforme de pirata. Depois surgiu mais ao lado uma procissão de formigas, caminhando e transportando provisões; uma delas estava sobrecarregada, andando por cima de um tronco, carregando uma aranha que tinha cinco vezes o seu tamanho. Uma joaninha com pintas marrons subiu até o topo de uma planta. Tom aproximou-se dela e disse:

"Joaninha, joaninha, voe para casa, que ela está pegando fogo e seus filhos estão sozinhos!"

Ela rapidamente voou para ver o que estava acontecendo. Aquilo não surpreendeu o garoto, pois ele sabia que os insetos acreditavam naquele tipo de rumor. Ele já havia testado aquilo outras vezes. Depois foi a vez de um escaravelho, rolando pelo caminho. Tom tocou-o com o dedo para vê-lo encolher as pernas e fingir-se de morto. Naquela altura, os pássaros já cantavam com alegria. Um tordo, pássaro imitador, pousou em uma árvore sobre o garoto e começou a imitar os diversos cantos dos pássaros da área, divertindo-se com a confusão; um gaio estridente se aproximou, belíssimo, e pousou em um galho ao lado de Tom, mexendo a cabeça e observando os forasteiros com curiosidade; um esquilo cinza e outro animal maior, da família das raposas, aproximaram-se saltitantes, sentando-se ocasionalmente para observar os garotos, que eram provavelmente os seres mais exóticos que aqueles pequenos bichos já haviam visto. A natureza estava agora acordada e viva; os raios de sol atravessavam a folhagem das árvores e as borboletas enfeitavam o ambiente.

Tom acordou os outros piratas e o grupo saiu animado, aos gritos, e em poucos minutos estavam todos mergulhando, desnudos, nas águas límpidas da pequena praia de areia clara. Eles já nem se lembravam do vilarejo que haviam deixado para trás, na outra margem do rio. Uma correnteza – ou uma elevação no nível do rio – levou a canoa dos garotos rio abaixo, mas eles até gostaram daquilo; era como se a ponte entre eles e a civilização tivesse sido queimada.

Eles voltaram para o acampamento refrescados, alegres e famintos; e logo a fogueira estava novamente acesa. Huck havia encontrado uma fonte de água fresca perto dali, e os garotos fizeram copos de folhas de carvalho e nogueira; a água parecia adocicada e, somada ao encanto da floresta, era uma boa substituta para o café. Joe ia começar a fatiar outra porção de bacon para o desjejum, mas Tom e Huck pediram a ele que esperasse; caminharam até uma margem do rio que parecia promissora, arremessaram suas linhas de pesca e receberam a recompensa quase imediatamente. Joe nem chegou a ficar impaciente; eles logo chegaram com um belo robalo, algumas percas e um pequeno bagre – peixe suficiente para uma família inteira, e das grandes. Eles fritaram os peixes com o bacon e o resultado foi surpreendente: a peixada mais deliciosa que já haviam provado. Eles não sabiam que quanto mais fresco o peixe, mais saborosa era a sua carne; além disso, não sabiam também que dormir, fazer exercício ao ar livre, tomar banho e ter fome eram ótimos temperos para qualquer comida.

Depois do café da manhã, eles deitaram à sombra de uma árvore. Huck pitou mais um cigarro de palha. Então, foram explorar a floresta densa. Caminharam alegremente em meio a troncos podres, arbustos fartos e árvores que eram belas da raiz à copa. Viram também muitas áreas que pareciam carpetes de relva decorados com flores.

Eles encontraram muitas coisas interessantes, mas nada que os deixasse abismados. Descobriram que a ilha tinha cerca de cinco quilômetros de comprimento e quase quinhentos metros de largura, e que a margem da ilha mais próxima do continente era separada por um pequeno canal de aproximadamente setenta metros de uma margem a outra. Eles nadavam para se refrescar o tempo todo, por isso só conseguiram voltar ao acampamento no meio da tarde. Estavam com muita fome, então não quiseram parar para pescar. Atacaram o presunto frio e foram logo descansar e conversar debaixo da sombra. Porém a conversa arrastou-se por pouco tempo, até acabar. O silêncio, a solenidade da floresta e a solidão começaram a afetar o espírito dos garotos. E eles principiaram a refletir. Um sentimento de vazio indefinido foi surgindo lentamente. Aos poucos, o vazio foi se definindo, e acabou ficando claro que eles sentiam saudades de casa. Até Finn, o Mão Vermelha, sonhava com as escadarias e os barris que costumava usar para dormir. No entanto eles tinham vergonha daquela fraqueza, e nenhum deles teve coragem de abrir seu coração.

Por algum tempo, os meninos permaneceram silenciosos, prestando atenção em um ruído peculiar que vinha de longe. Um som discreto e constante, assim como o tique-taque de um relógio. Mas então esse som misterioso ficou mais alto, obrigando os meninos a tentar reconhecê-lo. Eles agitaram-se, olharam-se e assumiram uma posição de alerta. Houve um longo e profundo silêncio, e depois um grande estrondo os assusttou.

"O que foi isso?", exclamou Joe, quase sem fôlego.

"Não faço ideia", sussurrou Tom.

"Não é um trovão", disse Huckleberry, intrigado, "porque o trovão..."

"Silêncio", disse Tom. "Não fale."

Eles esperaram alguns instantes – que, para o grupo, pareceu uma eternidade – e então ouviram mais um estrondo.

"Vamos ver o que é."

Eles levantaram e correram para a margem que dava de frente para o vilarejo. Esconderam-se nos arbustos perto da margem e espiaram por cima das águas do rio. Era um barco a vapor, que estava a mais de um quilômetro de distância do vilarejo, descendo o rio no sentido da corrente. O convés parecia estar cheio de gente. Pequenos barcos a remo acompanhavam a embarcação, mas os garotos não conseguiam identificar o que os homens dentro deles estavam fazendo. Naquele momento, um grande jato de fumaça branca foi expelido pela chaminé do imenso barco, formando uma nuvem pesada, e no mesmo instante um enorme estrondo voltou a assustar os garotos.

"Agora já sei!", exclamou Tom. "Alguém se afogou!"

"É isso!", concordou Huck. "Eles fizeram isso mesmo no verão passado, quando Bill Turner se afogou; dispararam um canhão dentro d'água para que o corpo viesse à tona. Sim, e depois lançaram pedaços de pão com mercúrio pela superfície, porque dizem que os pedaços de pão flutuam exatamente no local em que a pessoa se afogou."

"Sim, ouvi falar", respondeu Joe. "Por que será que o pão faz isso?"

"Não é o pão que faz isso", disse Tom, "mas sim o encanto que recitam sobre o pão antes de iniciar o processo."

"Mas eles não recitam nenhum encanto sobre o pão", disse Huck.
"Eu vi tudo, eles não falam nada."
"É mesmo? Engraçado...", replicou Tom. "Talvez eles tenham dito bem baixinho. É isso, claro que é. Todos sabem disso."

Os outros garotos acharam que Tom tinha razão, porque um simples pedaço de pão, sem nenhum encantamento, não agiria de forma inteligente em uma situação tão grave.

"Juro que gostaria de estar lá agora!", disse Joe.

"Eu também", concordou Huck. "Dava tudo para saber quem foi."

Os garotos ouviam os sons e assistiam a tudo. De repente, um pensamento revelador surgiu na mente de Tom, que exclamou:

"Pessoal, eu sei quem se afogou. Fomos nós!"

Por alguns instantes, se sentiram como heróis. Era um triunfo glorioso; eram dados como desaparecidos; choravam por eles, com os corações partidos; pessoas estariam sendo acusadas de maltratar aquelas pobres crianças e muitos deviam estar sentindo remorso; e, o melhor de tudo, todos deviam estar falando deles no vilarejo, os colegas deviam estar com inveja da notoriedade que haviam alcançado. Era tudo muito bom. Valia a pena ser pirata, afinal.

Ao anoitecer, o grande barco a vapor voltou para seu trabalho habitual e os pequenos barcos a remo desapareceram. Os piratas retornaram ao acampamento. Estavam felizes e vaidosos por causa do grandioso problema que haviam causado. Eles pescaram, fizeram o jantar, comeram e começaram a imaginar o que o vilarejo estava pensando e falando sobre eles; e as imagens que vinham à cabeça, de todos tristes por causa deles, eram gratificantes – pelo menos para eles. Porém, quando as sombras da noite encobriram o acampamento, os garotos pararam de conversar aos poucos, miraram a fogueira com o olhar perdido e começaram a refletir. A felicidade havia passado, e Tom e Joe não conseguiam deixar de pensar que algumas pessoas do vilarejo estariam longe de sentir qualquer felicidade como a deles. Veio a apreensão; eles ficaram confusos e tristes; suspiraram sem perceber. Aos poucos, Joe timidamente cogitou a possibilidade de voltar um dia à civilização e quis saber o que os outros pensavam sobre a ideia. Tom foi totalmente contra. Huck, despreocupado como sempre, apoiou Tom. Joe então disse que ficava feliz em saber que estavam todos alinhados, e intimamente se sentiu aliviado por se safar do tema sem deixar a impressão de que era covarde ou que estava com saudades de casa. Nada de mudanças nos planos, ao menos por enquanto.

À medida que a noite avançava, Huck dormia mais profundamente, e agora começava a roncar. Joe também adormeceu. Tom permanecia acordado, imóvel, apoiado nos cotovelos, observando o sono de seus companheiros. Ele então se ajoelhou lentamente e começou a apalpar a grama, procurando algo no chão mal iluminado pela fraca luz da fogueira. Pegou dois pedaços grandes de casca branca de tronco de sicômoro. Depois sentou-se e começou a escrever nas cascas com seu pó vermelho. Guardou uma delas em seu bolso do casaco e colocou a outra no chapéu de Joe, afastando-o um pouco do garoto, que dormia profundamente. Ele também colocou no chapéu alguns de seus mais estimados tesouros: um pedaço de giz, uma bola de borracha, três anzóis e uma bola de gude de "cristal verdadeiro". Saiu então na ponta dos pés, por entre as árvores, até sentir que estava a uma distância segura e que não poderia mais ser ouvido; depois começou a correr em direção à praia.

CAPÍTULO XV.

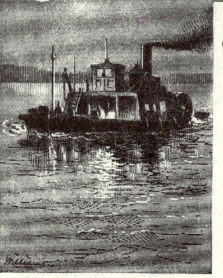

Após alguns minutos, Tom estava dentro das águas rasas da praia, dando passadas em direção à costa de Illinois. Antes que a profundidade da água ultrapassasse sua cintura, ele já estava no meio do caminho; a correnteza agora o impedia de continuar andando, então ele teve de nadar os quase quarenta metros restantes. Ele nadou em sentido diagonal, contra a corrente, mas ainda assim foi puxado para baixo mais rápido do que imaginava. Ele, todavia, chegou à costa e flutuou um pouco até encontrar um local para sair da água e finalmente pisou em terra firme. Pôs a mão no bolso da jaqueta, encontrou seu pedaço de casca de sicômoro a salvo e seguiu pelo bosque, sempre próximo da margem. Pouco depois das dez da noite ele chegou a um local aberto, de frente para o vilarejo, e avistou o barco parado debaixo de algumas árvores, perto da margem alta. Tudo estava calmo e silencioso sob a luz das estrelas. Ele desceu para a margem com o olhar atento e entrou novamente na água; deu algumas braçadas e embarcou no pequeno bote que ficava junto ao barco a vapor. Deitou-se debaixo de um banco e ficou por lá.

Depois de algum tempo, um sino tocou e uma voz deu a ordem de partir. Logo o pequeno bote foi puxado e a embarcação saiu rio adentro. Tom estava feliz por ter conseguido embarcar, pois sabia que aquela deveria ser a última viagem do barco naquela noite. Depois de longos quinze minutos, as pás de madeira pararam de girar e Tom escorregou para fora do bote e nadou para a borda, saindo do rio a uma distância segura de possíveis boêmios ainda acordados.

Ele então correu por ruas pouco frequentadas e logo chegou à cerca traseira da casa de sua tia. Saltou a cerca, aproximou-se da casa e espiou com cuidado pela janela, pois percebeu que havia uma luz acesa. Lá estavam a tia Polly, Sid, Mary e a mãe de Joe Harper, conversando, próximos da cama, na direção da porta. Tom caminhou até a porta e começou a girar lentamente o trinco, mas a maçaneta fez um ruído muito alto quando o garoto tentou abri-la. Ele então parou e reiniciou o processo, tremendo a cada barulho, e, quando percebeu que já conseguia se espremer por entre a fresta que já existia, colocou a cabeça para dentro da casa e começou a entrar de joelhos.

"Por que a luz da vela treme tanto?", disse tia Polly. Tom acelerou seus movimentos. "Parece que aquela porta está aberta. Sim, está mesmo. Coisas estranhas não param de acontecer. Vá até lá e feche a porta, Sid."

Tom correu para baixo da cama rapidamente. Ficou deitado por alguns instantes, retomando o fôlego. Depois rastejou para o lado, ficando muito próximo dos pés de sua tia.

"Mas, como eu estava dizendo", retomou a palavra a tia Polly, "ele não era um mau garoto. Era apenas arteiro. Apenas imprevisível e impetuoso, sabe? Não tinha senso de responsabilidade. Nunca desejou o mal de ninguém, pois tinha um coração enorme", e ela começou a chorar.

"Meu pequeno Joe era assim também; sempre planejando travessuras, pronto para todo tipo de bagunça, mas não havia no mundo garoto mais generoso e gentil! E Deus me perdoe por ter batido nele por ter pegado um pouco do creme que fiz. Ele nem sequer percebeu que o creme estava azedo e que eu logo joguei tudo fora! Nunca imaginei que eu nunca, nunquinha mais o veria neste mundo! Pobre garoto!" E a senhora Harper soluçava com o coração em frangalhos.

"Espero que o Tom esteja melhor agora", disse Sid. "Mas se ao menos ele tivesse agido de forma mais correta em algumas situações..."

"Sid!" Tom pôde sentir o olhar repressor da tia, embora não pudesse vê-lo. "Não quero uma crítica sequer ao meu Tom, agora que ele se foi! Deus cuidará dele, pode estar certo disso! Ai, senhora Harper, não sei como vou viver sem ele! Juro que não sei! Ele me dava muito carinho, apesar de atormentar meu coração o tempo todo."

"Deus o deu e Deus o levou. Abençoado seja! Mas como é triste isso! E pensar que neste último sábado ele estava aqui, soltando fogos de artifício dentro de casa, e eu ainda lhe dei uma surra. Se ao menos eu soubesse que ele partiria, eu teria o abraçado e abençoado."

"Sim, sim, sim, sei exatamente como você se sente, senhora Harper, sei exatamente como se sente. Pois ainda, há poucos dias, meu pequeno Tom deu analgésicos para o meu gato e eu achei que o animal derrubaria a casa toda. E Deus me perdoe por ter batido com o dedal em sua cabeça! Pobre garoto, pobre finado garoto. Mas agora ele está livre das confusões. E as últimas palavras que o ouvi dizer foram de arrependimento..."

Contudo aquela lembrança foi demais para a velha senhora, que desabou em lágrimas. Tom também começou a soluçar, sentindo muita pena de si mesmo. Ele podia ouvir o choro de Mary, que a todo instante dizia palavras boas a seu respeito. E começou a ter uma opinião melhor sobre si mesmo. Embora sentisse pena de sua tia, e tivesse vontade de sair de baixo da cama para trazer felicidade a todos – além do desfecho teatral que uma cena desse tipo poderia ter –, ele resistiu e permaneceu escondido.

Continuou escutando a conversa e descobriu por meio de comentários isolados que as pessoas acreditavam inicialmente que os garotos haviam se afogado enquanto nadavam; depois perceberam o sumiço da canoa; então alguns garotos comentaram que os desaparecidos prometeram que o vilarejo iria ouvir falar deles em breve; os mais espertos juntaram as informações e concluíram que os garotos haviam pegado a canoa com a intenção de navegar até o próximo vilarejo; mas a canoa foi encontrada, por volta de meio-dia, a cerca de dez quilômetros rio abaixo, na costa do Missouri – foi aí que as esperanças pereceram; eles deviam ter se afogado; caso contrário, já teriam voltado para casa, quando a fome chegasse. Acreditava-se que a procura pelos corpos havia fracassado porque o afogamento devia ter ocorrido no meio do canal, já que os garotos, que nadavam bem, conseguiriam se salvar se o naufrágio fosse mais próximo da costa. Era quarta-feira. Caso os corpos não fossem encontrados até o domingo, as buscas seriam interrompidas e os funerais seriam realizados na manhã desse mesmo dia. Tom estremeceu.

A senhora Harper despediu-se chorosa e virou-se para a porta. Então, em um impulso mútuo, as duas senhoras se abraçaram, chorando muito e se consolando, depois se separaram. Tia Polly foi mais afetuosa do que queria parecer ao desejar boa-noite para Sid e Mary. Sid fungou um pouco e Mary saiu para o quarto chorando muito.

Tia Polly ajoelhou-se e rezou pela alma de Tom de maneira tocante e comovente, com palavras de amor incondicional e voz trêmula. Tanto é que, mesmo antes de ela concluir suas preces, Tom já estava derramando lágrimas. Ele teve de permanecer quieto por muito tempo, mesmo depois de sua tia ir deitar-se, já que ela continuava a exclamar frases de sofrimento, choramingar e se revirar na cama. Entretanto ela finalmente adormeceu, ainda murmurando uma palavra ou outra. O garoto então saiu de seu esconderijo e postou-se ao lado da cama da tia, encobrindo a luz da vela com a mão; ficou ali a observá-la por alguns instantes. Seu coração estava repleto de compaixão. Ele tirou do bolso seu pedaço de sicômoro e colocou-o sobre a mesa. Porém, parou um pouco e começou a refletir. Logo depois, deu um grande sorriso, parecendo ter encontrado a solução perfeita para seus planos; colocou o pedaço de madeira de volta no bolso, deu um beijo em sua tia e saiu rapidamente, trancando a porta.

Ele então seguiu em direção ao local em que o barco a vapor estava ancorado. Depois de examinar a área e concluir que estava deserta, entrou. Ele sabia que havia um vigia lá, mas também sabia que ele dormia pesadamente assim que começava seu turno. Caminhou então até o bote e o desamarrou, pulou para dentro dele e seguiu remando rio acima. Depois de chegar a uma distância grande do vilarejo, começou a remar lateralmente para atravessar o rio. Chegou ao outro lado do rio exatamente no ponto em que desejava chegar, pois já estava se acostumando com aquele trajeto. Pensou em ficar com o bote, já que era um barco e, por isso, um espólio legítimo de um ataque pirata. No entanto depois concluiu que iriam fazer uma intensa busca por ele e que, quando o encontrassem, teriam uma pista reveladora. Ele então pisou em terra e adentrou a floresta.

Parou por alguns instantes para descansar, fazendo um grande esforço para não dormir, depois seguiu o trecho final até o acampamento. A noite havia chegado ao fim. A luz do sol já brilhava quando ele chegou às imediações da praia da ilha. Lá descansou mais um pouco e, quando o sol já estava alto, refletido e brilhante nas águas do rio, deu um mergulho no riacho. Então caminhou silenciosamente em direção ao acampamento. Ao se aproximar, ouviu Joe dizer:

"Não, Tom é leal, ele vai voltar. Não vai desertar. Ele sabe que isso é a desgraça de qualquer pirata, e Tom é muito orgulhoso para viver com esse tipo de vergonha. Ele está planejando algo. Mas o que será?"

"Seja como for, o que ele deixou é nosso, não é verdade?"

"Quase, mas ainda não, Huck. Ele escreveu que era tudo nosso se não estivesse de volta até o café da manhã."

"Mas ele voltou!", exclamou Tom, feliz com sua entrada triunfal, andando grandioso pelo acampamento.

Um suntuoso café da manhã com bacon e peixe foi preparado, e enquanto os garotos comiam com vontade, Tom narrou suas aventuras (sem deixar de dar seu toque de mágica para adorná-las ainda mais). Depois de contada a história, eles de fato eram um grupo de heróis vaidosos. Tom então encostou-se em um tronco e dormiu até o meio-dia, enquanto os outros piratas foram pescar e explorar.

Capítulo XVI

Depois do jantar, a gangue toda se juntou para procurar ovos de tartaruga na praia. Eles cutucavam a areia com pedaços de pau e, quando encontravam uma área de areia fofa, ajoelhavam-se e cavavam com as mãos. Quando davam sorte, encontravam cinquenta ou até sessenta ovos em um único buraco. Eram redondos e brancos, do tamanho de uma noz. Fizeram então um banquete de ovos fritos naquela noite e outro na manhã de sexta-feira.

Quando terminaram o café da manhã, brincaram, gritaram e correram pela praia. Depois tiraram as roupas, e a brincadeira continuou dentro da água do rio, onde a correnteza os desequilibrava e tornava a diversão ainda maior. De vez em quando eles paravam de correr e começavam a jogar água uns nos outros, sempre com o rosto virado para evitar o golpe de água na cara; aos poucos, iam se aproximando, até começar o combate corpo a corpo, que só terminava quando o mais forte era o único a ficar em pé. Então mergulhavam todos, numa confusão de braços e pernas; por fim, saíram da água soprando, cuspindo, rindo, quase sem fôlego.

Quando estavam exaustos, deitavam-se na areia quente e seca para recuperar as energias e depois de alguns instantes voltavam para a água e iniciavam novamente o ciclo. Em certo momento, se deram conta de que sua própria pele era bem parecida com uma calça de palhaço "cor de carne". Então desenharam um grande círculo na areia e começaram a brincar de circo. Eram três palhaços no picadeiro competindo para ver quem seria o mais divertido.

Depois sacaram suas bolas de gude e jogaram diversos tipos de jogo com elas, até ficarem entediados. Então Joe e Huck foram mais uma vez nadar, mas Tom não quis se arriscar porque descobriu que, quando tirou suas calças, rompeu e perdeu o colar de chocalhos de cascavel que levava em seu tornozelo, e não queria nadar sem aquela proteção mística e charmosa. Ele ficou em terra firme até encontrá-lo; e quando finalmente o fez, seus amigos já estavam cansados e saindo da água. Aos poucos, foram se afastando uns dos outros, sentaram-se e começaram a contemplar o vilarejo, do outro lado do rio, enquanto o sol ia enfraquecendo. Tom escreveu, quase sem querer, "BECKY", passando o dedão pela areia; depois apagou rapidamente, ficando irritado com sua demonstração de fraqueza. Mas mesmo assim ele escreveu o nome dela novamente; não podia evitar. Ele apagou as letras mais uma vez, e então saiu em direção aos outros garotos para fugir da tentação de reescrevê-las.

Contudo Joe estava desanimado e nostálgico. Sentia muita saudade de casa. As lágrimas estavam prestes a cair. Huck também sentia-se melancólico. Tom estava triste, mas fazia o possível para não demonstrar. Tinha um segredo que só queria revelar mais tarde, mas, se aquele desânimo continuasse, seria obrigado a contar. Disse ele, fingindo estar animado:

"Aposto que já houve piratas nesta ilha antes, amigos. Acho que devemos explorar a região novamente. Eles devem ter escondido tesouros por aqui. Já imaginou encontrarmos um baú repleto de prata e ouro?"

No entanto os outros dois não ficaram entusiasmados, nem responderam. Tom tentou seduzi-los com mais alguns argumentos, mas fracassou. Parecia inútil continuar tentando. Joe continuou cutucando a areia com um pedaço de pau, parecendo muito triste. Ele finalmente disse:

"Pessoal, vamos desistir. Quero ir para casa. Estou me sentindo solitário."

"Ah, não, Joe. Você vai se acostumar", disse Tom. "Pense em nossas pescarias."

"Não me importo com nossas pescarias, quero ir para casa."

"Mas, Joe, não há lugar melhor para nadar do que aqui."

"Nem ligo para isso. Parece que não tem graça nadar quando não há ninguém para me proibir. Quero mesmo ir para casa."

"Ah, mas que bebezinho! Aposto que quer ir ver a mamãe."

"Sim, quero mesmo ver minha mãe, e você também iria querer se tivesse uma. Você é tão bebezinho quanto eu", disse Joe, quase chorando.

"Bem, vamos deixar o bebezinho ir para casa ver sua mãe, não é, Huck? Pobre coitado, ele quer ver a mamãezinha, então é assim que deve ser. Você gosta daqui, não é, Huck? Nós vamos ficar, não é mesmo?"

Huck disse um "sim" pouco convincente.

"Nunca mais falarei com vocês!", disse Joe. "Pronto!" E saiu nervoso e começou a se vestir.

"Quem se importa?", disse Tom. "Ninguém quer ir. Vá sozinho para casa e deixe que eles riam de você. Você é um péssimo pirata. Huck e eu não somos chorões. Nós ficaremos, não é, Huck? Deixe que ele vá, se quiser. Podemos continuar sem ele." Mas Tom estava inquieto e preocupado ao ver que Joe continuava carrancudo e se vestindo. E ficou ainda mais incomodado quando viu Huck olhar para Joe e permanecer em silêncio, omisso. Então, sem dizer nenhuma outra palavra,

Joe começou a caminhar em direção à costa de Illinois. Tom ficou com o coração apertado. Ele olhou para Huck, que não suportou encarar o amigo. Olhando para baixo, ele disse:

"Também quero ir, Tom. Eu já estava me sentindo sozinho, e agora ficaria ainda pior. Vamos embora também."

"Não vou! Podem ir vocês! Quero mesmo ficar."

"Mas, Tom, eu acho melhor ir com ele."

"Então vá! Ninguém está te segurando."

Huck começou a recolher suas roupas dizendo:

"Tom, eu gostaria que você viesse também. Pense bem. Vamos esperar por você quando chegarmos à costa."

"Então você terá que esperar por muito tempo, pode apostar."

Huck começou a caminhar entristecido, e Tom ficou observando-o, desejando poder vencer seu orgulho e partir também. Ele torcia para que os garotos parassem, mas eles continuavam caminhando vagarosamente. De repente, reconheceu que tudo aquilo iria ficar muito solitário e silencioso. Fez então um último esforço, venceu a vaidade e gritou:

"Esperem! Esperem! Quero dizer algo a vocês!"

Eles pararam e viraram-se para trás. Quando Tom chegou até o local onde estavam, começou a revelar seu segredo, e os outros dois ouviram com paciência até perceberem onde ele queria chegar. Então deram um grito de animação e disseram que o plano era esplêndido, e afirmaram que nunca pensariam em se separar se Tom tivesse contado tudo aquilo para eles antes. Ele se explicou como pôde, mas na verdade estava com medo de ser abandonado mesmo depois de contar o seu plano, por isso deixou-o para a última hora, como arma secreta.

Os rapazes voltaram felizes para o acampamento, recomeçando as brincadeiras e falando animadamente sobre o plano estupendo de Tom. Depois de um belo jantar de ovos e peixes, Tom disse que queria aprender a fumar. Joe gostou da ideia e disse que queria aprender também. Huck então preparou os cigarros e preencheu-os com fumo. Até ali, nenhum dos dois tinha fumado tabaco de verdade; só haviam experimentado pitar folhas de parreira, mas elas ardiam na língua e não eram coisa de homem.

Deitaram-se de bruços e começaram a fumar com cautela e pouca confiança. O fumo tinha um sabor desagradável, e eles sentiam um pouco de enjoo. Mas Tom disse:

"É muito fácil! Se soubesse que era tão simples, já tinha começado antes."

"Eu também", disse Joe. "Não tem nenhum segredo."

"Muitas vezes eu via as pessoas fumando e pensava que gostaria de fazer o mesmo, mas nunca pensei que fosse capaz", confirmou Tom.

"E eu pensava a mesma coisa, não é, Huck? Você já me ouviu dizer isso várias vezes, não é mesmo?"

"Sim, diversas vezes", concordou Huck.

"Eu também comentei", disse Tom, "centenas de vezes. Lembro-me de dizer isso uma vez perto do matadouro. Você se lembra, Huck? Bob Tanner, Johnny Miller e Jeff Thatcher estavam lá também. Lembra que eu disse isso, Huck?"

"Sim, eu me lembro", concordou mais uma vez Huck. "Foi um dia depois de eu ter perdido uma bola de gude branca. Não, foi um dia antes."

"Viu só", completou Tom. "Huck se lembra!"

"Eu poderia fumar este charuto o dia todo", disse Joe. "Não me sinto enjoado."

"Nem eu", disse Tom, "mas tenho certeza de que Jeff Thatcher não conseguiria."

"Jeff Thatcher! Tenho certeza de que ele cairia duro depois de duas pitadas. Vamos fazer com que ele experimente, um dia desses."

"Cairia mesmo. E Johnny Miller, então! Como queria vê-lo dando umas pitadas!"

"Ah, sim!", disse Joe. "Aposto que Johnny Miller não passaria da primeira!"

"Concordo, Joe. Queria que eles nos vissem agora."

"Eu também."

"Vamos fazer o seguinte: quando estivermos todos juntos, vou perguntar: 'Joe, você tem fumo? Queria dar umas pitadas...'. E você vai responder, como se não ligasse: 'Sim, tenho fumo e dois cachimbos, mas estão um pouco velhos'. E então eu direi: 'Por mim, tudo bem, desde que o fumo seja forte!'. E você saca os cachimbos e nós fumamos, como se fosse algo normal, para que eles fiquem nos olhando!"

"Vai ser muito legal! Queria que fosse agora!"

"Eu também! E quando dissermos que aprendemos quando estávamos em nossas aventuras de pirata, eles morrerão de inveja!"

"Sim, com certeza!"

E a conversa seguiu animada, mas, depois de algum tempo, começou a diminuir, e os silêncios foram se tornando mais longos. Por outro lado, as pitadas eram cada vez mais frequentes. As glândulas salivares dos garotos começaram a produzir muita saliva, tanto que eles nem sequer davam conta de cuspir; com a boca cheia, eles tinham que engolir de vez em quando, e aquilo causava um enjoo terrível. Os dois estavam pálidos e nauseados. O cigarro de Joe escorregou por seus dedos frouxos. O de Tom também. A saliva continuava a inundar a boca deles, e Joe falou bem baixinho:

"Perdi minha faca, vou tentar encontrá-la."

Tom respondeu com os lábios adormecidos:

"Vou lhe ajudar. Você vai por ali e eu vou para trás da nascente. Não precisa vir, Huck. Nós damos conta de encontrá-la."

Huck sentou-se novamente e ali ficou por mais uma hora. Depois se sentiu sozinho e foi atrás de seus colegas. Estavam cada um de um lado, no meio da floresta, ambos muito pálidos e dormindo profundamente. Mas ele pôde notar que os dois estavam bem.

Ninguém falou muito durante a ceia noturna. Tinham um olhar rebaixado, e quando Huck começou a preparar os cigarros com o fumo, ambos disseram que não estavam se sentindo bem e declinaram, argumentando que devia ser algo que haviam comido no jantar.

Perto da meia-noite, Joe acordou e chamou os outros. O ar parecia pesado e opressivo, pressagiando algum acontecimento. Os garotos se aconchegaram e buscaram o calor do fogo, apesar de a noite estar quente e sem vento. Sentaram-se e ficaram à espera de algo. O ar pesado continuava a imperar. Além da zona de luz da fogueira, tudo estava imerso em trevas. Passados alguns minutos, uma luz trêmula apareceu em meio à folhagem, mas logo desapareceu. Pouco depois, refletiu-se outra luz, depois mais uma, cada vez com mais intensidade. Então, ouviu-se um leve gemido vindo por entre os galhos da floresta, e os garotos tremeram e prenderam a respiração, imaginando que poderia ser o Espírito da Noite os rodeando. Houve uma pausa. Então uma forte luz transformou a noite em dia, iluminando toda a relva sob seus pés. Os três semblantes apavorados também ficaram iluminados. Um grande trovão desceu do céu e se perdeu ressoando soturno, cada vez mais distante. Uma corrente de ar frio veio na sequência, arrastando as folhas e espalhando as cinzas sobre a fogueira. Outro clarão iluminou a floresta, ao mesmo tempo que um ruído seco parecia cortar a copa das árvores que cercavam os garotos. Eles agarraram-se aterrorizados em meio às trevas. Algumas grossas gotas de chuva começaram a cair.

"Rápido, vamos para nossa tenda!", exclamou Tom.

Eles se apressaram, tropeçando nas raízes e nos galhos ocultos na escuridão. Ouviam-se explosões assustadoras vindas de dentro da floresta, que faziam tudo balançar. Os clarões vinham um após o outro, assim como os trovões. Agora a chuva era torrencial e os fortes ventos abriam fendas profundas no solo. Os garotos choravam de medo, mas a ventania e os trovões em sequência abafavam seus gritos. Um a um, eles conseguiram chegar ao abrigo. Estavam com frio, medo e totalmente encharcados. Porém gratos por terem a companhia uns dos outros. Não conseguiam conversar porque o mastro que sustentava a tenda batia com violência na madeira por causa da ventania. A tempestade era cada vez mais violenta e, por fim, a tenda não resistiu, rasgou-se e foi levada pelo vento. Os garotos fugiram de mãos dadas e, depois de muitos tropeções e arranhões, conseguiram se abrigar embaixo de um grande carvalho, próximo à margem do rio. A batalha chegava ao auge. Sob a incessante sequência de raios que iluminavam os céus, tudo ficava claro e nítido: as árvores curvadas, o rio agitado e branco de espuma, o recorte dos rochedos na outra margem; tudo aparecia em imagens rápidas, através das nuvens pesadas e do véu de chuva. A cada momento uma árvore gigantesca tombava, vencida pela ventania, derrubando suas pequenas vizinhas. Os trovões ficavam cada vez mais fortes e agudos. A tempestade mostrava toda a sua imensurável força, que parecia capaz de partir a ilha ao meio, queimá-la, inundá-la, explodi-la e acabar com todo e qualquer ser vivo que lá estivesse. Tudo isso de uma só vez. Era uma noite selvagem demais até para jovens aventureiros.

Finalmente a batalha terminou, e a intensidade das águas, dos ventos e dos raios foi diminuindo lentamente, até que a paz voltou a reinar. Os garotos retornaram para o acampamento ainda amedrontados, mas descobriram que, apesar de tudo, ainda tiveram sorte, pois o grande sicômoro que abrigava suas camas estava agora caído, destruído pelos ventos e trovões, e eles estavam longe dali no momento da catástrofe.

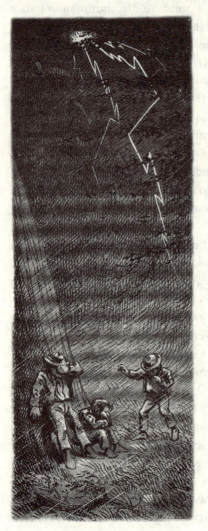

Tudo ficou inundado no acampamento, inclusive a fogueira. Eles foram muito imprudentes e, como todo garoto da idade deles, não se preocuparam em se prevenir contra a chuva. A situação era alarmante, já que estavam encharcados e com frio. Ficaram agitados, calculando os danos causados pela água, e acabaram por descobrir que a fogueira que vinham utilizando havia se espalhado profundamente por dentro de um tronco (este tronco fazia uma curva para cima, e naquele ponto não tocava o chão), e uma pequena parte dele escapou da água; então eles pacientemente trabalharam com aquela brasa, juntando lascas de madeira que haviam escapado das fortes trombas-d'água e pareciam secas, para enfim reacender a fogueira. Depois começaram a empilhar troncos maiores, até que as labaredas voltaram a crepitar, aquecendo suas pobres almas. Em seguida, secaram e cozinharam um pouco de presunto, fizeram uma boa refeição e depois sentaram-se ao redor do fogo, aumentando e glorificando a grande aventura noturna até o dia clarear, já que não havia nenhum lugar seco para dormir mesmo.

Quando o sol se ergueu, os rapazes começaram a sentir sono e foram deitar-se no banco de areia para dormir um pouco. O forte calor não permitiu que dormissem muito, então resolveram preparar o café da manhã. Depois da refeição, perceberam que suas juntas doíam, e mais uma vez sentiram falta de casa. Tom notou os sinais e começou a se esforçar para animar os piratas. Mas nenhum deles se interessou por bolas de gude, circo, natação ou alguma outra diversão. Ele então lembrou-lhes do segredo, e eles se animaram um pouco. Aproveitando a oportunidade, ele sugeriu uma nova brincadeira: eles deixariam de ser piratas por alguns momentos e seriam índios, só para variar. Os garotos gostaram da ideia; rapidamente, tiraram todas as roupas e pintaram o corpo com lama negra. Pareciam zebras. Todos eram chefes, obviamente, e saíram para a floresta para atacar os colonos ingleses.

Depois dividiram-se em três tribos rivais, que atiravam flechas umas nas outras, soltando gritos intimidadores, e matavam e escalpelavam seus inimigos aos milhares. Foi um dia sangrento e, por consequência, muito divertido.

Eles voltaram ao acampamento na hora do jantar, famintos e felizes; mas tinham um dilema para resolver – tribos inimigas não podiam comer e confraternizar se não fizessem as pazes e a selassem fumando o cachimbo da paz. Não havia outra forma conhecida de resolver esse problema. Dois dos selvagens desejaram voltar a ser piratas. Mas era assim que deveria ser; então, com toda a alegria que puderam mostrar – ou fingir –, pegaram o cachimbo, fumaram e passaram ao próximo, como manda a tradição indígena.

Agora já se sentiam satisfeitos de terem sido índios, já que aquilo lhes dera algo: eles descobriram que podiam fumar um pouco sem ter de sair em busca de uma faca perdida, já que não enjoaram a ponto de se sentir mal. Não iriam deixar de lado um hábito tão nobre assim facilmente. Não. Depois do jantar, praticaram com cuidado mais um pouco, e conseguiram pitar na medida certa. A noite foi agradabilíssima. O novo aprendizado lhes trouxera mais felicidade do que qualquer vitória heroica que sua tribo pudesse ter conquistado. Deixemos então nossos garotos tranquilos, pitando e conversando. Não precisaremos deles agora.

CAPÍTULO XVII.

Não havia, contudo, nenhuma alegria no vilarejo naquela tranquila tarde de sábado. Os Harpers e a família da tia Polly estavam prestes a guardar luto, com muita tristeza e muitas lágrimas. Um silêncio incomum envolvia o vilarejo, que já era calmo e quieto por natureza. Os moradores continuavam com suas rotinas, mas estavam taciturnos e frequentemente suspiravam. O descanso de sábado parecia um fardo para as crianças. Elas brincavam sem vontade e logo desistiam de suas atividades.

À tarde, Becky Thatcher foi passear melancolicamente pelo pátio da escola e sentiu-se muito triste. Porém nada a confortava por lá. Ela então falou para si mesma:

"Se ao menos eu tivesse aquele puxador de bronze comigo novamente! Mas agora não tenho nada que me ajude a lembrar dele." Ela fez uma pausa, sufocando um soluço, e então disse consigo mesma outra vez:

"Foi bem aqui! Se ao menos eu pudesse voltar no tempo, não repetiria o que disse, não repetiria o que disse por nada deste mundo! Mas agora ele se foi, e nunca mais, nunca mais o verei novamente!"

Esse pensamento entristeceu a bela garota, e ela continuou a caminhar com lágrimas rolando por sua face. Então um grupo de garotos e garotas, todos amigos de Tom e Joe, chegou ao pátio da escola e ficou observando a fachada do prédio, lembrando com nostalgia como Tom tinha feito isso ou aquilo; e como Joe havia dito aquela outra coisa, e que aquela simples frase era na verdade uma profecia, claramente identificada por todos agora! E cada um que tomava a palavra se lembrava do local exato onde os finados garotos estavam no último dia de aula deles, e diziam frases como: "E eu estava bem aqui, neste mesmo lugar"; ou: "Eu estava do seu lado, ele sorriu desse jeito"; outros ainda acrescentavam: "Parece que senti algo naquele instante! Hoje eu entendo!".

Depois iniciou-se uma disputa sobre quem teria visto os finados garotos pela última vez. Muitos entraram na competição, oferecendo provas, mais ou menos confirmadas por intermédio de testemunhas; e quando enfim concluíram quem eram os últimos que os haviam visto e falado com eles, deram aos felizardos uma importância sumária, e o grupo seleto foi invejado por todos. Um pobre garoto, que não tinha nada do que se orgulhar, disse:

"Certa vez, Tom Sawyer me bateu!"

No entanto aquilo não chegava a ser uma glória. Muitos outros garotos poderiam afirmar a mesma coisa, logo, aquilo não valia muito. O grupo continuou ali por algum tempo, relembrando memórias dos heróis perdidos.

No dia seguinte, depois da aula religiosa dominical, os sinos foram tocados de forma diferente da costumeira. Era um domingo tranquilo, e o som triste dos sinos combinava com o silêncio da natureza. As pessoas começaram a se juntar, demorando-se alguns instantes na antecâmara para trocar algumas palavras sobre o triste evento. Contudo, dentro da igreja, ninguém sussurrava; só se ouvia o farfalhar dos vestidos de luto das mulheres que se sentavam nos bancos. Ninguém se lembrava de ter visto a igreja tão cheia antes. Por fim, houve uma pausa. Um silêncio de expectativa. E então entraram tia Polly, Sid e Mary, seguidos pela família Harper, todos vestidos de preto da cabeça aos pés, e toda a congregação, inclusive o velho padre, levantou-se prestando reverência, até que os enlutados tomassem seus assentos na primeira fileira. Seguiu-se outro silêncio, interrompido apenas por alguns soluços abafados, e então o padre ergueu suas mãos e começou a rezar. Cantaram uma música comovente, seguida por um sermão que tinha como tema "Eu sou a ressurreição e a vida".

A cerimônia continuou, e o padre descreveu os garotos desaparecidos com muita graça, ressaltando qualidades como bondade, iniciativa e inteligência. Todas as pessoas da missa reconheceram a alma dos pequenos finados em suas palavras e se sentiram angustiadas por perceber que não puderam notar aquelas qualidades antes, porque prestavam atenção somente nos defeitos e erros deles. O padre ainda relatou diversos episódios vividos pelos garotos que ilustravam como eles eram doces e generosos, e todos ali podiam ver facilmente agora como aquelas histórias eram nobres e belas, e pensavam com tristeza que, na ocasião em que tinham ocorrido, pareciam travessuras dignas de chicotadas. Os fiéis ficaram cada vez mais comovidos à medida que prosseguia o discurso, até que toda a igreja juntou-se aos familiares de luto e pôs-se a chorar. O próprio padre se rendeu a seus sentimentos e chorou no púlpito.

Houve um pequeno ruído na galeria, mas ninguém percebeu; logo depois, a porta da igreja rangeu; o padre ergueu os olhos marejados, baixando seu lenço, e ficou paralisado! Então um, depois outro, e então mais alguns foram procurar o que o olhar do padre mirava. Logo toda a congregação se levantou e lançou um olhar incrédulo para os três garotos falecidos que vinham marchando pelo corredor central. Tom na frente, depois Joe, e atrás deles Huck, com suas roupas rasgadas e sujas. Eles estavam escondidos em uma pequena galeria deserta da igreja, ouvindo o sermão do próprio funeral!

Tia Polly, Mary e a família Harper correram na direção dos garotos e cobriram-lhes com beijos, agradecendo a Deus. Huck ficou meio de lado, envergonhado e pouco à vontade, sem saber exatamente o que deveria fazer, ou onde se esconder de tantos olhares pouco amigáveis. Ele acenou discretamente e começou a caminhar devagar em direção à saída, mas Tom foi ao seu encontro dizendo:

"Tia Polly, isso não é justo. Alguém tem de estar feliz em ver Huck."

"Com certeza, querido. Eu estou feliz por revê-lo, pobre garoto que não tem mãe!" E as palavras afetuosas da tia Polly acabaram por deixá-lo ainda mais desconfortável com tudo aquilo.

Subitamente o padre gritou com todas as forças:

"Demos graças a Deus pelo bem que nos faz! E cantemos com o coração!"

E assim o fizeram. Old Hundred começou a cantar com sua voz triunfante, fazendo vibrar as pilastras da galeria. Tom Sawyer, o pirata, olhava ao seu redor e via todos os jovens morrendo de inveja, e pensava consigo que aquele era o momento mais emocionante de sua vida.

Os fiéis logo saíram da igreja, afirmando irritados que só seriam enganados novamente se fosse para ouvir o talentoso Old Hundred cantar.

Tom recebeu muitos tapas e beijos – de acordo com a variação de humor da tia –, e era difícil descobrir qual desses gestos expressava melhor a gratidão da velha senhora por Deus, e a sua felicidade por ver seu sobrinho são e salvo.

Capítulo XVIII.

Aquele era o grande segredo de Tom: ele planejara voltar para casa com os outros piratas e assistir ao próprio funeral. Eles atravessaram o rio Missouri navegando sobre um tronco, na madrugada de sábado, e desembarcaram cerca de oito quilômetros abaixo do vilarejo. Dormiram na floresta e, pouco antes do amanhecer, caminharam cuidadosamente por ruas desertas até chegar à igreja. Lá, dormiram mais um pouco, na galeria deserta, que estava repleta de bancos velhos e quebrados.

No café da manhã da segunda-feira, tia Polly e Mary estavam muito amáveis com Tom e muito atentas às suas vontades. Havia muita conversa. Em determinado momento, tia Polly disse:

"Não posso dizer que gostei dessa brincadeira, Tom. Deixar todo mundo sofrendo durante quase uma semana, enquanto vocês se divertiam! Mas não sei como você pôde ter o coração tão frio a ponto de deixar sua própria tia sofrendo também! Se você pôde vir remando em um tronco para assistir a seu próprio funeral, poderia muito bem ter vindo aqui e me dado uma dica de que estava vivo."

"Sim, Tom. Poderia ter feito isso", concordou Mary, "e eu acredito que faria se isso tivesse lhe ocorrido."

"Faria, Tom?", perguntou tia Polly, ansiosa por uma resposta.
"Você daria uma dica para mim se tivesse pensado nisso?"
"Eu, bem, eu não sei. Isso estragaria tudo."
"Tom, sempre achei que você gostasse de mim o bastante para fazer tal coisa", concluiu tia Polly, com um tom de voz tão triste que desconcertou o garoto. "Se ao menos você tivesse a intenção de fazer, mesmo não tendo feito, eu já ficaria mais feliz."
"Não adianta insistir, tia", completou Mary. "Tom sempre será leviano. Sempre muito ocupado para pensar em fazer a coisa certa."
"Isso é verdade. Sid teria pensado nisso. Mais ainda, Sid teria vindo a meu encontro. Tom, um dia você vai se lembrar disso e perceber que poderia ter se importado um pouco mais comigo e que isso não te custaria nada."
"Mas, tia, você sabe que me importo com você!", respondeu Tom.
"Saberia se você demonstrasse de vez em quando..."
"Queria ter pensado nisso", disse Tom, parecendo arrependido, "mas eu sonhava com você. Isso conta, não é?"
"Não conta muito. Até um gato pode fazer isso. Mas é melhor do que nada. O que você sonhou?"
"Na noite de quarta-feira, eu sonhei que você estava sentada ali ao lado da cama, Sid estava sentado na caixa de madeira e Mary estava do lado dele."
"E assim de fato estávamos, como de costume. Fico feliz em saber que ao menos sonhou conosco."
"E no meu sonho a mãe do Joe Harper estava aqui."
"E ela estava aqui mesmo! O que mais você sonhou?"
"Muitas coisas, mas já não me lembro."
"Mas tente lembrar, vamos lá!"
"Parece que, no meu sonho, o vento soprou e..."
"Vamos, Tom, força! O vento soprou algo. Vamos!"
Tom apertou os dedos contra suas têmporas por alguns instantes e depois disse:
"Sim, sim, agora me lembro! Ele soprou a vela!"
"Oh, meu Deus! Continue, Tom, vamos!"
"E acho que você disse algo. Você disse: 'Eu acho que aquela porta...'."
"Vamos, Tom!"

"Deixe-me tentar recordar por um momento, só um instante. Sim, você disse que a porta estava aberta!"

"Disse exatamente isso! Não disse, Mary? Continue!"

"Depois... depois... bem, não tenho certeza, mas tenho a impressão de que você mandou o Sid fazer algo."

"Sim! Sim! O que foi que eu mandei ele fazer? O que foi?"

"Mandou fechar a porta!"

"Por tudo o que há de mais sagrado! Nunca ouvi algo tão impressionante em toda a minha vida! E ainda tem gente que acha que os sonhos não significam nada. Sereny Harper precisa saber disso imediatamente. Quero ver como ela explicaria tudo isso com aquela conversa fiada de superstição. Continue, Tom!"

"Ah, está tudo ficando mais claro, agora. Depois você disse que eu não era mau, apenas travesso e descuidado, e também disse que eu era muito irresponsável."

"E foi assim mesmo! Que coisa incrível! Continue, Tom!"

"E então você começou a chorar."

"Chorei mesmo, pode acreditar. E depois?"

"Depois a senhora Harper começou a chorar também e disse que Joe era como eu, e se arrependeu por ter batido nele por ter provado um creme que ela acabou jogando fora."

"Tom! Algum espírito estava mostrando-lhe tudo! Você estava literalmente vendo tudo o que acontecia. Fale-me mais, Tom!"

"Então o Sid disse algo."

"Não, acho que eu não disse nada", retrucou Sid.
"Disse sim, Sid", corrigiu Mary.
"Façam silêncio e deixem o Tom continuar! O que ele disse, Tom?"
"Ele disse... acho que disse que esperava que eu estivesse melhor agora, e falou que se ao menos eu tivesse agido melhor..."
"Exato! Foram essas mesmas as palavras dele!"
"E você mandou-o se calar."
"Sim! Tenho certeza de que havia um anjo te guiando. Ele fez com que você visse tudo!"
"E a senhora Harper contou que Joe a assustou com fogos de artifício, e você contou sobre os analgésicos que dei a Peter."
"Exatamente!"
"E depois vocês conversaram bastante sobre dragar o rio para nos procurar e sobre o velório de domingo, e então você abraçou a senhora Harper, vocês choraram e ela saiu."
"E foi assim mesmo que aconteceu! É tão real quanto eu estar aqui sentada agora. Tom, você não poderia descrever melhor se estivesse aqui, vendo tudo. E depois, o que mais aconteceu?"
"Acho que você rezou por mim, e eu conseguia ver e ouvir tudo o que dizia. E então você foi para a cama, e eu fiquei me lamentando por te ver tão triste, e escrevi em um pedaço de madeira: 'Nós não estamos mortos, estamos apenas vivendo uma vida de pirata', e coloquei a mensagem em seu criado-mudo, ao lado da vela. Fiquei te observando por alguns instantes, e achei você tão bela dormindo que me abaixei e te dei um beijo."
"Fez isso mesmo, Tom? Então eu te perdoo por tudo!" E ela agarrou o garoto e lhe deu um abraço tão forte que mais parecia uma punição.
"Foi uma grande bondade, mas não passou de um sonho!", resmungou Sid de maneira que todos pudessem ouvir.
"Cale-se, Sid! O corpo faz no sonho o mesmo que faria acordado. Tome aqui uma suculenta maçã que guardei para você, Tom, caso fosse encontrado vivo. Agora vá para a escola. Eu estou plenamente agradecida a Deus e ao Espírito Santo, que sofreu e perdoou aqueles que acreditaram em sua palavra, por ter trazido você de volta. Talvez eu não mereça toda a bondade divina, mas se só os merecedores fossem ajudados nas horas difíceis, poucos neste mundo iriam sorrir, ou

entrar no reino dos céus quando chegasse a noite final. Agora vão, Sid, Mary e Tom. Sigam para a escola, pois já me importunaram bastante."

As crianças foram para a escola, e a velha senhora foi atrás da senhora Harper a fim de desafiar seu ceticismo com o maravilhoso sonho de Tom. Sid teve o bom senso de não demonstrar o que realmente pensava ao sair de casa. Ele achava que era muito estranho um sonho ser tão longo assim, e sem nem um errinho sequer. Tom era agora um grande herói. Ele não saiu correndo e saltitando como antes; em vez disso, caminhou com dignidade, como um grande pirata que sabia que estava sendo observado por todos. E de fato estava; ele fingia não ver os olhares, ou ouvir os comentários, mas não podia negar que aquilo lhe dava um imenso prazer. Os garotos mais novos caminhavam atrás dele para que todos vissem que eles eram próximos. Parecia uma procissão, com Tom na liderança; ou um desfile de circo, sendo Tom o elefante abre-alas. Os garotos de sua idade fingiam nem ter percebido a sua ausência, mas na verdade estavam mortos de inveja. Eles dariam tudo em troca daquela pele bronzeada e daquela fama toda; e Tom não trocaria tudo aquilo por nada!

Na escola, as crianças fizeram tanto alarde sobre ele e Joe, e lançaram tantos olhares de admiração, que logo os heróis piratas começaram a ficar convencidos. Eles contavam as suas aventuras para os ansiosos ouvintes, e elas pareciam não ter fim; a cada momento surgia um capítulo novo, vindo, é claro, da imaginação dos narradores. E finalmente, quando eles tiraram os cachimbos do bolso e começaram a pitar, atingiram o apogeu da glória.

Tom concluiu que não precisava mais de Becky Thatcher. A glória era o suficiente. Ele poderia viver de glória. Agora que se tornara famoso, era provável que ela quisesse fazer as pazes. Mas ele iria mostrar a ela que poderia ser tão indiferente quanto qualquer outra pessoa. Enfim, ela chegou, e Tom fingiu não vê-la. Ele saiu de lado, se juntou a um grupo de garotos e garotas e começou a conversar. Logo percebeu que ela estava brincando, com um belo sorriso e um olhar alegre, fingindo correr atrás de outras garotas, rindo alto quando alcançava uma delas; mas ele também notou que ela brincava bem perto dele, e que de vez em quando parecia lançar-lhe um olhar furtivo. Tom se sentiu lisonjeado e ficou ainda mais vaidoso. No entanto, em vez de entrar no jogo da garota, continuou a fingir indiferença, evitando perceber sua presença. Logo Becky deixou a brincadeira de lado e caminhou lentamente, bem perto de Tom, suspirando e observando-o. Reparou então que Tom conversava muito com Amy Lawrence. Ela começou a se sentir irritada e incomodada com a situação. Tentou sair dali, mas seus pés pareciam ter vontade própria e a levavam para perto do grupo. Ela então dirigiu a palavra a uma garota que estava ao lado de Tom, exagerando na empolgação ao falar:

"Ei, Mary Austin! Por que não foi à aula de religião no domingo?"

"Mas eu fui! Você não me viu?"

"Não, eu não vi! Onde você estava?"

"Estava na aula da senhorita Peter, como sempre. Eu vi você lá."

"Viu? Que engraçado, eu não vi você. Queria te falar sobre o piquenique."

"Que legal! Quem vai dar um piquenique?"

"Minha mãe deixou que eu fizesse um."

"Que bom! Espero que ela me deixe ir."

"Ela vai deixar. O piquenique é para mim. Ela vai deixar todos os meus convidados virem. E eu quero que você venha."

"Fico muito feliz com isso. Quando vai ser?"

"Provavelmente nas férias."

"Ah, vai ser muito divertido! Você vai chamar todos os garotos e as garotas?"

"Sim, todos com quem eu tenho amizade, ou que queiram ser meus amigos." Nesse momento ela lançou mais um discreto olhar a Tom, mas ele estava falando com Amy Lawrence sobre a terrível tempestade na ilha, e como um terrível relâmpago partiu o grande sicômoro ao meio, estando ele a apenas um metro de distância daquilo tudo.

"Eu posso ir?", perguntou Grace Miller.

"Sim."

"E eu?", perguntou Sally Rogers.

"Sim."

"E eu também?", perguntou Susy Harper na sequência. "E Joe?"

"Sim."

Assim continuaram, todas batendo palmas de empolgação, até que todo o grupo pediu para ser convidado, com exceção de Tom e Amy. Então Tom virou-se para o lado e saiu caminhando, falando ainda, levando consigo Amy. Os lábios de Becky tremeram e seus olhos se encheram de lágrimas. Ela conseguiu esconder esses sinais com uma felicidade fingida e continuou conversando, mas sua cabeça já não estava no piquenique, e a tristeza tomava conta de seu coração; logo que pôde, afastou-se e escondeu-se para se entregar ao que as meninas chamam de "um bom choro". Depois sentou-se entristecida e com o orgulho ferido. Após o sinal, ela levantou-se com um olhar vingativo, sacudiu as tranças e pensou que sabia o que deveria fazer.

Durante o recreio, Tom continuou a flertar com Amy, satisfeito. Ele caminhava com ela a seu lado para ter certeza de que Becky os veria. Mas, quando finalmente a avistou, sua felicidade acabou. Ela estava sentada tranquilamente em um banco do pátio, folheando um livro de fotos com Alfred Temple – estavam tão concentrados, e com as cabeças tão próximas, que pareciam não se importar com o mundo à sua volta. O ciúme fez ferver o sangue de Tom. Ele começou a se odiar por ter desperdiçado a chance de se reconciliar com Becky.

Xingou a si mesmo de tolo, estúpido e todos os outros palavrões de que se lembrou. Estava tão irritado que tinha vontade de chorar. Amy continuava a conversar feliz, caminhando com o coração alegre, mas Tom perdeu totalmente a concentração e já não falava mais. Ele também não prestava atenção no que Amy dizia, e só assentia com murmúrios toda vez que havia uma pausa no discurso da garota. Ele continuou a caminhar pelo pátio da escola, deu várias voltas, e foi ficando cada mais nervoso com a cena que via. Não podia evitar. E o que mais o enlouquecia era que, ao que tudo indicava, Becky Thatcher nem sequer suspeitava que ele estivesse ali por perto. Entretanto, na verdade, ela já havia percebido que ele estava por ali e sabia muito bem que agora quem estava ganhando a luta era ela, e estava muito satisfeita por vê-lo sofrer, assim como ela sofrera mais cedo.

A falação animada de Amy tornou-se insuportável. Tom insinuou que precisava fazer algumas coisas inadiáveis e que já estava atrasado. Porém a garota pareceu nem se importar e continuou falando. Tom pensava que nunca mais iria se livrar dela. Por fim, afastou-se dizendo que não podia mais ficar ali, entretanto ela prometeu esperá-lo depois do fim da aula. Essas palavras fizeram que ele a detestasse mais ainda.

"Podia ser qualquer outro garoto!", pensou Tom, rangendo os dentes. "Qualquer outro garoto do vilarejo, menos aquele almofadinha que se veste como um aristocrata! Mas tudo bem. Já lhe dei uma surra em seu primeiro dia na cidade, posso lhe dar outra a qualquer hora! Espere só eu te pegar! Você vai ver."

Então fez todos os movimentos como se batesse em um inimigo imaginário – socando, chutando e enforcando.

"Ah, você sente muito, não é? Já é o bastante, não é? Espero que agora aprenda a lição." E assim ele encerrava a surra imaginária, satisfeito.

Tom fugiu para casa ao meio-dia. Ele não conseguia mais suportar a felicidade de Amy, e seu ciúme não aguentava mais aquela situação toda. Becky continuou a olhar o livro de fotos com Alfred, mas, depois de alguns instantes da ausência de Tom, seu triunfo acabou, e ela perdeu o interesse na atividade. Então ficou triste, distraída e melancólica; duas ou três vezes, ela pensou ter ouvido passos por perto, mas era apenas sua imaginação; Tom não voltou. Por fim ela ficou totalmente desapontada e desejou não tê-lo provocado tanto. Quando o pobre Alfred percebeu que ela estava ficando desanimada, tentou atrair sua atenção para o livro novamente, com comentários empolgados, mas a garota perdeu a paciência e respondeu:

"Ah, não me perturbe! Eu nem ligo para estes desenhos!" E saiu de lá chorando.

Alfred também se levantou e a seguiu, tentando confortá-la, mas ela disse:

"Vá embora e me deixe em paz. Eu odeio você!"

Então o garoto parou, pensando no que teria feito de errado, já que ela prometera olhar o livro com ele durante todo o recreio. E ela saiu chorando. Nesse momento Alfred começou a refletir sobre o ocorrido, vagando pelo pátio deserto da escola. Ele estava se sentindo humilhado e com raiva. Aos poucos, foi descobrindo a verdade: a garota tinha lhe usado para causar ciúme em Tom Sawyer. Obviamente, ele odiou Tom por tudo aquilo. Desejou que houvesse alguma forma de causar transtornos ao seu inimigo sem se meter em encrenca. E foi nesse instante que avistou o livro de leitura de Tom, ali, desprotegido. Era sua grande chance. Ele abriu o livro na página que seria lida naquela tarde e entornou tinta sobre a lição.

Becky estava olhando para dentro da sala de aula naquele exato momento e testemunhou a ação, mas saiu sem ser vista. Estava indo para casa, queria contar a Tom o que acabara de ver; ele agradeceria, e tudo ficaria bem. Porém, no caminho de volta, ela mudou de ideia. Lembrou-se da maneira como Tom a tratara ao ouvir falar do piquenique e ficou novamente com raiva. Ela então resolveu deixá-lo ser castigado por causa do livro de leitura, e também decidiu que iria odiá-lo para todo o sempre.

CAPÍTULO XIX

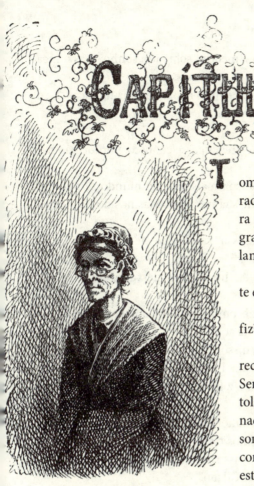

Tom chegou em casa mal-humorado, mas percebeu, pela primeira frase de sua tia, que não teria grandes chances de chorar e se lamentar por ali. Ela disse:

"Tom, a minha vontade é de te esfolar vivo!"

"Mas, tia, o que foi que eu fiz?"

"Fez o suficiente para merecer isto! Pois fui até a casa de Sereny Harper, como uma velha tola, esperando fazê-la acreditar naquela história absurda do seu sonho, e quando chego lá, ela me conta que Joe havia dito que você esteve aqui e ouviu toda a conversa daquela noite! Tom, não sei o que pode acontecer com um garoto que age dessa forma. Não entendo como você pode deixar que sua tia vá até a casa de Sereny Harper para fazer papel de boba sem dizer nada."

Aquilo trazia uma nova perspectiva ao evento da manhã. Para ele, o que fizera antes parecia uma brincadeira inocente. Agora, parecia maldosa e suja. Ele baixou a cabeça e ficou sem saber o que dizer por alguns segundos. Depois, finalmente falou:

"Tia, estou arrependido de ter feito isso. Eu não pensei nas consequências."

"Você nunca pensa, menino. Você nunca pensa em nada além de você mesmo. Foi capaz de percorrer todo o caminho desde a ilha de Jackson, no meio da noite, para rir de nossa tristeza, e pensou que podia me enganar com uma mentira sobre um sonho; mas nunca teve pena de nós e nunca tentou atenuar nossa dor."

"Tia, percebo agora que agi mal, mas não foi minha intenção. E eu nunca viria até aqui para rir de você."

"Então para que veio?"

"Vim para pedir que não se preocupasse conosco, porque não havíamos morrido afogados."

"Tom, Tom... Eu seria a pessoa mais feliz do mundo se pudesse acreditar que essa era realmente sua intenção. Mas nós dois sabemos que isso não é verdade."

"Pois minha intenção era essa, tia. E que eu fique paralisado para sempre se isso for mentira."

"Ah, Tom, não diga isso. Assim você só deixa as coisas ainda piores."

"Não é mentira, tia. É a mais pura verdade. Não queria que continuasse sofrendo, por isso vim até aqui."

"Daria tudo para acreditar nisso, Tom. Poderia perdoar muitos de seus pecados se isso fosse verdade. Ficaria até feliz por sua fuga e seu desaparecimento. Mas isso não faz nenhum sentido. Se veio para me tranquilizar, por que não o fez?"

"Bem, tia, quando ouvi a senhora falando sobre o funeral, tive a ideia de virmos e nos escondermos na igreja, e se eu falasse com a senhora, estragaria a surpresa. Por isso guardei o pedaço de madeira de volta em meu bolso e permaneci calado."

"Que pedaço de madeira?"

"Um pedaço de madeira onde tinha escrito que tínhamos fugido para ser piratas. Como queria agora que você tivesse acordado quando te beijei antes de partir naquela noite!"

A expressão de raiva da tia desapareceu, e com o rosto relaxado e o olhar cheio de ternura ela perguntou:

"Você me beijou, Tom?"

"Sim, beijei."

"Tem certeza disso?"

"Tenho, sim, tia. Tenho, sim!"

"E por que me beijou, Tom?"

"Porque gosto muito de você, e quando te ouvi se lamentando, fiquei com muita pena."

As palavras do garoto pareciam verdadeiras. A velha senhora não conseguia disfarçar a voz trêmula:

"Então me dê outro beijo agora, Tom! E depois vá direto para a escola e não me perturbe mais."

Assim que ele saiu da casa, a velha senhora correu para o armário e pegou a jaqueta suja e rasgada que Tom havia vestido em sua aventura pirata. Ela então ficou parada com a jaqueta nas mãos e disse para si mesma:

"Não me atrevo a fazer isso. Pobre garoto. Tenho certeza de que está mentindo, mas trata-se de uma mentira abençoada, que me traz muito conforto. Espero que Deus... Sei que Deus irá perdoá-lo, porque mentiu com a melhor das intenções. Mas não quero ter certeza de que ele mentiu. Não vou olhar."

Ela devolveu a jaqueta ao armário e ficou pensativa durante alguns minutos. Por duas vezes, levantou a mão para pegá-la novamente, mas se conteve. Levantou a mão ainda uma vez mais, porém controlou seu ímpeto, pensando: "É uma mentira abençoada, não se preocupe com isso". Apesar de tudo, ela colocou a mão no bolso da jaqueta e começou a vasculhar. Logo depois, estava com o pedaço de madeira nas mãos, lendo a mensagem de Tom, chorando e dizendo:

"Poderia perdoar um milhão de pecados desse garoto agora!"

Capítulo XX

A maneira bondosa como tia Polly beijou Tom antes de ele sair para a escola deixou o garoto tranquilo e feliz novamente. Ele saiu caminhando alegre e teve a sorte de encontrar com Becky Thatcher na Meadow Lane. Seu humor determinava suas atitudes. Portanto, sem hesitar, ele correu até a garota e disse:

"Eu agi muito mal hoje, Becky, peço desculpas. Prometo que nunca, nunca mais em minha vida agirei daquela forma novamente. Vamos fazer as pazes?"

A garota parou e olhou para ele com desdém, dizendo:

"Agradeço se guardar seus comentários para você mesmo, senhor Thomas Sawyer. Nunca mais falarei com você."

Ela virou o rosto e saiu. Tom ficou tão surpreso que nem teve tempo de pensar em uma resposta desrespeitosa, como "quem se importa, espertinha?". Acabou não dizendo nada. Porém ficou morrendo de raiva. Caminhou a passos firmes até o pátio da escola, imaginando que, se ela fosse um garoto, levaria uma surra. Encontrou-a instantes depois e desferiu alguns xingamentos em sua direção. A garota logo respondeu com palavras agressivas. A guerra estava declarada. Becky estava com muita raiva e mal podia esperar o início da aula para que Tom fosse castigado por seu livro de leituras. Se alguma vez ela havia pensado em dedurar Alfred Temple, Tom conseguiu fazê-la desistir completamente da ideia.

Pobre garota. Mal sabia ela o tamanho da encrenca em que iria se meter. O professor Dobbins havia atingido uma idade madura sem conseguir realizar sua grande ambição. Ele queria ter sido médico, mas, por falta de recursos, não conseguiu estudar e acabou sendo um simples professor de uma pequena escola de vilarejo. Todos os dias, enquanto os alunos faziam alguma lição, ele pegava um livro misterioso que ficava em sua gaveta e mergulhava em sua leitura. O livro ficava trancado à chave. Não havia um único aluno que não tivesse a curiosidade de dar uma olhada naquele livro, mas o professor nunca dera sequer uma chance. Cada aluno tinha a sua teoria sobre seu conteúdo, mas ninguém conseguia provar nada, então não havia consenso. Naquele dia, quando Becky passou pela mesa do professor, que ficava próxima da porta, percebeu que a chave estava na fechadura. Era um momento único. Ela olhou ao seu redor e percebeu que estava sozinha. No instante seguinte, o livro estava em suas mãos. O título – *Anatomia*, do professor "algum nome qualquer" – não trazia muita informação; então ela começou a folhear as páginas. Logo chegou a uma gravura de página inteira. Era um ser humano completamente nu. Naquele momento, uma sombra encobriu a gravura. Era Tom Sawyer, que entrara na sala de aula a tempo de olhar rapidamente para o desenho. Becky se apressou em tentar fechar o livro, mas acabou se atrapalhando e rasgou a página da gravura ao meio. Ela jogou o objeto para dentro da gaveta, girou a chave e saiu chorando, envergonhada e com medo.

"Tom Sawyer, você é mais maldoso do que pensei! Veio atrás de mim para me espionar. Viu que eu estava olhando o livro!"

"Como eu poderia saber que você estaria olhando o livro?"

"Você deveria se envergonhar, Tom Sawyer; sei que vai me dedurar! O que é que eu faço? O que é que eu faço? Serei castigada! Nunca fui castigada na escola antes."

Ela então bateu com o pé no chão e acrescentou:

"Pois que assim seja! Seja maldoso se quiser. Sei de algo que vai acontecer. Espere e verá. Odeio você! Odeio você! Odeio você!" E então ela saiu da sala de aula, mais uma vez em prantos.

Tom ficou parado, surpreso com aquela bronca toda. Disse então para si mesmo:

"Mas que garota boba e esquisita! Nunca foi castigada na escola! Como se isso fosse grande coisa! Garotas são assim mesmo. Sensíveis e medrosas. Bem, é claro que não vou contar nada ao velho Dobbins sobre isso, pois sei de outras formas menos cruéis de me vingar dela. Mas o que vai acontecer? O velho Dobbins vai perguntar quem rasgou seu livro. Ninguém vai responder. Então ele vai fazer o que sempre faz: perguntar para todos os alunos, um a um, quem fez aquilo. Quando chegar a vez dela, ela vai se entregar. As garotas se entregam, pois não sabem disfarçar sua expressão, não têm coragem. Ela vai apanhar. Esta é uma arapuca sem escapatória para Becky Thatcher." Tom pensou sobre toda a situação por mais alguns instantes e depois concluiu: "Tudo bem, ela queria me ver sendo castigado, então deixe que ela se vire agora!".

Tom juntou-se a um grupo de crianças que brincava do lado de fora. Logo chegou o professor e a aula recomeçou. Tom não tinha o menor interesse nos estudos. Toda vez que olhava na direção das garotas, via o rosto triste de Becky e ficava incomodado. Depois de tudo o que havia acontecido, ele não queria sentir pena dela, mas não pôde evitar. Aquela situação lhe parecia injusta. Logo o acidente com o livro de leitura de Tom foi descoberto, e ele ficou ocupado com aquele problema por alguns instantes. Becky pareceu sair de seu estado letárgico e demonstrou grande interesse em tudo o que acontecia. Ela não achava que Tom escaparia daquilo apenas dizendo que derramou tinta no livro por acidente. E ela estava certa. Ele negou a autoria da arte, e isso apenas piorou sua situação. Becky achou que ficaria satisfeita com aquela encrenca, tentou rir da desgraça de Tom, mas não tinha certeza de que aquilo lhe dava prazer. Quando as coisas ficaram feias, ela teve um impulso de dedurar Alfred Temple, mas conseguiu se conter e ficar quieta, afinal ela sabia que Tom iria entregá-la por ter rasgado a gravura do livro com toda a certeza. "Não vou dizer uma só palavra para salvar sua pele", pensou a garota.

Tom foi castigado e voltou para seu lugar sem nenhum ressentimento. Na verdade, ele achava possível que de fato tivesse jogado tinta sobre o livro sem querer, quando aprontava alguma das suas. Negara de qualquer forma, porque já tinha o costume, e sustentara a negação por princípio.

Uma hora se passou, e o professor sentou-se sonolento em seu trono. O ar estava pesado, e o habitual silêncio imperava na sala. Em um determinado momento, o senhor Dobbins endireitou o corpo, bocejou e destrancou sua gaveta. Pegou o livro e, por alguns instantes, hesitou indeciso entre se deveria ou não pegá-lo. A maioria dos alunos observou a cena de maneira indiferente, mas dois deles ficaram atentos a cada movimento. O senhor Dobbins tateou o livro distraidamente por algum tempo e finalmente tirou-o da gaveta para iniciar sua leitura! Tom lançou um olhar à Becky. Ela parecia um coelho assustado com a arma do caçador colocada em sua cabeça. Naquele instante, esqueceu-se de sua raiva. Algo precisava ser feito! E precisava ser feito logo! Mas a iminência do desastre dificultava sua imaginação. Enfim, veio a inspiração! Ele iria correr, pegar o livro e fugir da sala de aula voando! Mas ele hesitou por alguns segundos, e a oportunidade se foi – o professor abriu o livro. Se ao menos ele tivesse aquela chance novamente! Mas agora era tarde demais. Não havia como ajudar Becky agora, pensou ele. E no instante seguinte, o professor olhou para a classe. Todos baixaram a cabeça para não encará-lo. Ele tinha um olhar que intimidava até os inocentes. Houve um silêncio que parecia preceder algo grave. Irado, o professor perguntou:

"Quem rasgou este livro?"

Não se ouviu sequer um ruído. Até um alfinete caindo no chão poderia ser ouvido naquele momento. O silêncio permaneceu; o professor procurou no rosto dos alunos algum sinal de culpa.

"Benjamin Rogers, foi você que rasgou este livro?"

Uma negativa. Outra pausa.

"Joseph Harper, foi você?"

Outra negativa. O desconforto de Tom se intensificava diante da lenta tortura deste interrogatório. O professor continuou a encarar os garotos por mais algum tempo e depois foi para o lado das garotas:

"Amy Lawrence?"

Fez que não com a cabeça.

"Gracie Miller?"

O mesmo movimento outra vez.

"Susan Harper, foi você?"

Outra negativa. A próxima garota seria Becky Thatcher. Tom estava tremendo da cabeça aos pés, nervoso, pois não enxergava saída daquela situação.

"Rebecca Thatcher", disse o professor. Nesse instante, Tom olhou para a garota, que estava pálida de medo. "Você rasgou... não, olhe nos meus olhos!" A garota ergueu as mãos numa súplica. "Você rasgou este livro?"

Uma ideia veio como um relâmpago à cabeça de Tom. Ele levantou-se rapidamente e gritou:

"Fui eu que rasguei o livro!"

Toda a classe olhou perplexa para aquele tolo incurável. Tom permaneceu em pé por um momento, tentando se recompor mentalmente. E, quando se adiantou para receber o castigo, percebeu que a surpresa, a gratidão e a adoração brilhavam nos olhos da pobre Becky. Aquilo lhe parecia recompensa mais do que suficiente por uma centena de surras. Inspirado pela coragem de seu próprio ato, ele recebeu sem chorar a mais severa punição que o professor Dobbins já aplicara na vida; e também pareceu indiferente ao castigo adicional de permanecer mais duas horas na escola depois que os outros alunos fossem

dispensados – ele sabia que os outros o esperariam do lado de fora, então aquelas horas tediosas não contavam como tempo perdido.

Tom foi para a cama naquela noite pensando em um plano de vingança contra Alfred Temple, já que Becky, envergonhada e agradecida, contara-lhe toda a verdade, inclusive sua própria traição; mas até seus cruéis pensamentos de vingança tiveram de esperar, pois lembranças mais agradáveis vinham agora à sua mente. As últimas palavras de Becky embalariam o seu sono. Ela disse em seu ouvido:

"Tom, como você pôde ser tão gentil e tão nobre?"

Capítulo XXI

As férias estavam chegando. O diretor da escola, sempre severo, tornou-se mais exigente e austero do que nunca, porque queria que os alunos tivessem um ótimo desempenho nos exames finais. A vareta e a palmatória trabalhavam incessantemente, principalmente com os alunos mais novos. Só os mais velhos, de dezoito a vinte anos, escapavam dos castigos. O senhor Dobbins também desferia chicotadas vigorosas em seus alunos, já que, embora escondesse uma cabeça careca debaixo de sua peruca, ainda era jovem, e seus músculos ainda tinham muita força. À medida que se aproximava o grande dia, toda a sua ira ficava mais aparente; ele parecia ter prazer em punir os mais atrasados. Como consequência, os garotos mais novos passavam dias de terror e juravam vingança todas as noites. Eles não desperdiçavam nenhuma oportunidade de aprontar alguma travessura. Contudo o professor não deixava por menos. Os castigos que seguiam cada ato de rebeldia eram tão severos e majestosos que os garotos sempre saíam de cena derrotados. Por fim, resolveram conspirar juntos e bolaram um plano que prometia uma vitória brilhante. Eles convidaram o filho do pintor de placas para o grupo, contaram o plano a ele e pediram sua ajuda. Ele tinha seus próprios motivos para participar do plano, já que o professor se hospedara em sua casa por algum tempo e dera vários motivos para que o garoto o odiasse. A esposa do professor iria viajar por alguns dias, e não haveria nada para interferir no plano. O professor tinha o costume de tomar alguns drinques na véspera de grandes eventos. O filho do pintor de placas tinha certeza de que o dia dos exames finais seria uma dessas datas especiais e se comprometeu a executar sua parte do plano quando o professor estivesse cochilando, bêbado, em sua poltrona. Depois ele daria um jeito de despertá-lo na hora certa e então correria para a escola.

Chegou, por fim, o grande dia. Às oito horas da noite a escola estava iluminada e brilhante, enfeitada com grinaldas de folhas e flores. O professor sentou em sua grande cadeira, sobre uma plataforma elevada, com a lousa atrás dele. Ele tinha um ar jovial. As três fileiras de bancos de cada lado da sala, mais seis fileiras à sua frente, estavam ocupadas pelos dignitários da cidade e pelos pais dos alunos. À sua esquerda, atrás das fileiras com os convidados, havia uma plataforma provisória, onde estavam os alunos que iriam participar dos eventos da noite; os alunos mais novos, limpos, bem-vestidos e desconfortáveis; os maiores, desajeitados; as garotas todas usando seus mais belos vestidos, com os braços à mostra, as joias de suas avós, fitas e flores enfeitando os cabelos. O restante da casa estava ocupado por estudantes que não participariam da festa.

As atividades começaram. Um garoto bem pequeno se levantou acanhado e recitou "Ninguém poderia imaginar que um garoto de minha idade poderia falar em público..." e assim por diante. Ele também fazia alguns gestos que pareciam ensaiados, mas muito mecânicos, como se fosse uma máquina com defeito. No entanto, conseguiu fazer a sua parte sem grandes transtornos, embora estivesse assustado o tempo todo; recebeu os aplausos, agradeceu com uma reverência e se sentou.

Logo depois, uma garota envergonhada começou a balbuciar "Mary tinha um carneirinho..." e assim por diante. Fez sua apresentação, recebeu sua porção de aplausos e se sentou feliz e com as bochechas vermelhas.

Tom Sawyer então se levantou e com grande confiança e gestos eloquentes começou a recitar os versos do célebre discurso "Liberdade ou Morte", mas parou no meio da *performance*. Ele foi tomado por um pavor diante do público, suas pernas tremiam e ele parecia prestes a engasgar. É verdade que toda a plateia era amigável, mas aquele silêncio e a expectativa eram terríveis. O professor fez uma careta, e o desastre se completou. Tom ainda tentou retomar o discurso, mas acabou saindo derrotado. Alguns poucos ainda aplaudiram, mas logo pararam.

"O Rapaz no Convés em Chamas" e a "Queda dos Assírios" vieram na sequência. Depois de outras declamações, começaram as leituras e o desafio de soletrar. A turma de latim fez uma bela apresentação. O melhor número da noite era o de composições originais de algumas alunas. Cada uma delas entrava no palco improvisado, pigarreava, abria o manuscrito (que vinha enrolado com uma fita) e começava a ler, dedicando atenção especial a cada expressão e pontuação do texto. Os temas eram os mesmos abordados em ocasiões similares no passado, por suas mães, avós e outras antepassadas da família, desde os tempos das cruzadas: "Amizade"; "Memórias de Outros Tempos"; "Religião na História"; "A Terra dos Sonhos"; "Os Benefícios da Cultura"; "Governos Políticos Comparados e Contrastados"; "Melancolia"; "Amor de Filho"; "Dores do Coração" etc.

Uma das principais características dessas composições era a tendência à melancolia; outra era a forte inclinação ao uso de um linguajar refinado e pomposo; ainda havia também a tendência de repetir palavras e frases, tantas vezes que as tornavam completamente desgastadas e, por fim, quase todas traziam a marca registrada de terminar com um sermão tedioso e intolerável. Independentemente do assunto, fazia-se um tremendo esforço para estruturar o trabalho com algum pilar religioso e moral. A falta de sinceridade desses sermões parece não ser suficiente para que as pessoas aceitem que eles devem ser banidos das doutrinas escolares. Não é suficiente hoje e não será até o fim do mundo, ao que tudo indica. É fato que em todas as escolas da região as garotas sentem-se obrigadas a terminar seus textos com um sermão; e não é difícil perceber que as garotas mais levianas e menos religiosas são as que escrevem as mais longas e devotadas conclusões. Mas chega disso. As verdades de nossa terra são sempre desagradáveis.

Voltemos aos exames finais. A primeira leitura do dia era intitulada "Então isso é a vida?". Tomara que o leitor aguente ler um trecho da obra:

Na longa estrada da vida, com que deliciosa emoção os espíritos jovens gozam de uma cena festiva que está por vir! A imaginação está ocupada, esboçando um quadro rosa de alegria. Feliz, a voluptuosa devota da moda se vê no meio do agito da festa, "o alvo de todos os observadores". A sua figura graciosa, vestida com trajes brancos, gira pelos labirintos das prazerosas danças; seus olhos brilham, seus passos são leves em meio ao animado público.

Entregue a esses deliciosos pensamentos, o tempo voa, e logo chega a hora esperada, o momento de sua entrada naquele mundo paradisíaco, que lhe inspirou os mais belos sonhos. Tudo parece um conto de fadas para ela! Cada cena nova é mais encantadora que a anterior. Porém, depois de algum tempo, ela descobre que, além daquela aparência sedutora, tudo é vaidade; os elogios que antes preenchiam sua alma incomodam agora seus ouvidos; o salão todo perdera seu charme; e com a saúde debilitada e o coração amargurado, ela se retira, com a convicção de que os prazeres terrenos não são suficientes para satisfazer os anseios da alma!

E assim por diante. Durante a leitura, ouviam-se de vez em quando murmúrios de aprovação como "Que doce!", "Que eloquente!", "Tão sincero!" etc. E por fim a leitura se encerrou com um sermão peculiarmente aflito, e os aplausos do público foram entusiasmados.

Depois veio uma garota magra e melancólica, com o rosto pálido de quem toma remédios para o estômago. Ela leu seu poema. Duas estrofes são o suficiente:

UMA DAMA DO MISSOURI SE DESPEDE DO ALABAMA

Adeus, Alabama! Amo-te muito!
Mas tenho que te deixar, mesmo que por alguns minutos!
Tristes pensamentos inundam meu coração,
e agradáveis lembranças turvam minha visão!
Pois vaguei feliz por seus bosques de flores;
e na beira do Tallapoosa, li aventuras e amores;
vi Tallassee combater a inundação,
e o nascer do sol em Coosa ficará em meu coração.

Mas não me envergonho do meu amor por ti,
nem coro pelas lágrimas que de meus olhos vão cair;
pois não é de uma terra estranha que devo partir,

nem são pessoas estranhas as que devo deixar.
Sentia-me acolhida e bem-vinda neste Estado,
agora deixo seus vales e montanhas,
frios seriam meus olhos e meu coração não estaria partido,
se, querida Alabama, sua lembrança não estivesse em minhas entranhas!

Poucas pessoas ali entenderam aquele emaranhado de palavras, mas o poema foi aprovado pelo público.

Depois surgiu uma garota morena, com olhos e cabelos escuros, que ficou em silêncio por alguns instantes, assumiu uma expressão trágica e começou a ler em tom solene e comedido:

UMA VISÃO

A noite estava escura e tempestuosa. Nenhuma estrela brilhava na escuridão; mas as profundas ressonâncias dos fortes trovões vibravam tudo ao redor; enquanto isso, relâmpagos aterradores iluminavam as câmaras do céu de forma assustadora, como se zombassem com sua força da modesta descoberta do ilustre Franklin! Até os fortes ventos resolveram deixar sua morada mística e sopraram intensos, tornando a cena ainda mais impetuosa.

Diante daquele cenário tão escuro e triste, meu espírito suspirou, desejando compaixão humana; mas, em vez disso, minha grande amiga, minha conselheira, meu conforto, minha guia, minha alegria na dor, minha dose de prazer apareceu para mim.

E ela se movimentava como um daqueles seres que aparecem em lindos cenários, caminhando por jardins românticos e joviais; uma rainha de beleza pura, enfeitada apenas com sua amabilidade transcendente. Tão leves eram seu passos que nenhum ruído faziam, e se não fosse pela mágica de seu singelo toque, tão comum em seres tão discretos, teria passado sem que a percebesse. Uma estranha tristeza era notada em seu semblante, como lágrimas de gelo sobre vestimentas de dezembro, no momento em que ela me apontou os elementos em combate e me fez contemplá-los.

O conto tinha cerca de dez páginas de manuscrito e terminava com um sermão tão destrutivo, destinado aos não religiosos, que conquistou o primeiro lugar. Foi considerado o melhor trabalho da noite. O prefeito do vilarejo entregou o prêmio para a autora e fez

um caloroso discurso, afirmando que aquele era o mais eloquente conto que ele já ouvira e que o próprio Daniel Webster ficaria entusiasmado com ele.

A propósito, é interessante perceber que o número de redações com a palavra "formosura" foi imenso, e a quantidade de composições que usaram a metáfora "página da vida" para fazer referência à existência humana foi acima da média.

Então o professor, com um ar soberbo de gênio, colocou a cadeira para o lado, virou de costas para o público e começou a desenhar o mapa da América na lousa, para os exercícios de geografia. Porém suas mãos estavam trêmulas, e seu desenho ficou horrível, causando risos abafados na plateia. Ele sabia qual era o problema e foi logo corrigir os erros. Apagou as linhas e tentou redesenhá-las, mas o desenho agora ficou pior do que antes, e os risos foram mais audíveis. Ele então dedicou toda a sua concentração na correção do desenho, determinado a pôr um fim naqueles risos debochados. Podia sentir todos os olhos sobre ele. Imaginou que estava indo bem, mesmo ainda ouvindo risos aqui e ali; e eles pareciam aumentar. E de fato aumentariam ainda mais. Sobre a cabeça do professor havia uma porta que dava para um sótão. Dessa porta saiu um gato pendurado por

uma corda, com a boca amordaçada, para não miar. Alguém descia a corda lentamente, e o gato tentava ora se agarrar a ela, ora escapar e pular para baixo. Os risos eram cada vez mais altos. O pobre animal já estava a cerca de quinze centímetros da cabeça do professor, que continuava concentrado em sua atividade. O gato foi descendo, descendo, e finalmente cravou suas garras na peruca do professor. Nesse mesmo instante, puxaram-no de volta para o sótão, e a peruca do mestre foi junto! Para completar a cena, a careca do professor havia sido pintada de dourado pelo filho do pintor!

Aquilo acabou com a cerimônia. Os garotos haviam se vingado. E agora estavam todos de férias.

NOTA: Todas as "redações" citadas neste capítulo foram extraídas sem alteração de uma obra intitulada *Prosa e poesia de uma senhorita do oeste*, mas definem de maneira exata e precisa o padrão de composição das alunas da época, por isso servem melhor de exemplo do que qualquer tentativa de imitação.

Capítulo XXII.

Tom juntou-se à nova ordem dos Cadetes da Temperança, atraído pelas lindas vestimentas oferecidas pelo grupo. Ele prometeu parar de pitar, mascar e tudo mais que fosse profano enquanto fosse membro da ordem. Porém com isso aprendeu mais um lição: quando você promete não fazer algo, seu corpo deseja aquilo mais que tudo no mundo. Tom logo se viu atormentado por uma vontade irresistível de pitar e xingar; queria tanto que quase desistiu da ordem; o que o fez continuar foram os belos trajes e as faixas vermelhas que iria vestir. Quatro de Julho se aproximava, mas Tom já havia desistido de se manter na ordem até lá. Ele então depositou todas as suas esperanças no velho Frazer, um juiz de paz que estava aparentemente com os dias contados. Ele teria um grande funeral público, já que era um oficial renomado. Durante três dias, Tom demonstrou uma grande preocupação com a saúde do juiz e buscou novidades o tempo todo. Em algumas ocasiões, chegou a acreditar que o momento estava próximo e vestiu os trajes para praticar em frente ao espelho. No entanto o juiz tinha muitos altos e baixos. Após alguns dias, foi considerado fora de perigo, e depois, convalescente. Tom ficou indignado e se sentiu até um pouco injustiçado. Ele decidiu então sair da ordem, e naquela mesma noite o juiz teve uma recaída e faleceu. Tom resolveu então nunca mais confiar em homens à beira da morte.

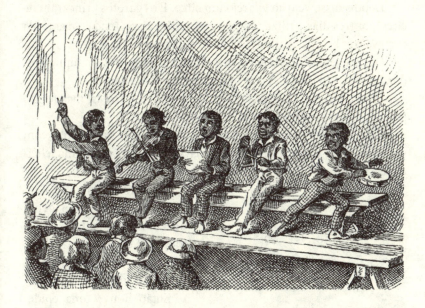

O funeral foi muito bonito. Os cadetes fizeram um desfile elegante, e Tom morreu de inveja. Como consolo, ele era novamente um garoto livre. Podia pitar e xingar quando quisesse, mas, para sua surpresa, não tinha a mínima vontade. O simples fato de aquilo ser agora permitido tirava todo o seu desejo.

Tom começou a perceber que suas tão desejadas férias estavam começando a parecer tediosas e decepcionantes.

Ele pensou em escrever um diário, mas, como não aconteceu nada interessante nos três dias seguintes, desistiu da ideia.

Chegou ao vilarejo naqueles dias o primeiro grupo de trovadores negros, e fez um sucesso imenso. Tom e Joe Harper decidiram então montar uma banda e ficaram ocupados com isso durante dois dias.

Até mesmo a grande festa de Quatro de Julho foi um fracasso, pois uma chuva forte impediu que a procissão ocorresse. Além disso, o homem mais poderoso do mundo (na opinião de Tom), o senhor Benton, um verdadeiro senador dos Estados Unidos, acabou sendo uma grande decepção, pois não chegava nem perto dos oito metros de altura que ele imaginava que o figurão tivesse.

Depois disso veio ao vilarejo um circo. E os garotos brincaram de circo por três dias, utilizando carpetes velhos como tenda – a entrada custava três broches para os garotos e dois para as garotas.

Depois veio um frenólogo, que estudava crânios, e um hipnotizador. No entanto nem eles conseguiram animar o vilarejo.

Houve também algumas festas de garotos e garotas, mas foram poucas, e o intervalo entre elas era insuportável.

Becky Thatcher tinha ido para sua casa em Constantinopla, com seus pais, para passar as férias. Não havia, portanto, nenhuma felicidade à vista.

O terrível segredo do assassinato era um tormento que constantemente o incomodava. Sempre que se lembrava daquilo, ficava preocupado e nervoso.

Então houve uma epidemia de sarampo.

Durante duas longas semanas, Tom manteve-se prisioneiro, morto para o mundo e para tudo o que acontecia lá fora. Ele ficou muito doente e não tinha interesse em nada. Quando finalmente conseguiu se levantar e, mesmo se sentindo fraco, andar pelo vilarejo, achou tudo e todos melancolicamente diferentes. Parecia que havia ocorrido um renascimento, e todos estavam muito religiosos. Não só os adultos, mas também os garotos e as garotas. Tom continuou a vagar pelas ruas, na esperança de encontrar algum outro pecador, mas não teve sucesso. Encontrou Joe Harper, que estava estudando a Bíblia, mas logo saiu de perto, pois aquela cena o deprimia. Saiu em busca de Ben Rogers e encontrou-o visitando os pobres e distribuindo folhetos religiosos. Depois encontrou Jim Hollis, que disse a ele que o sarampo viera como uma bênção e servia de aviso. Cada garoto que encontrava o deixava mais decepcionado e desesperado. Foi buscar refúgio junto de sua última esperança: Huckleberry Finn. Porém ele recebeu-o com uma citação da Bíblia também. Lentamente, voltou para casa e para a cama, percebendo que era o único de todo o vilarejo que nunca, mas nunca mesmo, seria salvo.

Naquela noite, houve uma tempestade terrível, com muita chuva, trovões e relâmpagos. Tom cobriu sua cabeça com o lençol e esperou horrorizado por seu fim, já que não tinha dúvidas de que todo aquele temporal viera buscá-lo. Ele acreditava que havia abusado até o limite das entidades divinas e, como resultado, receberia seu castigo. Não chegou a imaginar que toda aquela potência seria um exagero para matar um pobre coitado como ele, pois estava tão assustado com a poderosa tempestade que nem tinha tempo de pensar.

Pouco a pouco a tempestade foi perdendo a força sem cumprir seu objetivo. O primeiro impulso do garoto foi agradecer e mudar de atitude. Mas depois achou melhor esperar, pois era possível que não houvesse mais tempestades.

No dia seguinte os médicos estavam de volta, pois Tom tivera uma recaída. As três semanas que passou na cama dessa vez pareceram intermináveis para ele. Quando finalmente foi liberado, não ficou muito entusiasmado, pois sabia que não encontraria seus antigos amigos e ficaria solitário pelas ruas. Caminhou indiferente por algum tempo, até que viu Jim Hollis atuando como juiz em um julgamento de um gato acusado de assassinato. A vítima, também presente, era um pássaro. Depois encontrou Joe Harper e Huck Finn em um beco comendo um melão roubado. Pobres garotos! Assim como Tom, tiveram uma recaída.

CAPÍTULO XXIII.

Finalmente aquele clima tedioso havia chegado ao fim: o julgamento do assassinato seria levado ao tribunal. O evento tornou-se rapidamente o principal tema das conversas do vilarejo. Tom não tinha por onde escapar. Toda vez que alguém falava do crime, seu coração batia forte, já que sua consciência pesada levava-o a crer que os comentários dos outros tinham como objetivo arrancar dele alguma informação; ele sabia que ninguém poderia suspeitar de que ele tivesse alguma informação sobre o assassinato, mas ainda assim não se sentia confortável falando sobre o assunto. Isso o deixava tenso o tempo todo. Certo dia, ele levou Huck a um local isolado para conversar. Seria um alívio falar um pouco sobre aquilo tudo; dividir o fardo com outra pessoa e, acima de tudo, certificar-se de que Huck mantinha tudo em segredo.

"Huck, você falou com alguém sobre aquilo?"

"Aquilo o quê?"

"Você sabe, aquilo."

"Ah, é claro que não."

"Nem uma palavra?"

"Nem uma palavrinha sequer. Por que você pergunta?"

"Ah, estava com medo."

"Bem, Tom Sawyer, não sobreviveríamos dois dias se alguém descobrisse. Você sabe disso."

Tom se sentiu mais confortável. Depois de uma pausa, ele perguntou: "Huck, eles não conseguiriam fazer você confessar, não é?"

"Confessar? Só confessaria se quisesse que aquele bastardo infeliz me matasse. Só assim mesmo."

"Bem, então está tudo certo. Acho que estaremos seguros enquanto ficarmos calados. Mas vamos jurar novamente. É mais confiável."

"Concordo."

Então juraram novamente com todas as solenidades pavorosas.

"O que você tem ouvido por aí, Huck? Não paro de ouvir comentários sobre isso."

"Comentários? É só Muff Potter, Muff Potter, Muff Potter, o tempo todo. Estou sempre assustado, às vezes quero me esconder."

"Sinto exatamente a mesma coisa. Acho que ele já era. Não sente pena dele, às vezes?"

"Quase sempre, Tom, quase sempre. Ele não fez nada, não queria machucar ninguém. Ele só queria pescar e ter um pouco de dinheiro para pagar sua bebida. E vadiava por aí. Mas, na verdade, todos fazem o mesmo. Pelo menos a maior parte das pessoas, até os mais religiosos. Porém ele é bondoso. Certa vez, me deu metade de um peixe, e me ajudou muitas outras vezes, quando precisei."

"E ele também consertou minhas pipas, Huck, e amarrou o anzol em minha linha de pesca também. Queria poder livrá-lo dessa."

"Não podemos livrá-lo dessa! Além disso, de nada adiantaria. Eles o pegariam novamente."

"Sim, pegariam. Mas eu odeio ver as pessoas o condenando, sendo que o pobre coitado não fez nada."

"Eu também, Tom. Ouço as pessoas dizendo que ele é o vilão mais perigoso do país, e que deveria ter sido enforcado antes."

"Sim, todos falam isso, o tempo todo. Ouvi as pessoas dizerem que, se ele estivesse livre, lincharíam o condenado pelas ruas."

"Eu acho que de fato o fariam."

Os garotos conversaram durante bastante tempo e ficaram mais tranquilos. O dia foi escurecendo e eles caminharam a esmo. Quando perceberam, estavam próximos da cadeia onde se encontrava o prisioneiro. Talvez tivessem a esperança inconsciente de que algo acontecesse e os livrasse daquele pesar. Mas nada aconteceu; nenhum anjo nem fada alguma pareciam se preocupar com aquele coitado. Os garotos fizeram o que faziam sempre. Aproximaram-se da cela e deram tabaco e fósforos para Potter. Ele estava deitado no chão, e não havia guardas.

Sua gratidão pelos presentes sempre deixara a consciência dos garotos pesada. Porém dessa vez foi pior. Os garotos estavam se sentindo covardes e traidores. Potter então disse:

"Meninos, vocês têm sido muito bons para mim. Melhores do que qualquer outra pessoa deste vilarejo. E eu nunca me esquecerei disso. Às vezes, fico me lembrando de que costumava consertar a pipa dos garotos e mostrar-lhes os melhores locais para pescar, ajudando-

-os sempre que possível. Mas agora o velho Muff está encrencado, e os garotos se esqueceram dele; menos o Tom e o Huck... Eles não se esqueceram dele, e ele não se esquecerá deles. Ouçam, rapazes, eu fiz algo horrível. Estava bêbado e louco, é a única explicação. E agora tenho que pagar por isso. Aceito que isso é o que tem de ser feito. Bem, mas não vamos falar sobre isso. Não quero que fiquem tristes por minha causa; vocês têm sido muito amigáveis. Porém o que quero dizer é que vocês devem ficar sempre longe da bebida. Ela não os levará a lugar algum. Movam-se um pouquinho para a esquerda, por favor. Isso, assim posso ver os seus rostos. É sempre bom ver rostos amigos quando se está encrencado e não há ninguém para lhe salvar. Rostos amigos, isso, sim, é bom. Subam nas costas um do outro e deixem-me tocá-los. Isso mesmo. Agora um aperto de mão. Passe a mão por entre as grades, a minha é muito grande e não passa. Pequenas e frágeis mãos, que ajudaram muito Muff Potter e ajudariam mais ainda se pudessem."

Tom foi para casa arrasado, e seus sonhos naquela noite foram cheios de horror. Nos dias seguintes, ele andou nos arredores do tribunal sentindo uma vontade quase irresistível de entrar, mas forçando-se a ficar do lado de fora. Huck sentia a mesma coisa. Eles evitavam ficar juntos e se distanciavam sempre que possível, mas a fascinação por aquele lugar sempre os trazia de volta. Tom ficava atento aos comentários daqueles que saíam do tribunal, mas as notícias eram sempre desanimadoras. Parecia que Potter estava cada vez mais próximo da condenação. No fim do segundo dia, todos do vilarejo confirmavam que o testemunho de Injun Joe parecia firme e confiável, e que não havia nenhuma dúvida sobre qual seria o veredicto do júri.

Naquela noite, Tom ficou até tarde na rua e entrou em seu quarto pela janela. Ele estava extremamente agitado e demorou horas para pegar no sono. Todo o vilarejo foi para o tribunal na manhã seguinte, pois tudo indicava que seria o dia do veredicto. Havia homens e mulheres na sala, que estava lotada. Depois de uma longa espera, os jurados entraram e ocuparam seus assentos. Pouco depois, Potter, pálido e abatido, tímido e sem esperança, foi trazido acorrentado para a sala. Sentou no banco dos réus com todos os olhares sobre ele. Próximo dele e também bem visível estava Injun Joe, impassível. Houve uma breve pausa e então entrou o juiz; e depois o xerife, que proclamou o início da sessão. Os usuais sussurros entre os advogados e o barulho de papéis sendo folheados vieram em seguida. Esses pormenores e as demoras subsequentes prepararam um clima austero e fascinante.

Chamou-se uma testemunha que confirmou ter visto Muff Potter se lavando no riacho, bem cedo, na mesma manhã em que o assassinato foi descoberto. A testemunha também disse que, logo depois de se lavar, o homem fugiu assustado. Depois de mais algumas perguntas, o promotor disse:

"A testemunha é sua."

O prisioneiro levantou os olhos por alguns instantes, mas baixou-os novamente ao ouvir seu advogado dizer:

"Não tenho perguntas para a testemunha."

A testemunha seguinte confirmou que encontrou um canivete próximo ao cadáver. Mais uma vez, o promotor disse:

"A testemunha é sua."

"Não tenho perguntas para a testemunha", respondeu novamente o advogado de Potter.

Uma terceira testemunha jurou que havia visto aquele mesmo canivete com Potter diversas vezes.

"A testemunha é sua."

E o advogado de Potter não quis questioná-lo. Os semblantes dos presentes começavam a demonstrar certa indignação. Será que aquele advogado iria perder a causa e deixar seu cliente morrer sem ao menos se esforçar?

Várias testemunhas deram seus depoimentos, condenando o comportamento de Potter quando ele voltou à cena do crime. E todas elas foram dispensadas pelo advogado de defesa sem ter de responder a uma questão sequer.

Todos os pormenores, ainda frescos na memória de todos, do que se passara no cemitério naquela manhã foram contados no tribunal por pessoas dignas de crédito, mas nenhuma foi interrogada pelo advogado de Potter. A perplexidade e a insatisfação daqueles que assistiam ao julgamento eram expressadas por murmúrios e gestos de reprovação. Então o promotor disse:

"Pelo juramento dos cidadãos que testemunharam, cuja palavra está acima de todas as suspeitas, julgamos este crime provado e irremissível a condenação do preso. Finalizamos aqui a nossa apresentação."

Potter emitiu um triste gemido, levou as mãos ao rosto, balançando lentamente seu corpo para frente e para trás, enquanto um desolador silêncio assolava o tribunal. Muitos homens se comoveram, e muitas mulheres demonstraram sua compaixão com lágrimas. Entretanto, nesse momento, o advogado de defesa se levantou e disse:

"Senhor juiz, quando proferiu suas palavras no início deste julgamento, adiantamos o nosso propósito de provar que nosso cliente cometeu este terrível ato sob a influência de um delírio cego e irresponsável produzido pela bebida. Porém agora mudamos o argumento de defesa."

E, dirigindo-se ao escrivão, completou: "Chame Thomas Sawyer!".

O tribunal foi tomado por um sentimento de surpresa. Até mesmo Potter não entendia o que estava acontecendo. Todos os olhares se voltaram para o garoto, que saiu do meio do público e tomou seu lugar na tribuna. Era visível sua timidez e seu medo diante de

tudo aquilo. Contudo, mesmo assim ele fez seu juramento e começou a responder às perguntas do advogado.

"Thomas Sawyer, onde você estava no dia 17 de junho, por volta da meia-noite?"

Tom olhou para o rosto impassível de Injun Joe e não conseguiu falar. O público estava atento, sem respirar, mas as palavras não saíam. Depois de alguns instantes, o garoto recuperou um pouco de suas forças e conseguiu falar baixinho para apenas parte do público ouvir:

"No cemitério."
"Um pouco mais alto, por favor. Não tenha medo. Você estava no..."
"No cemitério!"
Um sorriso contido apareceu na face de Injun Joe.
"Você estava próximo da sepultura de Horse Williams?"
"Sim, senhor."
"Fale um pouco mais alto, por favor. A que distância você estava?"
"Tão perto quanto estou agora do senhor."
"Estava escondido?"
"Sim, estava escondido."
"Onde?"
"Atrás das árvores que ficam próximas da sepultura."
Injun Joe tremeu discretamente, sem que ninguém notasse.
"E havia mais alguém com você?"
"Sim, senhor. Estava lá com..."
"Espere, espere um momento. Não precisa dizer o nome de seu companheiro. Nós o chamaremos no momento apropriado. Carregava algo com você?"

Tom hesitou e pareceu confuso.

"Pode falar, meu rapaz. Não tenha medo. A verdade é sempre respeitável. O que levava consigo?"

"Somente um... um gato morto."

Risos abafados foram ouvidos, mas logo pediu-se silêncio.

"Mostraremos em breve o esqueleto desse gato. Agora, garoto, conte-nos tudo o que ocorreu. Conte do seu jeito, sem pular nenhum detalhe, e não tenha medo."

Tom começou a contar. No início, estava hesitante, mas depois foi se lembrando de tudo, e as palavras fluíram com mais facilidade; após algum tempo, todas as outras vozes se calaram, e somente ele falava no tribunal. Todos os olhos estavam voltados para ele. O público ouvia tudo boquiaberto e sem respirar, sem perceber o tempo passar, entretido com a história fascinante. A emoção crescente chegou ao ápice quando o garoto disse:

"E quando o doutor bateu com a lápide em Muff Potter, ele caiu, e Injun Joe pegou o canivete, pulou e..."

Crash! Rápido como um relâmpago, o bastardo pulou por uma janela do tribunal e fugiu desesperado!

Capítulo XXIV.

Tom era mais uma vez o grande herói do vilarejo. Adorado pelos mais velhos e invejado pelos outros garotos. Seu nome ganhou projeção, pois fora publicado no jornal local. Alguns se arriscavam a dizer que ele poderia até ser presidente algum dia, se escapasse de ser preso ou enforcado.

Como era de esperar, todo o povo começou a elogiar e defender Muff Potter com o mesmo afinco que outrora tivera para atacá-lo. Mas esse tipo de conduta é comum em qualquer lugar do mundo, então não devemos condenar.

Os dias de Tom eram alegres e divertidos, porém suas noites eram terríveis. Injun Joe infestava seus sonhos com aquele olhar ameaçador. Nenhuma tentação convencia o garoto a sair na rua depois de o dia escurecer. O pobre Huck também estava morrendo de medo, pois Tom havia contado a história completa para o advogado na noite anterior ao dia do julgamento final, e Huck temia que seu envolvimento naquele caso fosse descoberto, ainda que a fuga de Injun Joe o tivesse salvado de dar o testemunho no tribunal. O garoto conseguira fazer com que o advogado jurasse manter seu envolvimento em segredo, mas aquilo não significava muito. Desde que Tom tivera uma crise de consciência e saíra em busca do advogado para contar-lhe tudo o que havia ocorrido, mesmo fazendo os mais estranhos e complexos juramentos, Huck perdera a confiança em todos os seres humanos.

De dia, a gratidão de Muff Potter fazia com que Tom ficasse feliz com sua decisão de contar tudo; mas, à noite, ele se arrependia e desejava ter ficado calado.

Tom passava parte do tempo com medo de Injun Joe nunca ser capturado; e a outra parte do tempo ele passava com medo de o criminoso ser preso. Ele concluiu que nunca mais ficaria tranquilo até que aquele homem morresse e ele pudesse ver seu cadáver.

Recompensas foram oferecidas, e todo o país foi vasculhado, mas Injun Joe nunca foi encontrado. Veio então da grande cidade de Saint Louis uma novidade extraordinária: um detetive. Ele pesquisou, balançou a cabeça, pensou como um sábio e finalmente conseguiu o que apenas os melhores de sua profissão conseguem. Ele achou uma "pista". Todavia, ninguém pode condenar uma "pista" por um assassinato. Portanto, depois que o detetive terminou seu trabalho e foi para casa, Tom voltou a se sentir tão inseguro como antes.

Os dias se arrastaram, e a cada um que passava, o peso de sua apreensão diminuía um pouquinho.

Capítulo XXV

Todo garoto tem em sua vida um momento em que deseja com ardor sair em busca de um tesouro escondido. E esse momento chegou para Tom. Ele logo procurou Joe Harper, mas não teve sucesso. Depois procurou Ben Rogers, mas ele tinha ido pescar. Então encontrou Huck Finn, o Mão Vermelha. Este logo aceitou a aventura. Tom levou-o para um local isolado e contou seu plano. Huck concordou com tudo. Ele sempre estava disposto a entrar em qualquer aventura que fosse divertida e não demandasse investimento, pois tinha muito tempo e nenhum dinheiro.

"Onde vamos cavar?", perguntou Huck.

"Ah, em todo lugar."

"Como? Há tesouros escondidos por toda parte?"

"Não, na verdade, não. Eles estão escondidos em lugares específicos, Huck. Podem estar em ilhas, em baús apodrecidos, debaixo de um tronco de árvore podre, onde há sombra só depois da meia-noite, mas principalmente em casas mal-assombradas."

"E quem os esconde?"

"Ladrões, é claro. Quem você queria que fosse? Inspetores de aula de religião?"

"Sei lá. Se o tesouro fosse meu, nunca iria escondê-lo. Iria gastá-lo e viver a vida."

"Eu também. Mas os ladrões não fazem isso. Eles escondem tudo e deixam o tesouro lá."

"E nunca mais voltam para procurá-lo?"

"Não. Eles sempre acreditam que vão voltar. Mas acabam perdendo o mapa, ou morrendo. E o tesouro fica lá, enferrujando. E, depois de algum tempo, alguém acha um pergaminho velho e amarelado que explica como encontrar a marca do tesouro no chão. Porém esse mapa demora semanas para ser decifrado porque tem muitos símbolos e hieróglifos."

"Hiero... o quê?"

"Hieróglifos. São desenhos que parecem não significar coisa alguma."

"Você tem um desses pergaminhos, Tom?"

"Não."

"Então como vamos encontrar a marca do tesouro?"

"Não precisamos de marcas. Eles sempre os enterram em casas mal-assombradas ou ilhas, ou dentro de troncos de árvore podre. Pois bem, nós já procuramos um pouco na ilha de Jackson e podemos voltar lá algum dia; podemos procurar na casa mal-assombrada no caminho de Still-House e vasculhar os inúmeros troncos de árvores podres por aí."

"E há tesouro em todos esses lugares?"

"Mas é claro que não!"

"E como saberemos em que lugar devemos escavar?"

"Vamos tentar todos eles!"

"Ah, Tom. Isso vai demorar o verão inteiro."

"E qual é o problema? Imagine se encontrarmos um baú enferrujado de latão com cem dólares dentro dele, ou uma arca podre cheia de diamantes. Aposto que vai gostar, não é?"

Os olhos de Huck brilharam.

"Se vou gostar? Mas é claro que vou! Eu fico com os cem dólares e você pega os diamantes."

"Tudo bem. Mas aposto que, quando vir os diamantes, vai querer um pouco também. Alguns deles valem até vinte dólares. Porém outros valem um pouco menos."

"É mesmo? Sério?"

"Certamente. Pergunte a qualquer um! Você já viu um diamante, Huck?"

"Não que eu me lembre."

"Os reis têm diamantes aos montes."

"Mas eu não conheço nenhum rei, Tom."

"Sim, entendo. Mas, se um dia for à Europa, vai ver vários reis passeando pelas ruas."

"E eles passeiam pelas ruas?"

"Mas é claro que não!"

"Então por que disse que eles passeiam?"

"Ai, mas foi só um modo de dizer. Por que acha que eles sairiam passeando por aí? Quis dizer que é fácil vê-los. Como aquele corcunda, o rei Ricardo."

"Ricardo? Qual o seu sobrenome?"

"Ele não tem sobrenome. Os reis só têm o primeiro nome."

"Sério?"

"Sim, só o primeiro."

"Bem, se eles aceitam, tudo bem. Mas eu não aceitaria ser

um rei e ter apenas o primeiro nome, como um crioulo. Mas me diga, onde você quer cavar primeiro?"

"Eu não sei. Acho que podemos tentar aquele tronco velho do outro lado do morro, pelo caminho de Still-House. O que acha?"

"Eu concordo."

Eles então pegaram uma picareta frouxa e uma velha pá e seguiram caminho por uns cinco quilômetros. Chegaram suados e morrendo de calor. Logo encostaram-se a uma sombra de um grande ulmeiro para descansar e pitar.

"Gosto disso", disse Tom.

"Eu também."

"Diga, Huck, se encontrarmos o tesouro aqui, o que vai fazer com sua parte?"

"Bem, vou comer torta e tomar refrigerante todos os dias, e vou ao circo toda vez que ele vier à cidade. Tenho certeza de que vou me divertir muito."

"Não vai guardar nem um pouco?"

"Guardar? Por que guardar?"

"Para ter com o que viver quando ficar mais velho."

"Ah, para mim isso não serve. Meu pai iria aparecer no vilarejo e, assim que visse o dinheiro, pegaria tudo para ele. Eu teria que ser rápido para não deixá-lo me roubar. E você, Tom, o que vai fazer com sua porção?"

"Vou comprar um tambor novo, uma espada original, uma gravata vermelha, um cachorrinho, e depois vou me casar."

"Casar?"

"Isso mesmo."

"Você não pode estar falando sério."

"Espere e verá."

"Essa é a maior besteira que poderia fazer. Veja meu pai e minha mãe. Brigas! Brigas o tempo todo. Lembro-me muito bem."

"Mas isso não quer dizer nada. A garota com a qual me casarei não vai brigar comigo."

"Tom, elas são todas iguais. No início elas disfarçam. É melhor você pensar muito bem nisso antes de agir. Qual é o nome da moça?"

"Não é uma moça. É uma menina."

"É a mesma coisa. Moça ou menina, no fim é tudo igual. De qualquer forma, qual é o nome dela, Tom?"

"Outra hora eu te conto. Agora não."

"Tudo bem. Se você se casar, ficarei mais solitário do que nunca."

"Não vai, não. Você vai morar comigo. Agora pegue as ferramentas e vamos cavar."

Trabalharam e suaram durante meia hora. Não encontraram nada. Cavaram mais meia hora. Nada ainda. Huck disse:

"Eles sempre enterravam o tesouro assim tão fundo?"

"Algumas vezes, sim. Nem sempre. Eu acho que estamos cavando no lugar errado."

Então escolheram outro local e recomeçaram a escavação. O trabalho começou devagar, mas logo estavam progredindo bem. Cavaram em silêncio por algum tempo. Huck então apoiou-se em sua pá, enxugando as gotas de suor com a manga da camisa, dizendo:

"Onde vamos cavar depois que terminarmos este?"

"Acho que devemos tentar a velha árvore que fica no alto do Cardiff Hill, atrás da casa da viúva."

"Acho que é uma boa ideia. Mas será que a viúva não vai querer o tesouro para ela? Afinal, o terreno é dela."

"Quero ver ela pegá-lo! Ela que tente. Aquele que encontra o tesouro escondido torna-se dono dele. Não importa de quem seja o terreno onde ele estava."

A resposta parecia sensata, e os garotos continuaram a trabalhar. Ocasionalmente, Huck reclamava:

"Droga, devemos estar cavando no lugar errado de novo. O que você acha?"

"É muito intrigante, Huck. Não consigo entender. Algumas vezes, as bruxas interferem nos esconderijos. Deve ser este o problema."

"Imagine! As bruxas não têm nenhum poder durante o dia."

"Bem, isso é verdade. Não havia pensado nisso. Ah, já sei qual é o problema! Que tolos nós somos. Precisamos antes descobrir onde a sombra do tronco vai estar à meia-noite. É neste local que devemos cavar!"

"E nós ficamos trabalhando até agora por nada. Mas então teremos que voltar para cavar à noite. Você pode vir?"

"Mas é claro que sim. E tem que ser esta noite, porque se alguém andar por aqui e vir estes buracos, vai descobrir de imediato o nosso plano, e vai querer cavar antes de nós."

"Tudo bem, então. Vou até sua casa e, quando chegar, vou miar."

"Tudo bem. Vamos esconder essas ferramentas naquela moita."

À noite, os garotos estavam de volta ao local. Sentaram e esperaram. O lugar estava deserto, e a espera trazia solenidade ao evento. Espíritos sussurravam em meio às folhagens, fantasmas espreitavam o movimento, o uivo profundo e distante de um cão ecoou, e uma coruja respondeu com barulhos aterrorizantes. Os garotos estavam intimidados com as solenidades da noite e quase não falavam. Depois de algum tempo, quando julgaram ter chegado a meia-noite, marcaram o local da sombra do tronco e começaram a cavar. Logo ficaram cheios de esperança. Interessados no que estava por vir, trabalharam intensamente. O buraco ficava cada vez mais profundo, mas, toda vez que achavam que finalmente encontrariam algo sólido no buraco, sofriam mais uma decepção. Era sempre uma pedra ou um pedaço de terra aglomerado. Finalmente, Tom disse:

"Não adianta, Huck, estamos no lugar errado novamente."

"Não pode ser. Nós fizemos uma marca exatamente onde estava a sombra."

"Eu sei, mas tem outra coisa."

"O que é?"

"Nós apenas adivinhamos a hora de cavar. É bem possível que tenhamos começado muito cedo ou muito tarde."

Huck jogou a sua pá.

"É isso", disse ele. "É este o problema. Temos que desistir. Nunca saberemos a hora certa e, além disso, isto aqui é muito pavoroso, com essas bruxas e esses fantasmas rondando por aí. Toda hora tenho a impressão de que tem alguém atrás de mim. E tenho medo de me virar, pois parece que vai vir alguém pela frente. Estou tremendo desde que cheguei aqui."

"Bem, para falar a verdade, eu também, Huck. Eles costumam colocar um homem morto para vigiar o tesouro depois que o enterram."

"Meu Deus!"

"Sim, eles colocam. Foi o que ouvi dizer."

"Tom, não gosto muito de brincar por aí quando sei que há pessoas mortas por perto. Podemos nos meter em encrencas."

"Eu também não gosto de provocá-los. Imagina se o guardião daqui resolve aparecer e mostrar seu crânio para nós!"

"Não diga isso, Tom! Isso é terrível!"

"E como é, Huck. Não me sinto nada à vontade."

"Tom, vamos desistir deste lugar e procurar outro ponto para cavar."

"Sim, é o melhor a fazer."

"E para onde vamos?"

Tom pensou um pouco e depois disse:

"Já sei! Vamos para a casa mal-assombrada!"

"Minha nossa! Eu não gosto de casas mal-assombradas, Tom. Elas são ainda mais aterrorizantes do que gente morta. Gente morta pode até falar, mas não aparece de surpresa quando você está distraído, encostando em seu ombro e fazendo barulhos assustadores, como fazem os fantasmas. Eu não poderia suportar isso, Tom. Ninguém poderia."

"Sim, Huck, mas os fantasmas só fazem isso à noite. Eles não vão nos importunar se cavarmos durante o dia."

"Tem razão. Mas você sabe muito bem que ninguém vai àquela casa mal-assombrada nem de dia nem de noite."

"Sim, mas isso é porque ninguém gosta de ir a um local onde houve um assassinato... e nada foi visto naquela casa, exceto durante a noite, quando luzes azuis aparecem pelas janelas... mas nenhum fantasma parece morar lá."

"Bem, toda vez que você vê uma luz azul brilhando pela janela, Tom, pode apostar que há um fantasma a carregando. É por isso que você a vê! Só os fantasmas usam a luz azul."

"Sim, eu sei. Mas, de qualquer forma, eles não aparecem durante o dia, então não há por que ficar com medo."

"Está bem. Vamos até a casa mal-assombrada, já que é assim. Mas ainda acho arriscado."

Eles já estavam descendo o morro enquanto discutiam. Quando chegaram ao vale, iluminados pela lua, observaram a casa mal-assombrada, isolada, com as cercas todas quebradas, o matagal dominando o passeio, a chaminé avariada, as janelas arrebentadas e caindo aos pedaços e o teto afundado em algumas partes. Continuaram a observar por algum tempo, talvez esperando uma luz azul aparecer pela janela. Depois conversaram em voz baixa, como pedia o clima do momento, viraram à direita e tomaram o caminho do vilarejo, deixando para trás a casa mal-assombrada e o Cardiff Hill.

Capítulo XXVI.

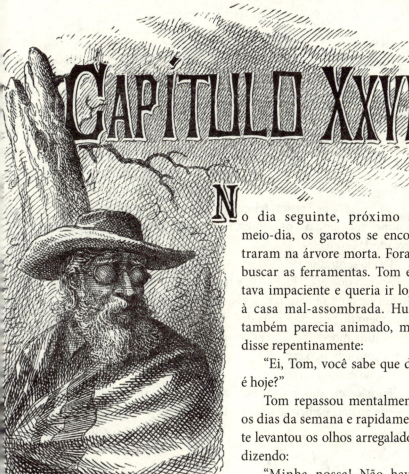

No dia seguinte, próximo ao meio-dia, os garotos se encontraram na árvore morta. Foram buscar as ferramentas. Tom estava impaciente e queria ir logo à casa mal-assombrada. Huck também parecia animado, mas disse repentinamente:

"Ei, Tom, você sabe que dia é hoje?"

Tom repassou mentalmente os dias da semana e rapidamente levantou os olhos arregalados, dizendo:

"Minha nossa! Não havia me dado conta, Huck!"

"Eu também. Só agora me lembrei de que hoje é sexta-feira."

"Droga, precisamos ter mais cuidado, Huck. Poderíamos nos meter em encrenca se começássemos um trabalho como este em uma sexta-feira."

"Pode apostar nisso! Existem dias de sorte, mas nunca caem em uma sexta-feira."

"Qualquer tolo sabe disso. Ainda bem que você se lembrou, Huck."

"Sexta-feira, nunca. Além do mais, tive um pesadelo terrível ontem. Sonhei com ratos."

"Não! Sinal claro de problema. Eles brigavam?"

"Não."

"Menos mal, então, Huck. Quando eles não brigam, é porque o problema está te rodeando, sabe? Tudo o que precisamos fazer é ficar atentos e nos manter longe do problema. Vamos deixar isso de lado por hoje e sair para brincar. Você conhece o Robin Hood, Huck?"

"Não. Quem é o Robin Hood?"

"Ele foi um dos homens mais corajosos da Inglaterra. Ele era um ladrão."

"Legal! Queria ser como ele. O que ele roubava?"

"Só roubava de xerifes, religiosos, reis e outras pessoas ricas. Mas ele nunca incomodava os pobres. Ele os amava e sempre dividia suas mercadorias com eles."

"Devia ser muito fiel."

"Aposto que era, Huck. Ah, e também era muito nobre. Nenhum homem de hoje se compara a ele. Ele podia derrotar qualquer outro homem do país com uma das mãos amarrada nas costas; e podia acertar uma moeda de dez centavos a uma distância de quatro quilômetros com seu arco especial."

"Como era seu arco especial?"

"Eu não sei. Mas era um tipo especial de arco. E se ele acertasse a moeda apenas na beirada, ficava triste, praguejava e chorava. Podemos brincar de Robin Hood, é uma nobre diversão. Eu ensino para você."

"Eu topo!"

E eles brincaram de Robin Hood durante a tarde, sempre dando uma olhada rápida para a casa mal-assombrada, pensando nos projetos e nas possibilidades da aventura do dia seguinte. Quando o sol começou a baixar, tomaram o caminho de casa, em meio às sombras das árvores, e logo desapareceram pela floresta de Cardiff Hill.

No sábado, pouco depois do meio-dia, os garotos estavam próximos ao tronco novamente. Pitaram e conversaram na sombra e depois cavaram um pouco mais o buraco que já tinham feito, com poucas esperanças, porque Tom lembrara que em muitos casos as pessoas desistiam de um buraco e o tesouro estava a poucos centímetros de profundidade, e depois vinha alguém e encontrava o baú com uma única cavada. Porém dessa vez não deu certo, e então os garotos pegaram suas ferramentas, colocaram nos ombros e saíram caminhando, sem ter encontrado um grande tesouro, mas com a certeza de que cumpriram todos os rituais envolvidos na caça ao tesouro.

Quando chegaram à casa mal-assombrada, perceberam que havia algo muito estranho e macabro no silêncio que reinava ali sob o forte sol. O lugar era tão depressivo e solitário que por alguns momentos eles tiveram medo de entrar. Caminharam lentamente até a porta e deram uma olhada para dentro. Viram um aposento sem piso, com mato crescendo pelos cantos, paredes inacabadas, uma lareira antiga, janelas quebradas e uma escadaria em ruínas; e havia teias de aranha em todo lado. Entraram devagar, com o coração batendo forte, sussurrando, atentos a qualquer ruído e com os músculos tensos, prontos para uma eventual fuga.

Depois de alguns minutos, começaram a se familiarizar com o ambiente, e o medo deu lugar a um olhar crítico, que examinava tudo. Ficaram orgulhosos de sua própria audácia. Então quiseram subir as escadas. Aquilo era como um caminho sem volta. Olharam um para o outro, jogaram as ferramentas em um canto e subiram. O andar superior tinha os mesmos sinais de decadência. Em um canto, havia um armário misterioso, mas, para decepção dos garotos, não tinha nada dentro dele. Haviam recuperado a coragem e estavam prontos para descer e começar a trabalhar quando de repente:

"Shhh!", disse Tom.

"O que foi?", cochichou Huck, assustado.

"Shhh! Aí está. Ouviu agora?"

"Sim! Meu Deus! Vamos correr!"

"Fique quieto! Não se mexa! Estão entrando pela porta da frente."

Os garotos se estenderam no chão, procurando nós no piso de madeira para poder observar. Eles estavam morrendo de medo.

"Eles pararam... não! Estão vindo. Estão aqui. Fique quieto, Huck. Minha nossa, quem me dera estar fora daqui!"

Dois homens entraram na casa. Os dois garotos pensaram a mesma coisa: o primeiro homem era um velho espanhol surdo-mudo que estivera no vilarejo algumas vezes nos últimos dias. O outro, eles nunca tinham visto antes.

No entanto aquele outro era sujo, feio e, de certa forma, assustador. Já o espanhol vestia uma capa e tinha um bigode farto, cabelos grisalhos longos, um sombreiro e óculos verdes. Quando entraram, dava para perceber o "outro" falando baixinho; eles se sentaram no chão, de frente para a porta, com as costas na parede. O discurso em volume baixo continuava. Aos poucos, ele ficou mais à vontade e começou a falar mais alto:

"Não", disse ele, "refleti sobre tudo, e não acho boa a ideia. É muito perigoso."

"Perigoso!", grunhiu o espanhol "surdo-mudo", para surpresa dos garotos. "Covarde!"

Aquela voz aterrorizou os garotos completamente. Era Injun Joe! Depois de um breve silêncio, Joe continuou:

"Não é mais perigoso do que o trabalho que fizemos lá em cima. E não tivemos nenhum problema."

"Aquilo é diferente. Fica do outro lado do rio, e não há nenhuma casa lá perto. Se não der certo, ninguém vai ficar sabendo."

"Bem, e o que é mais perigoso do que vir até aqui em plena luz do dia? Se alguém nos vir, vai suspeitar."

"Eu sei disso. Mas não havia outro lugar melhor depois daquele desastre. Não vejo a hora de sair daqui. Queria ter resolvido tudo ontem, para ir embora, mas aqueles garotos malditos ficaram brincando ali em frente. Garotos malditos!", praguejou ele novamente.

Os garotos pensaram então como tiveram sorte no dia anterior, ao lembrar que era sexta-feira, adiando a investida na casa. Nesse momento, desejavam ter esperado mais um ano.

Os dois homens tiraram comida da bolsa e almoçaram. Depois de um longo silêncio, Injun Joe disse:

"Escute, rapaz. Volte para o outro lado do rio. Lá é o seu lugar. Espere por notícias minhas. Vou me arriscar pela cidade mais uma vez. Observar tudo por lá. Faremos o trabalho arriscado depois que eu espiar mais um pouco e concluir que está tudo bem. Depois disso, vamos juntos para o Texas!"

O plano pareceu ter agradado. Os dois homens começaram a bocejar, e Injun Joe disse:

"Estou morto de sono. Agora é a sua vez de vigiar."

Ele se deitou sobre a relva e logo começou a roncar. Seu colega cutucou-o algumas vezes, e ele parou com o barulho. Pouco depois, o vigia começou a ficar com sono; balançou a cabeça algumas vezes e logo foi a sua vez de roncar.

Os garotos suspiraram aliviados. Tom sussurrou:

"É nossa chance. Vamos!"

Huck disse:

"Não posso! Morro de medo de eles acordarem."

Tom insistiu, mas Huck hesitou mais uma vez. Tom então se levantou lentamente e começou a caminhar sozinho. Porém, logo no primeiro passo, pisou em uma madeira solta que rangeu alto, e ele voltou a deitar apavorado. Não teve coragem de tentar novamente. Eles ficaram lá contando as intermináveis horas que pareciam não passar. Finalmente, deram graças ao perceber que o sol estava se pondo.

Um dos roncos finalmente parou. Injun Joe se sentou e olhou em volta. Sorriu maliciosamente olhando seu colega, que estava com a cabeça apoiada nos joelhos; cutucou seu pé e disse:

"Ei! Você não é o vigia? Ainda bem que não aconteceu nada."

"Minha nossa! Eu dormi?"

"É o que parece. Já está quase na hora de partirmos, companheiro. O que faremos com este dinheiro que temos aqui?"

"Eu não sei. Podemos deixar tudo aqui, como sempre fizemos. Não adianta levarmos antes de viajarmos para o sul. Seiscentas e cinquenta moedas de prata são muito pesadas para carregarmos."

"Sim, tudo bem. Não vejo problema em voltarmos para cá mais uma vez."

"Não, mas seria melhor voltar à noite, como sempre fizemos."

"Sim, mas veja bem: pode demorar até que apareça a oportunidade de fazer aquele trabalho; acidentes podem acontecer; acho que o melhor seria enterrar tudo isso, e bem fundo."

"Boa ideia", disse o colega, que atravessou o aposento, ajoelhou-se, levantou uma pedra grande e, de baixo dela, retirou uma sacola que tilintava com os metais que carregava. Ele tirou da sacola uns vinte ou trinta dólares para ele e a mesma quantia para Injun Joe. Depois passou o dinheiro para seu parceiro, que estava cavando um buraco com sua faca.

Os garotos se esqueceram de seus temores de imediato. Com os olhos atentos, observavam cada movimento. Sorte! Era um momento cujo esplendor ia além da imaginação! Seiscentos dólares era dinheiro suficiente para enriquecer uma dúzia de garotos! Agora sim a caça ao tesouro parecia destinada ao sucesso. Não havia dúvidas sobre onde cavar. Eles cutucavam um ao outro com o cotovelo alegremente, como se dissessem "viu como valeu a pena ficar aqui?".

A faca de Joe bateu em algo duro.

"Olá!", disse ele.

"O que é isso?", perguntou o amigo.

"Parece uma tábua podre. Não, parece que é uma caixa. Ajuda aqui, vamos ver o que tem dentro. Esquece, já abri um buraco."

Ele esticou a mão e retirou algo do buraco.

"Mas isso é dinheiro!"

Os dois homens examinaram aquela mão cheia de moedas. Eram moedas de ouro. Os garotos no andar de cima estavam tão excitados quanto os dois homens.

O amigo de Joe disse:

"Vamos logo dar um jeito nisso. Há uma picareta velha atrás daquele mato lá no canto, próximo da lareira. Vi agora há pouco."

Ele andou até lá e trouxe a picareta e a pá dos garotos. Injun Joe pegou a picareta, olhou para ela pensativo, balançou a cabeça, resmungou algo para ele mesmo e começou a cavar. A caixa foi logo retirada do buraco. Não era muito grande; feita de ferro, deve ter sido muito resistente antes de o tempo desgastá-la. Os homens contemplaram o tesouro por alguns instantes, em silêncio.

"Minha nossa, há milhares de dólares aqui", disse Injun Joe.

"Sempre se comentou que a quadrilha de Murrel andou por aqui em um verão", observou o outro.

"Eu sei disso", respondeu Injun Joe, "e agora parece que está provado."

"Agora não precisamos mais fazer aquele trabalho."

O bastardo olhou feio e disse:

"Você não me conhece. Ou não sabe o que está falando sobre aquele trabalho. Não se trata apenas de um roubo, é uma vingança!" Uma chama iluminou seus olhos. "E eu precisarei de sua ajuda. Quando terminarmos, vamos para o Texas. Vá para casa, encontrar Nance e seus filhos, e aguarde até ouvir notícias minhas."

"Bem, se prefere assim, tudo bem. O que faremos com isso? Enterramos novamente?"

"Sim." O andar de cima ficou feliz. "Não! Por Deus, não!" O andar de cima desanimou. "Eu quase me esqueci. A picareta estava com terra fresca!" Por um momento, os garotos ficaram novamente apavorados. "Por que havia uma picareta e uma pá aqui? E por que tinham terra fresca? Quem trouxe essas ferramentas para cá, e para onde foram depois? Você viu alguém? Ouviu alguém? Se enterrarmos este tesouro novamente, eles voltarão e irão perceber a terra remexida. Não podemos fazer isso. Vamos levar tudo para o meu abrigo."

"Sim, claro! Como não pensei nisso antes? Você quer levar para o abrigo 'Número Um'?"

"Não, para o 'Número Dois'. Junto com a cruz. O 'Número Um' é simples demais."

"Tudo bem. Já está escuro o suficiente para começarmos."

Injun Joe se levantou e espiou por todas as janelas cuidadosamente. Depois disse:

"Quem poderia ter trazido essas ferramentas para cá? Será que eles não estão no andar de cima?"

Os garotos perderam o ar. Injun Joe pegou sua faca, parou indeciso por um momento e depois andou em direção à escada. Os garotos se lembraram do armário, mas já não tinham nem tempo nem coragem. Os degraus rangiam; o perigo insuportável da situação forçou os garotos a tomar uma atitude, eles estavam a ponto de correr para o armário quando se ouviu um barulho de madeira quebrando e Injun Joe caiu junto com os destroços da escada, que desabara. Ele se levantou praguejando, e seu colega disse:

"Agora me diga, para que tudo isso? Se há alguém lá em cima, deixe que fique lá. Quem se importa? Se quiserem descer, agora terão que pular e ainda nos enfrentar. O dia vai escurecer em quinze minutos, e deixe que eles nos sigam, se quiserem. Eu deixaria. Em minha opinião, quem trouxe essas coisas para cá pensou que fôssemos fantasmas, e aposto que ainda estão fugindo de medo por aí."

Joe reclamou mais um pouco, depois concordou com seu amigo que eles tinham de aproveitar a luz do dia para arrumar as coisas antes de partir. Após alguns minutos, eles saíram durante o escurecer e foram em direção ao rio, com sua caixa preciosa.

Tom e Huck levantaram fracos, mas aliviados, e observaram pelas frestas nas paredes os homens indo embora. Segui-los? Nem pensar. Eles ficaram felizes em poder descer de onde estavam sem quebrar o pescoço e pegaram rapidamente a trilha em direção ao vilarejo. Não conversaram muito. Estavam muito ocupados em odiar a si mesmos;

eles se odiavam por terem deixado a picareta e a pá naquele lugar. Se não fosse pelas ferramentas, Injun Joe nunca suspeitaria. Ele teria escondido a prata e o ouro até que conseguisse se vingar, seja lá de quem fosse, e, quando voltasse, perceberia que seu dinheiro havia desaparecido. Mas que azar terrível eles terem deixado as ferramentas naquele lugar!

Eles resolveram espionar o espanhol toda vez que ele viesse ao vilarejo, para tentar segui-lo até o "Número Dois", onde quer que ele estivesse. No entanto um pensamento horrível ocorreu a Tom: "Vingança? E se a vingança for contra nós, Huck?"

"Oh, não!", disse Huck, quase desmaiando.

Eles seguiram pela trilha discutindo o assunto e, quando estavam entrando no vilarejo, chegaram à conclusão de que ele possivelmente estava falando de outra pessoa. E, na pior das hipóteses, ele só se referia a Tom, já que somente ele dera o testemunho.

Para Tom, não era lá um grande conforto imaginar que seria o único a correr perigo! Um companheiro na mesma situação seria de grande valia, pensou ele.

Capítulo XXVII

A aventura do dia atormentou os sonhos de Tom naquela noite. Por quatro vezes ele teve aquele grande tesouro em suas mãos, e em todas as quatro viu as riquezas lhe escapando por entre os dedos, até que por fim teve de acordar e encarar a dura vida real. De manhã cedo, ainda deitado, enquanto revia todas as minúcias da sua grande aventura, teve a impressão de que tudo o que passara não fora tão intenso e amedrontador. Era como se tivesse acontecido em outro mundo, ou muitos anos antes. Depois chegou a pensar que toda a grande aventura poderia também ter sido um sonho! A favor dessa ideia, havia um forte argumento: a quantidade de moedas que ele vira parecia totalmente irreal. Até então, ele nunca tinha visto mais de cinquenta dólares de uma só vez; e, assim como era para todos os garotos de sua idade, palavras como "centenas" e "milhares" eram apenas figuras de linguagem que representavam quantidades incontáveis de dinheiro. Ele nunca sequer imaginou que uma quantia tão expressiva como uma centena de dólares poderia de fato ser encontrada com alguma pessoa. Se sua ideia de tesouro secreto fosse traduzida para a realidade, não passaria de um farto punhado de moedas de dez centavos e outro tanto grande punhado de notas de dólar.

Porém os detalhes de sua aventura começaram a ficar mais claros e certos à medida que o garoto pensava neles, e então ele começou a se convencer de que tudo aquilo não tinha sido um sonho, afinal. De qualquer forma, ele não queria ter mais dúvidas. Ele tomaria café da manhã rapidamente e sairia em busca de Huck. Seu amigo estava sentado na borda de um barco, balançando os pés na água, parecendo um tanto melancólico. Tom achou melhor deixar Huck tocar no assunto. Se ele nem falasse naquilo, então realmente tudo teria sido um sonho.

"Olá, Huck!"

"Olá!"

Um minuto de silêncio.

"Tom, se tivéssemos deixado as malditas ferramentas no tronco velho, estaríamos ricos agora. Que desgraça!"

"Não foi um sonho, então, não foi um sonho! E eu quase certo de que tinha sido. Juro que pensei que tivesse sido um sonho, Huck."

"O que não foi um sonho?"

"O que aconteceu ontem. Pensei que tivesse sido apenas um sonho."

"Sonho! Se aquela escada não tivesse quebrado, você saberia muito bem que não era sonho nenhum! Já tive sonhos suficientes na noite passada, aquele espanhol com o olho vendado me perseguiu a noite inteira!"

"Mas agora nós é que precisamos persegui-lo, encontrá-lo e pegar o dinheiro!"

"Tom, nós nunca o encontraremos. Uma chance como aquela só acontece uma vez na vida. E nós perdemos a nossa. E, mesmo se eu o visse novamente, morreria de medo."

"Sim, eu também. Mas mesmo assim eu gostaria de encontrá-lo e segui-lo até aquele Número Dois."

"Número Dois. Sim, é isso mesmo. Andei pensando nisso. Mas não cheguei a nenhuma conclusão. O que você acha que é?"

"Não sei. Muito enigmático. Ei, Huck, talvez seja o número de uma casa!"

"Não, Tom, não pode ser isso. E, se for, não é aqui neste vilarejo. As casas não têm número aqui."

"Bem, é verdade. Deixe-me pensar um pouco. Pode ser também o número de um quarto de uma taberna, não é?"

"Isso sim pode ser. E só existem duas tabernas aqui. Podemos examiná-las facilmente."

"Fique aqui, Huck, eu já volto."

Tom saiu correndo. Não queria que o vissem na companhia de Huck no vilarejo. Demorou cerca de meia hora até voltar. Descobriu que, na melhor taberna, o quarto número dois estava ocupado por um jovem advogado havia muito tempo, e ele continuava hospedado lá. Já na taberna mais simples, o quarto dois era um mistério. O filho do dono do estabelecimento contou que o quarto ficava trancado o tempo todo e que nunca tinha visto ninguém entrar ou sair de lá, exceto durante a noite; ele não sabia os motivos dessa estranha rotina; ele até ficou intrigado com aquilo, mas nunca teve entusiasmo para investigar e preferiu acreditar na divertida ideia de que o aposento era mal-assombrado; além de tudo isso, ele também contou que tinha visto uma luz acesa no quarto na noite anterior.

"Foi tudo o que descobri, Huck. Acho que encontramos o Número Dois que estamos procurando."

"Também acho, Tom. E o que você vai fazer agora?"

"Deixa eu pensar."

Tom pensou por bastante tempo, depois disse:

"Olha só. A porta dos fundos daquele Número Dois dá para um beco que fica entre a taberna e uma pequena e velha loja feita de tijolos. Você tem de pegar todas as chaves de porta que conseguir encontrar, e eu vou pegar todas as chaves da minha tia. Depois disso, vamos até lá durante a noite e testamos uma a uma todas as chaves para tentar abrir a porta. Mas precisamos ficar atentos a Injun Joe, pois ele disse que voltaria ao vilarejo para espionar e se vingar. Se você o vir por aí, vá atrás dele, e se ele não for para o Número Dois da taberna, é porque aquele não é o esconderijo."

"Meu Deus! Não quero segui-lo sozinho!"

"Mas vai ser durante a noite. Ele não vai ver você. E, mesmo se vir, não vai imaginar que está sendo seguido."

"Olha, se a noite estiver bem escura, vou segui-lo. Não sei, não sei. Vou tentar."

"Pode apostar que eu o seguirei durante a noite, Huck. Se ele perceber que não vai conseguir se vingar, provavelmente vai pegar o tesouro e fugir."

"É verdade, Tom. Então eu também o seguirei, se for necessário!"

"É assim que se fala! Não podemos fraquejar agora, Huck."

Capítulo XXVIII

Naquela noite, Tom e Huck estavam prontos para novas aventuras. Esperaram nos arredores da taberna até depois das nove horas, um de olho no beco, e o outro, na porta da taberna. Ninguém entrou ou saiu do beco, e ninguém parecido com o espanhol entrou ou saiu da taberna. A noite parecia propícia. Tom foi para casa depois de combinar com Huck que, caso a noite estivesse bem escura, ele viria e "miaria" para que os dois saíssem e fossem testar as chaves. Entretanto a noite permaneceu estrelada e clara, então Huck desistiu e foi dormir em um barril quando já era quase meia-noite.

Na noite de terça-feira os garotos tiveram a mesma falta de sorte. Quarta-feira também. Porém a noite de quinta-feira parecia promissora. Tom saiu cedo de casa, levando consigo uma velha lanterna de lata de sua tia e uma grande toalha para bloquear sua luz se fosse necessário. Ele escondeu a lanterna no barril de Huck e então os garotos começaram a vigiar. A taberna fechou uma hora antes da meia-noite, e as suas luzes (as últimas em toda a vizinhança) foram apagadas. O espanhol não foi visto. Ninguém passou pelo beco. Tudo parecia certo. Reinava uma escuridão absoluta, e o silêncio total só era interrompido por ocasionais trovões distantes dali.

Tom pegou sua lanterna, acendeu-a ainda dentro do barril e cobriu-a com a toalha. Então os dois aventureiros caminharam cuidadosamente pela escuridão em direção à taberna. Huck ficou de sentinela, e Tom entrou pelo beco, tateando seu caminho. Repentinamente um sentimento de ansiedade e angústia caiu pesadamente sobre o espírito de Huck. Ele começou a desejar ver o facho de luz da lanterna de Tom; ficaria por certo apavorado, mas ao menos saberia que seu amigo estava vivo ainda. Parecia-lhe que tinham passado horas e horas desde que Tom desaparecera. Começou a recear que ele tivesse desmaiado ou até morrido de ataque do coração, resultante de tanto medo. Em sua aflição, Huck inconscientemente foi se aproximando cada vez mais do beco, imaginando todo tipo de coisas terríveis e esperando alguma catástrofe que poderia acabar de vez com o pouco ar que lhe restava. E lhe restava pouco mesmo, porque ele parecia incapaz de inspirar e dava a impressão de que seu coração estava esgotado de tanto bater. De repente ele avistou um facho de luz. Tom veio correndo e gritando:

"Corra! Corra o mais que puder!"

Ele não precisava repetir; um aviso era o suficiente. Huck já corria mais veloz que um carro quando seu amigo repetiu a ordem. Os garotos não pararam de correr até conseguir abrigo em um matadouro deserto na parte baixa do vilarejo. Assim que chegaram lá, uma chuva torrencial começou a cair. Tom recuperou o fôlego e começou a contar:

"Huck, foi horrível! Eu tentei duas chaves, com o maior cuidado que pude ter; mas elas pareciam fazer um barulho altíssimo, e eu mal podia respirar de tanto medo. E elas não giraram. Depois, sem perceber o que fazia, agarrei a maçaneta e girei. A porta não estava trancada! Eu entrei, tirei a toalha da lanterna e... Minha Nossa Senhora..."

"O que você viu, Tom?"

"Huck, eu quase pisei na mão do Injun Joe!"

"Não!"

"Sim! Ele estava deitado lá, acho que dormia no chão, com o tapa-olho e os braços esparramados."

"Meu Deus! E o que você fez? Você o acordou?"

"Não, ele nem se mexeu. Acho que estava bêbado. Eu cobri a lanterna com a toalha e saí."

"Nossa... Eu nunca me lembraria da toalha!"

"Bem, eu me lembrei. Minha tia me mataria se eu a esquecesse ou perdesse."

"E você chegou a ver a caixa?"

"Huck, não tive tempo de olhar à minha volta. Não vi nem a caixa nem a cruz. As únicas coisas que vi foram uma garrafa e uma caneca, ao lado de Injun Joe; vi também dois barris e algumas outras garrafas pelo quarto. Agora você entende o que se passa naquele quarto mal-assombrado?"

"O quê?"

"Está mal-assombrado com uísque! É bem provável que todas as tabernas tenham um quarto mal-assombrado como esse, não é, Huck?"

"Bem, acho que sim. Quem imaginaria isso? Mas veja, Tom, você não acha que essa é uma boa oportunidade para pegarmos a caixa, tendo em vista que Injun Joe está bêbado?"

"Ah, sim! Quero ver você tentar!"

Huck estremeceu.

"Não, talvez não seja uma boa hora."

"E além do mais, Huck, só havia uma garrafa ao lado de Injun Joe. É bem possível que ele não estivesse tão bêbado. Se fossem três garrafas, aí sim eu me arriscaria."

Depois de uma longa pausa para reflexão, Tom disse:

"Olha, Huck, é melhor não tentarmos mais sem termos a certeza de que Injun Joe não está lá. É muito arriscado e assustador. Vamos vigiar todas as noites, e quando o virmos sair, entraremos lá e pegaremos a caixa o mais rápido que conseguirmos."

"Eu topo. Eu posso vigiar a noite inteira, todas as noites, se você concordar em fazer a outra parte do serviço."

"Combinado, eu farei. Você só vai precisar subir até a rua Hooper e miar para mim, como sempre. Caso eu esteja dormindo, jogue terra na janela que eu acordo."

"Certo, temos então um plano pronto."

"Agora que a tempestade acabou, vou para casa. O sol vai nascer daqui a algumas horas. Vá embora e depois comece a vigiar, combinado?"

"Sim, Tom, pode ficar tranquilo. Vou vigiar aquela taberna toda noite, por um ano, se necessário! Vou dormir durante o dia e vigiar durante a noite."

"Ótimo. Agora, onde você vai dormir?"

"No palheiro do Ben Rogers. Ele já me autorizou. Tanto ele quanto o crioulo que trabalha para seu pai, o tio Jake. Levo água para ele quando me pede, e ele divide sua comida comigo sempre que pode. É um ótimo crioulo, Tom. Ele gosta de mim porque eu nunca o trato como um subalterno. Às vezes, me sento e como com ele. Não me orgulho muito disso, mas, quando estamos com fome, fazemos coisas que normalmente nos recusaríamos a fazer."

"Está bem. Você pode dormir durante o dia. Se precisar, te chamo, mas não se preocupe. E à noite, se vir algo estranho, basta ir até minha casa e miar."

Capítulo XXIX.

Tom acordou na manhã de sexta-feira com uma boa notícia – a família do juiz Thatcher havia voltado para o vilarejo na noite anterior. Tanto Injun Joe quanto o tesouro ficaram em segundo plano por um momento, e Becky voltou a ser o centro das atenções do garoto. Eles se encontraram, e os dois se divertiram muito brincando com alguns companheiros da escola. O ótimo dia ainda foi coroado de forma peculiar: Becky convenceu sua mãe a confirmar para o dia seguinte o tão esperado e tão adiado piquenique. As crianças ficaram felicíssimas, inclusive Tom. Os convites foram feitos antes do pôr do sol, e em poucos instantes a garotada do vilarejo estava excitada e ansiosa, trabalhando nos preparativos do evento. A animação de Tom fez com que ele conseguisse ficar acordado até tarde, esperando ouvir o "miado" de Huck, e quem sabe pegar seu tesouro para impressionar Becky e os outros convidados do piquenique do dia seguinte. No entanto, para sua decepção, nenhum miado foi ouvido naquela noite.

A manhã seguinte chegou, e por volta das dez ou onze horas um grupo animado e barulhento se aglomerou em frente à casa do juiz Thatcher. Tudo estava pronto. Normalmente, os adultos não participavam do piquenique para não intimidar as crianças. Elas ficavam sob os cuidados de jovens moças de cerca de dezoito anos, e de alguns rapazes com seus vinte e poucos anos. O velho barco a vapor foi alugado para a ocasião; em pouco tempo, o grupo reunido caminhava pela rua principal, cada qual com seu cesto de provisões. Sid estava doente e perdeu o evento. Mary ficou em casa para fazer companhia a ele. A última observação que a senhora Thatcher fez a Becky foi:

"É provável que este piquenique demore a acabar. Talvez seja melhor que você passe a noite na casa de alguma amiga que more perto do porto, querida."

"Então vou dormir na casa de Susy Harper, mamãe."

"Muito bem. Comporte-se e não se meta em encrencas."

Assim que saíram caminhando, Tom disse para Becky:

"Ei, tenho uma ideia. Em vez de irmos para a casa do Joe Harper, podemos subir o morro e parar na casa da viúva Douglas. Ela faz sorvete quase todos os dias. Muito sorvete! E tenho certeza de que ela ficará muito feliz em nos receber."

"Sim, será muito divertido!"

Então Becky pensou um pouco e disse:

"Mas o que minha mãe pode achar disso?"

"Ela não precisa saber."

A garota pensou mais um pouco e enfim disse relutante:

"Não acho que isso seja certo, mas..."

"Não tenha medo! Sua mãe não vai ficar sabendo. Para que se preocupar? Ela só quer que você esteja segura, e aposto que ela deixaria você ir, se você pedisse. Tenho certeza de que ela deixaria!"

A esplêndida hospitalidade da viúva Douglas era uma isca tentadora. Isso e os argumentos de Tom foram convencendo-a aos poucos durante o dia. Então eles combinaram de não contar nada a ninguém sobre o programa noturno. No entanto Tom pensou que Huck poderia aparecer com o sinal justamente naquela noite. Aquele pensamento abalou um pouco os planos de Tom com a garota. Mas, ainda assim, ele não poderia deixar de ir se divertir na casa da viúva Douglas. E, além disso, por que desistir? Se o sinal não tinha vindo na noite anterior, por que viria justamente hoje? A diversão certa com Becky venceu a incerteza do tesouro; e, assim como qualquer outro garoto de sua idade, ele decidiu que iria à casa da viúva e não pensaria mais na caixa de dinheiro durante o resto do dia.

O barco parou em um vale arborizado, a cerca de cinco quilômetros abaixo do vilarejo. A multidão de crianças desembarcou, e logo, na floresta, ecoavam gritos e risadas até nos cantos mais escondidos. Brincaram e se esquentaram de todas as formas e, depois de um intenso período de diversão, voltaram ao acampamento com uma fome gigantesca. Após o banquete, as crianças descansaram e se refrescaram, conversando debaixo das grandes sombras dos carvalhos. Não demorou muito para os mais empolgados começarem a gritar:

"Quem quer explorar a caverna?"

Todos queriam. Centenas de velas foram preparadas, e o grande grupo começou a subir o morro. A entrada da caverna era no topo do morro e tinha o formato de uma letra "A". Em sua entrada, um enorme carvalho dificultava o acesso. Dentro dela havia uma pequena câmara, muito fria, com paredes de calcário que estavam sempre úmidas. Era muito romântico e misterioso ficar ali parado no escuro observando o vale verde brilhando sob o sol. Porém o encanto do momento logo acabava, e o barulho começava novamente. Assim que alguém acendia uma vela, todos ao seu redor reclamavam e iam tentar apagá-la. Em alguns casos, um garoto galante protegia a vela de sua paquera; mas, no fim, a vela era derrubada ou apagada. Todos riam e comemoravam até que a vela seguinte fosse acesa. Depois de certo tempo, a brincadeira perdeu a graça. A procissão então seguiu pela galeria principal da caverna, descendo por um caminho íngreme. As luzes fracas iluminavam as salientes paredes de rocha, que se encontravam a quase vinte metros de altura. Essa galeria principal não tinha mais do que três ou quatro metros de largura. A cada pequena nova distância percorrida se chegava a uma nova galeria, mais baixa e estreita que a anterior; a caverna McDougal era realmente um vasto labirinto, cheio de becos que se interligavam e que não levavam a lugar algum. Há quem diga que se pode andar por suas câmaras por dias e noites, caminhando por corredores interligados, sem se conseguir chegar ao fim da caverna; e também que se pode descer, e descer, cada vez mais para dentro da Terra, e a série de labirintos se sucede, sem nunca chegar ao fim. Nenhum homem conhecia a caverna em sua totalidade. Isso era impossível. Muitos jovens conheciam parte dela, e não era aconselhável se aventurar dentro de suas áreas menos conhecidas. Tom Sawyer conhecia tanto dela quanto qualquer outro rapaz.

A procissão seguiu pela galeria principal por cerca de um quilômetro, e então pequenos grupos e alguns casais começaram a se espalhar pelas galerias menores e por corredores escuros. Quando se encontravam novamente, se assustavam com espanto. Alguns grupos conseguiram fugir uns dos outros durante meia hora, sem no entanto se afastarem das passagens conhecidas.

Aos poucos, os grupos foram voltando para a entrada principal da caverna ofegantes, sorridentes e sujos da cabeça aos pés com a cera das velas e com o calcário das paredes de rocha. Mas satisfeitos com tanta diversão. Então perceberam que haviam perdido a noção do tempo e que a noite já se aproximava. O sino do barco já os chamava havia cerca de meia hora. Era um fim de aventura romântico e prazeroso. Quando o barco ergueu a âncora e começou a navegar, ninguém se preocupava com o atraso, exceto o capitão e sua equipe.

Huck já estava de olho em seu relógio quando as luzes do barco apontaram no porto. Ele não ouvia nenhum barulho a bordo, já que as crianças estavam esgotadas depois de um dia de tanta diversão. Ficou curioso com aquele barco, porque ele não ancorou no porto, mas logo deixou de pensar nisso, pois tinha seus próprios problemas para resolver. A noite estava nublada e escura. Às dez horas da noite, o barulho dos carros cessou, as luzes começaram a se apagar e os derradeiros transeuntes buscavam seus abrigos. O vilarejo todo se recolhia enquanto o pequeno vigia ficava na rua. Só ele, os fantasmas e o silêncio. Às onze da noite as luzes das tabernas começaram a se apagar também, e a escuridão dominou o vilarejo. Huck esperou um tempo que lhe pareceu muito longo, sem que nada acontecesse, e começou a perder as esperanças. Para que estava ali? Valia a pena tudo aquilo? Não seria melhor desistir e ir dormir?

Porém nesse instante ele ouviu um barulho e ficou muito atento. A porta do beco fechou-se lentamente. Ele correu para a esquina da loja que ficava ao lado da taberna. No instante seguinte, dois homens passaram por ele, sendo que um deles parecia carregar algo debaixo do braço. Deve ser a caixa! Então eles iriam remover o tesouro. Por que chamar Tom agora? Não era uma boa ideia. Se saísse de lá, os dois homens iriam embora com a caixa, e ele nunca mais os acharia. Não, ele tinha que ficar na cola deles; a escuridão garantiria a sua segurança; ele não seria descoberto. Convencido de que aquela era a única opção, Huck saiu na perseguição dos homens, com movimentos calculados, como um gato, mantendo uma distância segura para não ser visto.

Eles subiram pela rua do rio por três quadras, depois viraram à esquerda e atravessaram a rua. Seguiram em frente, então, até chegar à trilha que levava a Cardiff Hill. Passaram pela casa do velho galês, até a metade do morro, sem hesitar, e continuaram caminhando. Huck então imaginou que eles iriam enterrar o tesouro na velha pedreira. No entanto eles seguiram em frente, passando a pedreira, em direção ao cume do morro. Depois pegaram uma trilha estreita e desapareceram por entre alguns arbustos altos no meio da escuridão. Huck apertou o passo e diminuiu a distância, certo de que agora seria ainda mais difícil de eles o verem. Ele trotou por alguns instantes, mas depois reduziu a velocidade, imaginando que poderia estar se aproximando muito; andou mais um pouco, depois parou completamente; tentou ouvir algum barulho, em vão; a única coisa que parecia audível era a batida de seu coração. Uma coruja piou no topo do morro. Mas foi só aquilo. Nenhum som de passos. Parece que tudo estava perdido! Ele estava prestes a voltar pela trilha quando ouviu um homem pigarreando a menos de dois metros de distância dele! O coração de Huck deu um pulo, mas ele se conteve; ficou parado, tremendo como uma vara, tão fraco que parecia que ia desmaiar a qualquer instante. Ele sabia onde estava. A poucos passos dali ficava a entrada da propriedade da viúva Douglas. Ele então pensou que seria ótimo se eles enterrassem o tesouro ali. Não seria difícil encontrá-lo depois.

Ele então ouviu a voz de Injun Joe sussurrando:

"Mas que droga, talvez ela esteja acompanhada. As luzes ainda estão acesas."

"Não consigo vê-las."

Era a voz do outro homem que estava na casa mal-assombrada. Huck sentiu um calafrio. Aquela era a tão falada vingança! Ele pensou em sair correndo. Depois, lembrou-se de que a viúva Douglas havia sido muito gentil com ele diversas vezes, e que era bem provável que aqueles homens iriam matá-la. Então desejou ter coragem para ir avisá-la, mas sabia que não seria capaz disso, pois eles poderiam pegá-lo também. Pensou tudo isso e muito mais no espaço de tempo que decorreu entre a conversa de Injun Joe com seu parceiro, que foi:

"Não vê as luzes porque sua visão está coberta por alguns arbustos. Pronto. Vê agora?"

"Sim. Ela realmente está acompanhada. Melhor desistirmos."

"Desistir e ir embora para sempre? Desistir e talvez nunca mais ter outra chance? Já te disse uma vez, e vou dizer novamente, não me importo com o dinheiro dela. Pode pegar tudo para você. Mas o marido dela sempre foi injusto comigo. Ele era o juiz quando fui julgado e condenado por vadiagem. E isso não é tudo. Na verdade, há muito mais! Ele mandou me açoitarem! Fui açoitado como um preto, em frente à cadeia! Todo o vilarejo viu! Açoitado, você sabe o que isso significa? Ele abusou de mim, e depois morreu. Por isso não vou deixar de me vingar.

"Ah, mas não a mate! Não faça isso!"

"Matar? Quem falou em matar? Eu mataria o juiz, se ele ainda estivesse vivo. Mas ela não. Quando você quer se vingar de uma mulher, você não a mata; você acaba com sua beleza. Corta o nariz e decepa as orelhas, como fazemos com as porcas."

"Meu Deus, mas isso é..."

"Não preciso de sua opinião! É mais seguro para você. Vou amarrá-la na cama. Se ela sangrar até morrer, não terei culpa nenhuma. E também não vou chorar se isso acontecer. Meu amigo, você vai me ajudar com isso. É por isso que está aqui. Eu não conseguiria fazer tudo sozinho. Se você se acovardar, eu te mato. Compreende? E, se eu te matar, acabo matando ela também, para que ninguém saiba o que aconteceu."

"Bem, se tem de ser feito, vamos em frente. Quanto mais rápido, melhor. Estou muito tenso com tudo isso."

"Mas agora? Esqueceu-se dos visitantes? Assim vou desconfiar de você. Não podemos ir agora, precisamos esperar até que as luzes se apaguem. Não temos pressa."

Huck percebeu que o silêncio iria torturá-lo, mais ainda do que aquela conversa assustadora; ele então prendeu a respiração e recuou um passo, plantou o pé no chão, com cuidado e firmeza, depois tirou o outro pé do chão, quase caindo, e recuou mais um passo. Repetiu a sequência algumas vezes, com o mesmo cuidado e os mesmos riscos. De repente, pisou em um galho. Ficou sem respirar, apenas ouvindo. Tudo continuava quieto. Ele agradeceu aos céus e, depois disso, se virou em meio às altas paredes de arbustos – tão lenta e cautelosamente que mais parecia um navio – e então começou a caminhar um pouco mais rápido. Quando chegou à pedreira, sentiu-se seguro o suficiente para começar a correr e desceu o morro em alta velocidade até chegar à casa do velho galês. Ele bateu à porta e logo viu a cabeça do velho e as de seus dois filhos fortões aparecerem na janela.

"O que se passa? Quem está batendo? O que você quer?"
"Deixe-me entrar, rápido! Eu contarei tudo."
"Mas quem é você?"
"Huckleberry Finn. Rápido, deixe-me entrar!"
"É Huckleberry Finn, de fato! Não me parece um nome que abre portas! Mas deixem-no entrar, rapazes, e vamos ouvi-lo."
"Por favor, não digam a ninguém que fui eu quem contou tudo isso a vocês", foram as primeiras palavras de Huck, assim que entrou na casa. "Por favor, imploro a vocês. Eu seria assassinado, com toda a certeza. No entanto a viúva sempre foi boa comigo. Eu quero contar, e vou contar, se prometerem não dizer a ninguém que fui eu quem lhes contou tudo isso."
"Minha nossa, mas ele deve ter algo importante a dizer! Não pode ser encenação!", exclamou o velho senhor. "Pois conte-nos tudo. Ninguém aqui vai te entregar, garoto."
Três minutos depois, o velho e seus filhos estavam armados, caminhando morro acima. Eles entraram pela trilha de arbustos andando silenciosamente, com as armas em punho. Huck não foi com eles. Em vez disso, escondeu-se atrás de um grande pedregulho e

ficou apenas escutando. Houve um longo silêncio, no fim do qual se ouviram tiros e um grito.

Huck não esperou nem mais um minuto. Ele saiu em disparada morro abaixo, fugindo dali o mais rápido que podia.

CAPÍTULO XXX.

Antes dos primeiros raios de sol do domingo, Huck voltou a subir o morro e bateu novamente à porta da família galesa. Todos dormiam, mas, em virtude do episódio da noite anterior, estavam agitados, e logo responderam ao chamado pela janela:

"Quem é?"

A voz assustada de Huck respondeu baixinho:

"Por favor, deixe-me entrar! É o Huck Finn!"

"Mas agora esse nome abre portas dia e noite, garoto. E é muito bem-vindo!"

Eram palavras pouco usuais para os ouvidos do tão rejeitado garoto, que se sentiu lisonjeado. Na verdade, ele não se lembrava de ter ouvido a expressão "bem-vindo" outrora em sua vida. A porta foi destrancada, e o garoto entrou e se sentou. O velho homem e seus filhos se vestiram rapidamente.

"Agora, meu garoto, espero que esteja bem e com fome, porque o café da manhã vai estar pronto assim que o sol raiar, e tudo indica que ele vai brilhar forte hoje. Acomode-se e relaxe! Eu e os rapazes esperávamos que viesse aqui ontem à noite."

"Estava com muito medo", disse Huck, "e fugi. Saí correndo depois do barulho de tiros e não parei por cinco quilômetros. Voltei agora porque queria saber o que aconteceu, e vim bem cedo porque não queria cruzar com aqueles bandidos, mesmo que estivessem mortos."

"Bem, pobre garoto, você realmente aparenta ter tido um noite difícil. Mas temos uma cama para você dormir depois do café da manhã. Não, eles não estão mortos. Sentimos muito por isso. Nós sabíamos exatamente onde eles estavam por causa de seu relato; então caminhamos cuidadosamente até ficarmos a uns cinco metros de distância deles. Estava tudo muito escuro. Porém, justamente naquela hora, percebi que iria espirrar. Que azar! Tentei segurar o espirro, mas não consegui! Estava andando na frente, com minha pistola apontada. Quando espirrei, percebi que aqueles desgraçados começaram a tentar escapar. Gritei 'fogo', e os rapazes atiraram, correndo na direção deles. No entanto os safados sumiram rapidamente. Tentamos persegui-los por entre as árvores, mas acho que nunca chegamos nem perto. Eles também atiraram em nossa direção, mas as balas passaram direto. Ninguém foi atingido. Quando paramos de ouvir os passos deles no matagal, deixamos de persegui-los, descemos e chamamos a polícia. Eles vieram com um pelotão e cercaram a beira do rio. Assim que o sol nascer, o xerife vai vasculhar a floresta novamente. Meus rapazes vão acompanhá-los. Queria muito ter a descrição daqueles safados. Isso ajudaria muito na busca. Mas imagino que, com a escuridão, você não tenha conseguido identificá-los, não é?"

"Consegui, sim! Eu segui os dois desde que saíram do vilarejo."

"Excelente! Então descreva os homens para mim, garoto!"
"Um deles é o velho surdo-mudo espanhol que andou circulando pelo vilarejo, e o outro tem cara de malvado, sujo e..."
"É o bastante, garoto. Sabemos quem são! Trombei com eles na floresta, perto da casa da viúva, dias atrás. Eles me viram e fugiram. Agora saiam, rapazes. Contem isso ao xerife. Deixem o café para amanhã!"

Os jovens galeses obedeceram à ordem do pai. Enquanto saíam, Huck voltou a insistir:

"Por favor, não contem a ninguém que fui eu quem os identificou. Por favor!"

"Tudo bem, Huck. Se é isso que você quer... Mas você merece crédito pelo que fez."

"Não, eu não quero! Por favor, não contem a ninguém!"

Depois que seus filhos saíram, o velho galês disse mais uma vez:

"Eles não vão contar nada. Eu também não. Mas por que você não quer que ninguém saiba?"

Huck não queria explicar muito, pois tinha consciência de que sabia demais sobre os dois homens, e não queria de forma alguma ser identificado como o delator de tudo aquilo. Ele sabia que isso poderia significar a sua morte.

O velho homem prometeu mais uma vez manter segredo, dizendo:

"Por que você decidiu seguir esses dois homens, amigo? Eles pareciam suspeitos?"

Huck ficou em silêncio enquanto analisava com cuidado o que iria falar. Depois relatou:

"Veja bem. Não sou lá um bom exemplo de pessoa. Ao menos é o que dizem, e eu até concordo. Às vezes, não consigo dormir, pois fico pensando que poderia ser melhor e me perguntando como conseguiria isso. E foi isso que aconteceu na noite passada. Não conseguia dormir, então saí vagando pelas ruas por volta da meia-noite. Quando passei perto daquela velha loja com tijolos na fachada, em frente à Taberna Temperance, encostei-me na parede e fiquei pensando na vida. E, bem nesse instante, vieram aqueles dois homens, carregando algo debaixo do braço. Tive a sensação de que era algo roubado. Um deles estava fumando, e o outro pediu fogo; eles pararam na minha frente e acenderam um fósforo, por isso consegui ver o rosto dos dois. O maior

era o espanhol surdo-mudo, com bigode branco e tapa-olho, e o outro tinha aquela aparência estranha e suja de criminoso."
"Você conseguiu vê-los só com a luz dos cigarros?"
Isso deixou Huck perturbado por um momento. Depois ele disse:
"Não sei muito bem, mas acho que sim."
"Então eles continuaram caminhando, e você..."
"Eu os segui. Sim. Foi isso. Queria saber o que eles estavam tramando. Fui atrás deles com muito cuidado até a casa da viúva. Fiquei parado perto deles e ouvi o homem com cara de criminoso pedir para que o outro não matasse a viúva, e o espanhol responder que não a mataria, mas cortaria todinha a pobre coitada, exatamente como contei a você e aos seus dois..."

"O quê? O surdo-mudo falou?"

Huck cometera outro erro terrível! Ele estava se esforçando ao máximo para evitar que o velho senhor descobrisse a identidade do espanhol, mas sua língua parecia determinada a metê-lo em encrenca, apesar de toda a sua concentração. Ele tentou de todas as formas explicar o que havia acabado de dizer, mas o velho não tirava os olhos dele, e cada nova frase piorava a situação ainda mais. Finalmente o velho galês disse:

"Meu rapaz, não tenha medo de mim. Eu não tocaria em um fio de seu cabelo por nada deste mundo. Não. Eu só quero protegê-lo. Esse espanhol não é surdo-mudo; você deixou isso escapar sem querer. Agora não adianta disfarçar. Você sabe algo sobre aquele espanhol e não quer revelar. Confie em mim, diga-me a verdade. Não vou te trair."

Huck mirou os olhos honestos do velho por alguns instantes, depois curvou-se e sussurrou em seu ouvido:
"Não é um espanhol. É Injun Joe!"
O senhor galês quase caiu da cadeira. Depois ele disse:
"Agora tudo faz sentido. Quando você falou sobre cortar o nariz e decepar as orelhas, achei que estava inventando, porque homens brancos não costumam fazer esse tipo de coisa. Mas Injun, sim! Agora a história muda de figura."
A conversa continuou durante o café da manhã. O velho contou que, na noite anterior, a última coisa que ele e os filhos fizeram antes de ir para a cama foi pegar uma lanterna e examinar o portão de entrada da casa da viúva, e todos os arredores, à procura de manchas de sangue. Eles não encontraram nenhuma mancha, mas resgataram um grande embrulho com...
"Com o quê?"
Se as palavras fossem relâmpagos, não sairiam tão rápido da boca de Huck. Seus olhos estavam arregalados, e sua respiração, suspensa, à espera da resposta. O velho senhor ficou surpreso, olhou de volta para o garoto e esperou três, cinco, dez segundos, para depois responder:
"Com ferramentas para assaltos. Mas qual o problema com você?"
Huck encostou-se na cadeira, ainda ofegante, mas agradecido pelo que acabara de ouvir. O velho olhou-o muito sério e curioso. Depois disse:
"Sim, ferramentas para assaltos. Parece que isso o deixou bastante aliviado. Mas por quê? O que você esperava encontrar?"
Huck estava sem saída – aquele olhar fixo pairava novamente sobre ele –, ele daria tudo por uma resposta plausível, mas nada veio à sua mente. O olhar do velho ficava cada vez mais profundo, uma resposta sem sentido veio à sua cabeça, e ele não tinha tempo para pensar, então resolveu se arriscar e dizer, sem muita convicção:
"Livros de religião, talvez."
O pobre garoto estava muito nervoso para sorrir, mas o velho riu alto e com vigor, sacudindo da cabeça aos pés, e depois disse que uma boa risada como aquela era melhor do que dinheiro, porque podia até curar doença, melhor do que qualquer médico careiro. Depois disse:
"Pobre garoto! Está pálido e cansado. Não é à toa que parece um pouco avoado e está falando coisas sem sentido. Mas em breve você

ficará melhor. Um bom descanso e algumas horas de sono resolverão seu problema, eu espero."

Huck ficou irritado por deixar transparecer que se empolgara com a história do embrulho. Sem querer, dera uma pista para que o velho pensasse que aquilo era um tesouro. Depois da conversa que ouvira entre os criminosos, ele concluiu que aquele pacote não deveria ser o tesouro, mas nunca teve certeza disso, e, portanto, a simples menção ao embrulho deixou-o nervoso. Porém aquele episódio o fez ficar mais tranquilo, pois agora ele tinha certeza de que aquele embrulho não continha o valioso prêmio que estava buscando. Na verdade, tudo parecia bem encaminhado: o tesouro deveria estar ainda no "Número Dois", os homens provavelmente seriam capturados e presos naquele mesmo dia, e finalmente ele e Tom poderiam pôr as mãos naquele ouro, sem contratempos e sem atrasos.

Assim que terminaram o café da manhã, alguém bateu à porta. Huck pulou da cadeira e procurou um esconderijo, pois não queria seu nome envolvido com os eventos recentes. Entraram na casa várias senhoras e alguns senhores, dentre eles a viúva Douglas. Pelo morro, subiam muitas outras pessoas, todas querendo ver o local onde o incidente ocorrera. A notícia se espalhou. Os galeses contaram a história para os visitantes. A viúva não conseguia expressar sua gratidão.

"Não há o que agradecer, senhora. Na verdade, há uma pessoa que merece toda a sua gratidão, mais até do que eu e meus garotos, mas ela não permite que eu diga seu nome. Nós não teríamos ido até lá se não fosse por ela."

Obviamente, aquele comentário despertou o interesse de todos. Tanto que virou o assunto principal da conversa. Porém os galeses mantiveram a sua promessa, e quase mataram todo o vilarejo de curiosidade. Depois de conversarem sobre todos os outros pormenores da história, a viúva disse:

"Eu fui para minha cama e adormeci lendo. Nem sequer ouvi os barulhos. Por que vocês não foram me acordar?"

"Achamos que não valia a pena incomodá-la. Sabíamos que aqueles dois não voltariam, pois estavam sem as ferramentas de trabalho. Então por que acordar e assustar a senhora com toda essa história? Meus três criados pretos ficaram vigiando a casa pelo resto da noite. Eles acabaram de voltar."

Mais visitantes chegaram, e a história foi contada e recontada por mais algumas horas.

Durante as férias, não havia aula de religião aos domingos, mas mesmo assim todos chegaram cedo à igreja. O incidente da noite anterior já era bem conhecido por todos. Até aquele momento, não havia nenhum sinal dos vilões. Ao fim da missa, a esposa do juiz Thatcher se aproximou da senhora Harper e perguntou:

"Será que a minha Becky vai dormir o dia todo? Imagino que ela esteja exausta."

"Sua Becky?"

"Sim", disse ela, com os olhos arregalados, "ela não dormiu na sua casa ontem?"

"Não, não dormiu."

A senhora Thatcher ficou pálida e caiu sentada em um banco da igreja. Nesse mesmo instante, tia Polly passou pelas senhoras, conversando distraidamente com uma amiga. Ela disse:

"Bom dia, senhora Thatcher. Bom dia, senhora Harper. Meu garoto ainda não apareceu. Imagino que Tom tenha ficado na casa de uma de vocês na noite passada. E agora deve estar com medo de vir à igreja. Tenho que conversar com este garoto."

A senhora Thatcher ficou mais pálida ainda.

"Não, ele não dormiu em nossa casa", disse a senhora Harper, que começara a ficar preocupada. Tia Polly também pareceu aflita.

"Joe Harper, você viu Tom nesta manhã?"

"Não, senhora."

"Quando o viu pela última vez?"

Joe tentou se lembrar, mas não sabia ao certo. As pessoas pararam de sair da igreja. Sussurros e tensão tomaram conta do público. Todas as crianças eram interrogadas, assim como os jovens. Ninguém soube dizer se Tom e Becky estavam a bordo na viagem de volta do piquenique; a noite estava escura, e ninguém teve a ideia de verificar se faltava alguém. Um jovem finalmente levantou a terrível hipótese de que eles pudessem estar perdidos na caverna ainda! A senhora Thatcher desmaiou, e a tia Polly caiu no choro, cobrindo o rosto com as mãos.

A notícia foi se espalhando boca a boca, grupo a grupo, rua a rua, e depois de cinco minutos o vilarejo todo já estava alarmado! O episódio de Cardiff Hill ficou em segundo plano, e os criminosos foram esquecidos. Logo as equipes de busca estavam prontas, com seus cavalos e suas embarcações a remo, e o grande barco a vapor também foi preparado. Em menos de meia hora, cerca de duzentos homens seguiram em direção à caverna.

Durante toda a tarde o vilarejo pareceu vazio e morto. Muitas mulheres visitaram a tia Polly e a senhora Thatcher, tentando confortá--las. Elas choravam também, e muitas vezes aquilo ajudava mais que as palavras. Passaram a noite esperando por notícias, mas, quando o sol nasceu, as únicas frases que vieram da equipe de busca foram "mandem mais velas", "mandem mais comida". A senhora Thatcher estava quase enlouquecendo, e a tia Polly não ficava atrás. O juiz, que ajudava na busca, enviava mensagens de esperança e de coragem da caverna, mas elas não animavam ninguém.

O velho galês chegou em casa de manhã, coberto de cera de vela e calcário, esgotado. Ele encontrou Huck na cama, ainda dormindo, delirando em consequência de uma forte febre. Os médicos estavam todos na caverna, então a viúva Douglas foi cuidar do paciente. Ela disse que faria o melhor possível e que não se importava de que o garoto fosse bom, mau ou qualquer outra coisa; ele era um filho de Deus, e não podia ser negligenciado. O velho galês comentou que Huck era um ótimo garoto, e a viúva disse:

"Eu acredito no que diz. As boas qualidades são o sinal das mãos de Deus, e tudo o que é obra de Deus traz esse sinal. Nada escapa."

No princípio da tarde, começaram a chegar ao vilarejo grupos de homens exaustos, mas alguns mais resistentes continuaram as buscas. Sabia-se apenas que haviam percorrido trechos remotos e nunca antes visitados da caverna, que todo canto escondido havia sido vasculhado e que, toda vez que alguém que estava vagando pelas câmaras via um facho de luz em algum outro ponto distante, emitiam-se gritos e disparavam-se tiros para o alto, mas nenhum deles era um verdadeiro sinal do aparecimento das crianças; eram

apenas manifestações de um grupo avistando o outro. Em um determinado ponto, muito além dos lugares conhecidos da caverna, foram vistos os nomes "BECKY & TOM" escritos na parede rochosa com cera de vela, e, perto dali, encontrou-se um pedaço de fita de cabelo, sujo de cera, que a senhora Thatcher reconheceu como um pertence da sua filha. Ela reconheceu a fita e começou a chorar com o objeto nas mãos. Disse que era a última relíquia que teria de sua pequena garota, e que nenhuma outra recordação seria tão preciosa, porque aquela fora a última que estivera junto dela antes que partisse para sempre. Alguns homens disseram que, a todo momento, na caverna, um grito cheio de glória clamava pelas crianças, e as tropas iam ao local, mas apenas se decepcionavam com o que encontravam. Era a luz de outros voluntários; e a cada vez que isso acontecia, diminuíam-se as esperanças.

Três dias e três noites intermináveis se passaram, e o vilarejo perdia a esperança a cada hora sem novas notícias. Ninguém tinha coragem para nada. Uma descoberta incidental foi feita durante o alvoroço. Na Taberna Temperance, foram encontradas bebidas alcoólicas; mas isso pouco impressionou o povo do vilarejo, apesar de a notícia ser muito impactante. Em um breve intervalo de lucidez, Huck fez uma referência ao assunto da taberna, perguntando de forma inocente se algo havia sido descoberto na taberna Temperance desde que ele ficara doente.

"Sim", disse a viúva.

Huck sentou-se na cama, de olhos arregalados:

"O quê? O que encontraram?"

"Bebidas alcoólicas! E a hospedaria foi fechada. Deite-se, querido. Que susto nos deu!"

"Só me diga uma coisa, por favor! Por acaso foi Tom Sawyer que encontrou tudo isso?"

A viúva caiu no choro.

"Vamos, vamos, garoto! Já te disse que não deve ficar falando. Você está muito, muito doente!"

Então de fato só tinham encontrado bebidas; o alarde seria muito maior se tivessem encontrado ouro. O tesouro havia desaparecido para sempre. Para sempre! Mas por que ela estaria chorando? Aquilo era muito estranho.

Esses pensamentos povoaram a mente de Huck, que adormeceu sem perceber, esgotado. A viúva pensou consigo:

"Isso, durma, pobre garoto. Tom Sawyer encontrou a bebida! Ah, quem me dera se alguém encontrasse Tom Sawyer! Infelizmente, poucos ainda têm esperança ou energia para continuar a procurar."

Capítulo XXXI.

Agora retornemos à história de Tom e Becky no piquenique. Eles caminharam junto ao restante da turma pelos sombrios corredores já conhecidos da caverna, admirando as famosas salas que já tinham até sido batizadas: "A sala dos desenhos", "A catedral", "O palácio do Aladim", entre outras. Pouco depois, teve início o animado jogo de esconde-esconde, e Tom e Becky entraram com entusiasmo na brincadeira, escondendo-se perfeitamente até ficarem entediados; então, desceram por uma galeria sinuosa, erguendo as velas para ler os infinitos nomes, as datas, os endereços e frases e versos que outras pessoas tinham escrito com cera de vela nas paredes rochosas. Sempre andando e conversando, eles mal perceberam quando chegaram a uma parte da caverna cujas paredes não tinham escrituras. Escreveram seus nomes em uma parede côncava e seguiram em frente. Chegaram então a um local que tinha um veio d'água que caía sobre uma espécie de degrau. A água carregava um pouco de sedimento de calcário, e aquela corrente de água esculpiu a pedra ao longo dos anos, de forma que ela lembrava as cataratas do Niágara. Tom espremeu seu pequeno corpo na parte de trás da galeria para iluminar o veio d'água e proporcionar à Becky uma visão privilegiada. Ele então descobriu que a galeria escondia uma espécie de escadaria natural e de paredes estreitas. Imediatamente aquela escadaria despertou no garoto um desejo de explorar um pouco mais.

Becky concordou; eles marcaram a parede com cera de vela para guiá-los na volta e seguiram caminho. Andaram de um lado para outro, descendo cada vez mais nas profundezas da caverna, fizeram outra marca de cera na parede e passaram por uma bifurcação, sempre em busca de novidades para contar quando retornassem à superfície. Em certo ponto, encontraram uma galeria espaçosa cujo telhado era repleto de estalactites brilhantes, do tamanho de uma perna humana; andaram por ali, admirando cada pequeno espaço, e saíram por uma das numerosas passagens da galeria. Pouco depois, chegaram a uma nascente de água cuja bacia estava repleta de cristais brilhantes que pareciam gotas de gelo; a nascente ficava dentro de uma galeria que tinha paredes sustentadas por imensos pilares que foram formados pela junção de estalactites e estalagmites, decorrentes de um contínuo gotejar que deve ter durado séculos. Morcegos descansavam no teto, agrupados, como se fossem grandes pacotes; as luzes os incomodavam, e eles vieram voando, às centenas, guinchando e lançando-se furiosamente contra as velas. Tom sabia que aquele comportamento era perigoso. Ele agarrou Becky pela mão e correu para o corredor mais próximo, mas ainda assim um morcego acertou a vela de Becky com a asa quase na saída da galeria. Os morcegos ainda os caçaram por uma boa distância; os dois entravam em toda pequena passagem que aparecia, até que finalmente conseguiram se livrar daqueles terríveis animais. Tom logo encontrou um lago subterrâneo que se estendia até que sua forma se perdesse nas sombras. Ele quis explorar suas bordas, mas concluiu que seria melhor se sentar e descansar um pouco antes. Então, pela primeira vez, o profundo silêncio do local foi percebido pelas crianças. Becky disse:

"Nem havia me dado conta, mas parece que faz muito tempo que não ouço a voz dos outros."
"É verdade, Becky, devemos estar bem abaixo deles, mas não sei se estamos ao norte, sul ou leste deles. Não podemos ouvi-los daqui."
Becky ficou apreensiva.
"Há quanto tempo estamos aqui embaixo, Tom? Melhor começarmos a voltar."
"Sim, acho que é melhor. Vamos voltar."

"Você sabe o caminho, Tom? Estou muito confusa."

"Acho que posso encontrar o caminho, mas me preocupo com os morcegos. Se eles apagarem nossas velas, estaremos encrencados. Vamos tentar voltar sem passar por lá."

"Tudo bem. Mas espero que não fiquemos perdidos. Seria horrível!" E a garota tremeu e sentiu medo só de pensar.

Saíram andando por um corredor, sempre em silêncio, olhando cada nova passagem, tentando lembrar se haviam passado por lá; porém tudo parecia estranho. Cada vez que Tom examinava as paredes e as passagens, Becky olhava para ele, em busca de algum sinal de otimismo. E o garoto dizia sorrindo:

"Ah, tudo bem. Esta ainda não é a certa, mas nós chegaremos lá!" Porém a cada fracasso ele se sentia menos esperançoso, e logo começou a arriscar as entradas aleatoriamente, desesperado para encontrar o caminho que levaria à saída. Ele ainda afirmava que tudo estava bem, mas havia certo pesar em seu coração, e as palavras pareciam na verdade significar "estamos perdidos!". Becky grudou em seu braço, tremendo de medo e fazendo força para segurar as lágrimas. Por fim, não as conteve e disse:

"Oh, Tom, vamos arriscar o caminho dos morcegos! Parece que estamos cada vez mais perdidos."

"Ouça!", disse ele.

Profundo silêncio. Tão profundo que era possível ouvir a própria respiração. Tom gritou. Sua voz ecoou pelas câmaras vazias e morreu em algum lugar distante, aos poucos, e o som do grito enfraquecendo parecia um riso de escárnio.

"Ai, Tom. Não faça isso novamente. É horrível", disse Becky.

"Sei que é horrível, mas é necessário, Becky; talvez eles nos ouçam", e gritou novamente.

Aquele "talvez" foi mais terrível que o grito, porque significava o fim da pouca esperança que restava. As crianças ficaram paradas, apenas ouvindo; mas nada aconteceu. Tom voltou à trilha anterior e andou acelerado. No entanto não demorou muito para que ele denunciasse, por meio de gestos indecisos, mais um triste fato à Becky: ele não sabia voltar!

"Ah, Tom, você não demarcou o caminho!"

"Becky, eu fui um tolo! Muito tolo! Nunca me ocorreu que uma hora iríamos querer voltar. Estou perdido. Estes caminhos são muito confusos!"

"Tom, Tom, estamos perdidos! Estamos perdidos! Nunca conseguiremos sair deste lugar horrível. Por que saímos de perto dos outros?" Ela se agachou e começou a chorar freneticamente, tanto que Tom chegou a temer que a garota fosse morrer ou perder a razão. Ele se sentou ao lado dela e abraçou-a; ela colocou a cabeça em seu ombro, segurou-o pelo braço e começou a revelar todos os seus temores e seus arrependimentos; mas os ecos levavam os sons e os transformavam em risos de escárnio. Tom tentou recuperar as esperanças animando a garota, mas ela disse que não tinha forças. Ele então começou a se punir e se sentir culpado por colocá-la em um situação tão desastrosa. Diante disso, a garota reagiu. Disse que ia tentar se animar, se levantar e segui-lo para onde quer que fosse; e que não iria mais se lamentar, pois a culpa era na verdade dos dois.

Então eles saíram caminhando novamente, sem nenhum senso de direção. A única coisa que podiam fazer era seguir andando. Por alguns instantes, a esperança pareceu voltar a seus corações – sem nenhum motivo específico, apenas pelo fato de que ela não desaparece facilmente para aqueles que são jovens e não têm familiaridade com o fracasso. De vez em quando, Tom pegava a vela de Becky e a apagava. Queria economizar, não era necessário explicar. Becky logo entendeu, e aquilo a fez perder as esperanças novamente. Ela sabia que Tom tinha uma vela inteira e mais alguns pedaços em seus bolsos, mas, ainda assim, queria economizar. Aos poucos, o cansaço foi começando a bater; eles tentavam se manter atentos e não queriam nem pensar em sentar, pois o tempo era agora precioso, e andar, em qualquer direção que fosse, era pelo menos um progresso que podia dar em algo; sentar seria como esperar a morte chegar.

Finalmente as pernas de Becky se negaram a levá-la adiante. Ela se sentou. Tom descansou com ela. Conversaram sobre suas casas, os amigos, as camas confortáveis e, acima de tudo, a luz! Becky chorou e Tom tentou encontrar alguma forma de confortá-la, mas todos os seus argumentos já haviam sido usados e a situação estava tão feia que tudo agora pareceria sarcasmo. A garota estava tão exausta que deitou-se e dormiu. Tom sentiu-se agradecido. Ele se sentou e observou o lindo rosto da garota, que ganhou traços ainda mais bonitos pela influência dos belos sonhos que devia estar tendo; ocasionalmente, ela até sorria. Aquele semblante tranquilo passou de alguma forma um sentimento de paz e de cura para o espírito do garoto, e seus pensamentos também foram em direção de coisas agradáveis. Depois de alguns minutos, Becky acordou com um sorriso no rosto, mas logo cerrou os lábios e se lamentou:

"Como pude dormir? Queria nunca mais ter acordado! Não! Não me olhe assim, Tom! Não direi isso novamente."

"Fico feliz que tenha dormido, Becky. Você recuperou suas energias, e nós encontraremos a saída agora."

"Podemos tentar, Tom, mas sonhei com um lugar tão belo... Acho que iremos para lá."

"Talvez, mas agora não. Anime-se, Becky, vamos continuar."

Eles se levantaram e caminharam de mãos dadas e com poucas esperanças. Tentaram calcular quanto tempo deveria fazer que estavam na caverna, mas tudo o que conseguiram concluir é que já pareciam dias, até semanas, embora soubessem que não era possível, porque, se fosse este o caso, já estariam sem velas. Depois de um longo intervalo – embora não soubessem dizer quanto –, Tom disse que eles deveriam andar levemente e procurar ouvir o barulho de gotas ou de água para tentar encontrar uma nascente. Eles acabaram encontrando uma, e Tom disse que era hora de um novo descanso. Ambos estavam muito cansados, mas Becky afirmou que podia andar mais um pouco. Para sua surpresa, Tom discordou. Ela não entendeu. Sentaram-se, e Tom

fixou a vela no chão com um pouco de terra. Ficaram pensativos, sem falar por alguns instantes. Então Becky quebrou o silêncio:
"Tom, estou com muita fome!"
Tom retirou algo de seu bolso.
"Você se lembra disso?", ele perguntou.
Becky quase sorriu.
"É nosso bolo de casamento, Tom."
"Sim, quisera eu que fosse tão grande quanto um barril, pois é tudo que temos."

"É o que sobrou do piquenique. Guardei-o para fazer como os adultos fazem com seus bolos de noivado, mas este vai ser o nosso..."
Ela parou de falar. Tom dividiu o bolo e Becky comeu com vontade, enquanto Tom mordiscou sua parte aos poucos. Havia muita água fresca para que eles bebessem. Minutos depois, Becky sugeriu que eles voltassem a andar. Tom ficou quieto por um momento e então disse:
"Becky, você poderia suportar algo que tenho a dizer?"
O rosto dela empalideceu, mas ela respondeu que achava que podia.
"Bem, Becky, nós devemos permanecer aqui, pois temos água para beber. Aquele é nosso último pedaço de vela!"
Becky voltou a chorar intensamente. Tom fez o possível para confortá-la, mas teve pouco êxito. Becky então disse:
"Tom!"
"Sim, Becky?"
"Eles sentirão nossa falta e virão nos buscar!"
"Sim, eles virão! Certamente!"
"Talvez já estejam nos procurando."
"Acho bem possível. Espero que estejam."

"Quando sentirão a nossa falta, Tom?"

"Acho que assim que voltarem ao barco."

"Tom, pode ser que esteja escuro. Será que mesmo assim perceberão nossa ausência?"

"Eu não sei. Mas, de qualquer forma, sua mãe notará sua ausência assim que as outras crianças chegarem ao vilarejo."

Becky lançou um olhar assustado para Tom, pois acabara de tomar consciência de que aquilo não era verdade. Ela não era esperada em sua casa naquela noite! As crianças ficaram em silêncio, pensativas. Uma nova crise de choro mostrou que Becky percebera que o problema era mais grave do que ela pensava. A ausência deles só seria notada durante a missa de domingo. Somente lá a senhora Thatcher descobriria que Becky não dormiu na casa da senhora Harper.

As crianças continuaram a observar o pedaço de vela derretendo lenta e impiedosamente; ela já estava com menos de dois centímetros de altura; depois, somente o pavio permanecia; a chama subia e descia, escalando a fina coluna de fumaça, até que finalmente se apagou. Reinava então a completa e terrível escuridão!

Quanto tempo Becky esteve meio inconsciente, a chorar nos braços de Tom, nenhum deles soube ao certo. Tudo o que sabiam era que, depois de um grande espaço de tempo, ambos acordaram de um sono agitado e voltaram a pensar em sua desgraça. Tom disse que achava que deveria ser domingo, ou talvez segunda-feira. Ele tentou fazer Becky falar, mas ela estava muito triste e depressiva. Tom comentou que, a essa altura, os homens do vilarejo já deviam ter iniciado as buscas por eles. Ele iria gritar, e talvez alguém o ouvisse agora. Ele tentou, mas, na escuridão, o eco era ainda mais triste, e ele desistiu de tentar novamente.

As horas foram se passando, até que a fome voltou a atormentá-los. Tom havia deixado ainda um pedaço de bolo como reserva; eles comeram o que restava, mas pareceram ficar ainda mais famintos. Aquelas migalhas só despertaram o apetite.

Passados alguns instantes, Tom disse:

"Shhh! Você ouviu isso?"

Ambos prenderam a respiração e apuraram os ouvidos. Ouviram um som que parecia um fraco grito, muito distante. Tom respondeu imediatamente e, segurando a mão de Becky, começou a tatear o corredor na direção de onde vinha o som. Então ouviram novamente, e dessa vez parecia um pouco mais próximo.

"São eles!", disse Tom. "Estão vindo! Venha, Becky, está tudo bem agora!"

A alegria das crianças era imensa. Porém eles andavam lentamente, porque havia buracos pelo caminho. Em um determinado ponto, tiveram que parar. Havia um buraco diante deles, e não era possível determinar sua profundidade. Poderia ser uma cratera imensa, de cerca de trinta metros. Tom deitou-se de bruços e estendeu o corpo para dentro da cavidade, mas não conseguiu tocar o fundo. Eles tinham que ficar lá e esperar pelo resgate. Continuaram a escutar, mas os gritos agora pareciam estar mais distantes! Minutos depois, não se ouvia mais nada. A tristeza era indescritível! Tom gritou até ficar rouco, mas de nada adiantou. Eles conversaram, esperançosos, mas não voltaram a ouvir som nenhum.

As crianças voltaram aos tropeços para a galeria da nascente. O tempo arrastou-se; dormiram outra vez e acordaram famintos e abatidos pela tristeza. Tom acreditava que devia ser terça-feira.

Então uma ideia lhe ocorreu. Havia alguns corredores laterais, bem próximos de onde estavam. Seria melhor explorar as outras galerias do que ficar parado lá sofrendo. Ele pegou uma linha de pipa do bolso, amarrou-a em uma saliência e saiu caminhando, junto com Becky, desenrolando a linha à medida que se moviam. Depois de vinte passos, o corredor chegou a um buraco. Tom se ajoelhou e tentou tatear o caminho, esticando-se pelo lado direito; justamente nesse momento, a cerca de vinte metros de distância, uma mão humana apareceu por trás da pedra, segurando uma vela! Tom gritou de felicidade, mas logo o dono da mão saiu de trás da pedra. Era Injun Joe! Tom ficou paralisado; não conseguia se mexer. No instante seguinte, suspirou aliviado ao ver o "espanhol" sair correndo. Tom pensou que talvez Joe tivesse reconhecido sua voz, e que então voltaria para matá-lo, por seu testemunho no tribunal. Mas talvez os ecos tenham também disfarçado sua voz. Sim, era bem provável, considerou ele. O medo enfraqueceu Tom. Seus músculos estavam cansados. Disse para si mesmo que, se tivesse força suficiente para voltar à nascente, ficaria lá, quieto, para não correr o risco de encontrar Injun Joe novamente. Becky não viu o criminoso, e Tom preferiu manter segredo. Disse que tinha gritado mais uma vez para arriscar.

Porém, com o passar do tempo, a fome e o cansaço superaram o medo. Outra longa espera e mais algumas horas de sono mudaram as convicções do garoto. As crianças acordaram com uma fome torturante. Tom imaginava que devia ser quarta, quinta ou sexta-feira. Ou até mesmo sábado. As buscas já deviam ter sido suspensas. Ele então propôs uma nova exploração em outra passagem. Estava disposto e enfrentar Injun Joe e os outros perigos. Becky estava muito fraca, apática, e não conseguia sequer levantar. Disse que queria apenas esperar onde estava até morrer, e que não iria demorar muito. Disse também que Tom podia ir explorar com a linha de pipa se quisesse; mas implorou ao garoto que voltasse sempre que possível para falar com ela. E por fim fez com que ele prometesse que, quando a hora chegasse, ele estaria a seu lado até que tudo estivesse acabado.

Tom beijou-a, com uma sensação estranha na garganta, e tentou mostrar-se confiante e disposto a encontrar as equipes de busca e sair da caverna; pegou a linha e saiu tateando pelas passagens, andando de quatro, morto de fome e de medo do que poderia acontecer.

Capítulo XXXII.

A tarde de terça-feira chegou ao fim, e o dia escureceu. O vilarejo de São Petersburgo continuava em luto. As crianças desaparecidas não haviam sido encontradas. Preces públicas foram feitas, e muitas orações particulares também; ainda assim, nenhuma boa notícia chegou da caverna. A maioria dos voluntários já havia desistido da busca e voltado a seus afazeres, certa de que as crianças nunca mais seriam encontradas. A senhora Thatcher estava muito doente, delirando a maior parte do tempo. As pessoas diziam que era de partir o coração ouvir a pobre senhora chamando por sua filha, levantando a cabeça, esperando uma resposta, e deitando novamente, gemendo de tristeza. Tia Polly ficara melancólica, e seu cabelo grisalho estava agora quase totalmente branco. O povoado foi dormir triste e desanimado na noite de terça-feira.

Na madrugada, os sinos do vilarejo começaram a tocar com muito vigor, e depois de alguns instantes as ruas estavam cheias de pessoas de pijama gritando freneticamente:

"Venham! Venham! Eles foram encontrados! Eles foram encontrados!"

Ouviam-se também latas batendo e cornetas soando; a população toda caminhava em direção ao rio, ao encontro das crianças, que vinham em uma carroça, puxada por moradores do vilarejo. O povo acompanhava as crianças, e logo formou-se uma grande marcha, que gritava e vibrava pela rua principal.

O vilarejo se iluminou e ninguém queria voltar para casa; era a noite mais feliz da história deles. Depois de meia hora, uma grande procissão chegou até a casa do juiz Thatcher. Todos beijavam e abraçavam a senhora Thatcher e as crianças. Poucos conseguiam falar; a maioria apenas deixava o choro fluir.

A felicidade da tia Polly era plena, mas a da senhora Thatcher ainda era incompleta. Ela esperava que um mensageiro contasse a boa-nova para seu marido, que ainda estava na caverna, para que ele finalmente voltasse para casa. Tom deitou-se em um sofá diante de um público ansioso. Ele contou toda a história de sua maravilhosa aventura, adicionando alguns detalhes que valorizaram a trama, e concluiu com uma descrição minuciosa de como ele havia deixado Becky na nascente e saído sozinho para explorar; como ele seguiu por dois grandes corredores até que sua linha de pipa acabasse;

como ele avistou ainda um terceiro corredor e estava quase voltando quando percebeu um pequeno brilho que parecia um facho de luz de sol, soltou o carretel de linha e saiu tateando na direção da luz, passou por um pequeno buraco e viu o rio Mississippi correndo perto dali!

Disse ainda que, se fosse noite, ele não avistaria nenhum ponto de luz e teria desistido de explorar aqueles corredores! Seguiu então explicando como voltou ao encontro de Becky e contou as boas notícias, e falou que a garota não acreditou nele e disse que estava cansada e sabia que ia morrer ali. Ele contou como convenceu-a pacientemente; e como ela quase morreu de felicidade quando chegou ao local e viu o facho de luz; depois ele saiu pelo buraco e ajudou a garota a sair; ambos se sentaram e choraram de felicidade; então avistaram alguns homens remando pelo rio. Tom acenou para eles e explicou toda a situação; os homens não acreditaram naquela história maluca porque eles estavam a cerca de oito quilômetros rio abaixo da entrada da caverna. Eles enfim subiram a bordo e levaram as crianças até a casa deles. Deram comida a eles e fizeram com que dormissem um pouco. Depois levaram os dois para casa.

Antes de o dia nascer, o juiz Thatcher e um grupo de homens que continuava com as buscas na caverna foram localizados pelos mensageiros, que lhes deram as boas notícias.

Três dias e três noites de cansaço e fome na caverna deixaram sinais difíceis de apagar. Tom e Becky perceberam isso rapidamente. Ficaram em repouso nos dois dias seguintes e, em vez de se recuperarem, pareciam estar cada vez mais cansados. Tom melhorou um pouco na quinta-feira, andou pelo vilarejo na sexta e estava praticamente recuperado no sábado, mas ficou em sua cama até domingo, e a sua aparência era a de uma pessoa se recuperando de uma séria doença.

Tom ficou sabendo que Huck estava doente e foi visitá-lo na sexta-feira, mas não pôde entrar no quarto; o mesmo ocorreu no sábado e no domingo. Por fim, pôde vê-lo na segunda-feira, mas ainda assim foi aconselhado a não falar sobre sua aventura e não discutir temas muito excitantes. A viúva Douglas acompanhou a visita para certificar-se de que as instruções eram seguidas. Quando voltou para casa, Tom ficou sabendo de toda a história de Cardiff Hill; soube também que o parceiro do "espanhol" foi encontrado morto, no rio, próximo do porto; provavelmente se afogou tentando fugir.

Quinze dias depois de ter sido resgatado da caverna, Tom foi visitar Huck novamente. Seu amigo já estava recuperado, pronto para ouvir todo tipo de história excitante, e Tom estava ansioso para lhe contar as novidades. A casa do juiz Thatcher ficava no caminho de Tom, então ele parou para visitar Becky também. O juiz e alguns amigos puxaram conversa com o garoto, e um deles perguntou ironicamente se Tom gostaria de voltar à caverna. Ele respondeu que não se importaria de ir até lá novamente. O juiz então disse:

"Bem, você não é o único, Tom, não tenho dúvidas sobre isso. Mas nós já cuidamos disso. Ninguém mais vai se perder naquela caverna."

"Por quê?"

"Porque coloquei uma grande porta de ferro em sua entrada, com uma fechadura tripla, cujas chaves estão em meu poder."

Tom empalideceu imediatamente.

"Qual é o problema, garoto? Alguém, por favor, traga um copo com água!"

Alguém trouxe água e jogou no rosto de Tom.

"Ah, agora me parece que você está bem. Qual é o problema, Tom?"

"Juiz, Injun Joe está na caverna!"

CAPÍTULO XXXIII.

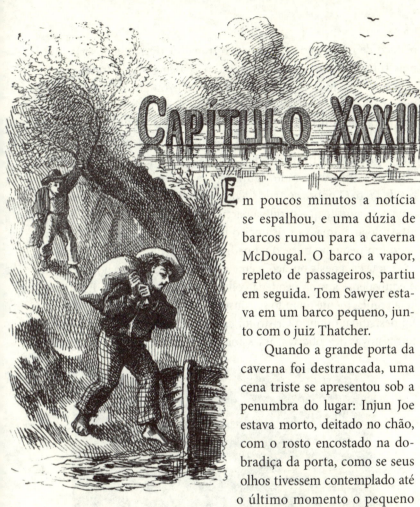

Em poucos minutos a notícia se espalhou, e uma dúzia de barcos rumou para a caverna McDougal. O barco a vapor, repleto de passageiros, partiu em seguida. Tom Sawyer estava em um barco pequeno, junto com o juiz Thatcher.

Quando a grande porta da caverna foi destrancada, uma cena triste se apresentou sob a penumbra do lugar: Injun Joe estava morto, deitado no chão, com o rosto encostado na dobradiça da porta, como se seus olhos tivessem contemplado até o último momento o pequeno facho de luz que para ele representava uma ligação com o mundo do lado de fora. Tom ficou comovido, pois sabia por sua própria experiência como o coitado devia ter sofrido. Apesar de lamentar-se, sentiu um grande alívio e concluiu que finalmente estava seguro. Desde que dera seu testemunho sobre o caso que envolvia aquele homem, no tribunal, vivia em uma constante agonia, que agora havia acabado.

A faca de Injun Joe estava a seu lado, e a lâmina, partida ao meio. A forte dobradiça da porta tinha marcas de corte. Este trabalho, tão difícil e tedioso, fora absolutamente inútil, porque a dobradiça estava fixada em um pedaço de rocha cuja parte maior ficava do lado de fora. O único dano causado fora na própria faca. No entanto, mesmo que o pedaço de rocha não estivesse lá, o trabalho ainda assim seria inútil, pois Injun Joe não conseguiria passar seu corpo pela fresta que iria se abrir. Concluiu-se então que ele só realizou aquele trabalho para passar o tempo, e talvez para tentar não perder o juízo. Era comum encontrar alguns pedaços de vela deixados pelos turistas, próximos da entrada da caverna; mas, dessa vez, não havia nenhum pedaço por ali. O prisioneiro tinha comido todos os que encontrou. Ele também tinha capturado e comido alguns morcegos, deixando somente as garras de lado. O pobre coitado havia morrido de fome. Perto dele havia uma estalagmite que surgiu a partir do gotejar de uma estalactite que estava logo acima. O prisioneiro havia quebrado a estalagmite e cavado um pequeno buraco na pedra. Exatamente a cada três minutos, uma gota caía neste buraco, e em cerca de vinte e quatro horas ele tinha o equivalente a uma pequena colher de água para beber. Essa gota já caía regularmente quando se construíram as pirâmides; quando Troia foi destruída; quando Cristo foi crucificado; guerras foram vencidas, terras novas descobertas, assassinatos cometidos, e lá estava a goteira.

As gotas estão caindo agora; e cairão talvez quando todas essas coisas se perderem na penumbra da história e forem engolidas pelo esquecimento. Será que tudo tem um propósito e uma missão? Será que aquelas gotas caíram pacientemente por cinco mil anos para enfim matar a sede de um pobre ser humano? E será que vão cumprir algum outro objetivo nos próximos dez mil anos? Isso não importa.

Já se passaram muitos anos desde que o bastardo esculpiu aquele recipiente para capturar as valiosas gotas, e até hoje os turistas observam a pedra pensativos; ela é hoje uma das principais atrações da caverna McDougal. O copo de Injun Joe é muito procurado; nem mesmo o "Palácio do Aladim" rivaliza com sua popularidade.

Injun Joe foi enterrado próximo à entrada da caverna; muitas pessoas foram até lá, em barcos e carros, de diversas cidades e fazendas da região. Muitos traziam os filhos, e alguns vinham com provisões para ficar por lá bastante tempo. Houve quem confessasse que estava tão satisfeito quanto ficaria em um eventual enforcamento do criminoso.

O funeral acabou pondo fim em algo que era, no mínimo, polêmico: uma petição endereçada ao governador para que Injun Joe fosse perdoado. O documento recebera muitas assinaturas; muitas reuniões dramáticas aconteceram, e um comitê de mulheres religiosas fora designado para ir até o governador implorar pelo perdão daquele criminoso, e para que sua acusação fosse arquivada. Injun Joe era acusado de ter matado cinco pessoas do vilarejo, mas que mal havia nisso? Ainda que fosse o próprio Satanás, sempre haveria alguém disposto a fazer uma petição pedindo seu perdão, e outros tantos que a assinariam e derramariam lágrimas pela infelicidade que o dito-cujo teve na vida.

Na manhã seguinte ao funeral, Tom chamou Huck a um local privado, para uma conversa importante. Huck tinha ouvido tudo sobre a aventura de Tom. O velho galês e a viúva Douglas se encarregaram de contar todos os detalhes. Porém Tom disse a seu colega que havia algo que ninguém poderia ter contado a ele, e era justamente sobre isso que ele queria falar. O semblante de Huck se entristeceu, e ele disse:

"Eu já sei do que se trata. Você foi até o Número Dois e não encontrou nada além de uísque. Ninguém me disse que foi você, mas eu imaginei que deveria ser, assim que ouvi sobre as bebidas alcoólicas; e também imaginei que você não havia encontrado as moedas, pois se tivesse encontrado daria um jeito de me contar, mesmo que não revelasse isso para mais ninguém. Tom, algo me dizia que nunca colocaríamos nossas mãos naquele tesouro."

"Não, Huck, não fui eu quem entregou o dono da taberna. Você se lembra de que, no sábado, quando fui ao piquenique, tudo estava bem? Você foi vigiar a taberna naquela noite."

"Ah, sim! Parece que faz mais de um ano. Foi justamente na noite em que segui Injun Joe até a casa da viúva."

"Você o seguiu?"

"Sim, mas é segredo. Aposto que Injun Joe deve ter deixado alguns comparsas por aí, e não quero ninguém me perseguindo. Se não fosse eu, ele estaria tranquilo, morando no Texas agora."

Então Huck contou toda a sua aventura para Tom, que só sabia da parte do velho galês até então.

"Bem", disse Huck, voltando ao assunto principal da conversa, "seja quem for que descobriu o uísque no Número Dois, encontrou também o tesouro. Como disse, ele nunca será nosso, Tom."

"Huck, o tesouro nunca esteve no Número Dois!"

"O quê?", Huck olhou para o amigo, impressionado. "Tom, você sabe onde está o tesouro?"

"Huck, está tudo na caverna!"

Os olhos de Huck brilharam.

"Fale de novo, Tom."

"O tesouro está na caverna!"
"Tom, fale sério agora. Você está certo disso?"
"Tenho certeza absoluta. Vamos até lá resgatá-lo?"
"Mas é claro que sim! Desde que tomemos cuidado para não ficarmos perdidos."
"Huck, podemos tomar todas as precauções possíveis antes de ir."
"Ótimo! Por que você acha que o tesouro está..."
"Huck, espere até chegarmos lá. Se não encontrarmos o tesouro, prometo te dar meu tambor e tudo mais que você quiser. Prometo."
"Tudo bem, combinado. Quando nós vamos?"
"Podemos ir agora, se quiser. Você já está recuperado?"
"Está muito lá dentro da caverna? Já estou melhor e posso caminhar, mas não sei se consigo percorrer longas distâncias, Tom. Acho que dois quilômetros é o máximo que consigo."

"O caminho convencional tem cerca de dez quilômetros, Huck, mas eu descobri um atalho que ninguém conhece. Se formos de barco, chegamos direto nessa entrada. Eu posso remar o barco na ida e na volta, você nem vai precisar se mexer."

"Então vamos partir, Tom."

"Tudo bem. Precisaremos de um pouco de pão, carne, nossos cachimbos, duas bolsas, uns três carretéis de linha e alguns daqueles palitos de fósforo que acabaram de inventar. Você não imagina como eu desejei um daqueles quando estava preso na caverna!"

Um pouco depois do meio-dia, os garotos pegaram emprestado um pequeno barco a remo de um cidadão (que nem ficou sabendo do empréstimo) e partiram. Depois de passar por diversos quilômetros a entrada da caverna Hollow, Tom disse:

"Você percebeu que a ribanceira deste lado do rio tem a mesma paisagem desde que passamos da caverna Hollow? Não há casas, arvoredos, arbustos. Nada. É tudo igual. Mas você consegue avistar aquela marca branca, próxima daquela parte em que a terra desabou? Aquela é uma das marcas que fiz. Temos que desembarcar aqui."

Atracaram.

"Agora, Huck, daqui nós podemos localizar o buraco pelo qual eu saí da caverna. Basta usar uma vara de pescar. Veja se consegue encontrá-lo."

Huck cutucou o chão por todos os lados, mas não encontrou o buraco. Orgulhoso e arrogante, Tom caminhou até uma moita muito densa e disse:

"Aqui está ele! Veja Huck; é o buraco mais bem disfarçado do país. Não conte a ninguém sobre ele. Sempre quis ser um ladrão, mas sabia que para isso precisaria de um esconderijo como este para me esconder em situações de emergência. Agora temos nosso local secreto! Não contaremos para ninguém, com exceção de Joe Harper e Ben Rogers, porque, obviamente, eles farão parte de nossa gangue. Sem gangue, não tem graça. A gangue do Tom Sawyer. Esplêndido, não é, Huck?"

"É sim, Tom. Mas quem nós vamos roubar?"

"Ah, pouca gente. Só faremos ataques-surpresa."

"E mataremos as vítimas?"

"Não todas elas. Podemos escondê-las na caverna e pedir um resgate em dinheiro."

"O que é um resgate?"

"Você pede dinheiro para devolver a vítima viva. As pessoas pedem empréstimos para todos os seus amigos para conseguir o dinheiro. Se, depois de um ano, eles não nos pagarem, matamos o refém. É assim que funciona. Só que não podemos matar as mulheres. Só podemos fazer com que fiquem caladas. Elas geralmente são belas e ricas e estão sempre com muito medo. Você pode pegar seus relógios e suas joias, mas tem sempre que tirar o chapéu e falar com educação e elegância. Os ladrões costumam ser muito educados. Leia qualquer livro e verá. As mulheres acabam se apaixonando por você e, depois de uma ou duas semanas na caverna, elas param de chorar e não querem mais ir embora. Você as leva para fora, mas elas voltam. É assim em todos os livros."

"Que legal, Tom. Acho que é ainda melhor do que ser pirata."

"Sim, de certo modo, é. Você fica perto de casa, pode ir ao circo, estas coisas..."

A esta altura tudo estava pronto, e os garotos entraram pelo buraco, com Tom mostrando o caminho. Seguiram até o fim do túnel, depois armaram suas guias com a linha e começaram a caminhar. Deram alguns passos e chegaram até a nascente. Tom sentiu um arrepio por estar novamente naquele lugar. Ele mostrou a Huck o resto de cera e o pavio da última vela que tinham e descreveu como ele e Becky observaram a chama diminuir e desaparecer.

Os garotos baixaram o tom da conversa e agora sussurravam, pois o ambiente era muito opressivo. Eles continuaram por outro corredor até que Tom finalmente encontrou o local que tinha a grande cratera. As velas revelaram agora que o buraco não era tão profundo, tinha cerca de seis ou sete metros de profundidade. Tom falou baixinho:

"Agora veja isso, Huck."

Ele levantou a sua vela um pouco e disse:

"Olhe para aquele canto, bem longe. Você consegue ver? Ali, naquela grande rocha, feita com cera de vela."

"Tom, é uma cruz!"

"E onde está o Número Dois? Embaixo da cruz, não é? Exatamente onde vi Injun Joe com a vela na mão, Huck!"

Huck ficou observando o símbolo místico por um momento e depois disse com uma voz assustada:

"Tom, vamos sair daqui!"

"O quê? E deixar o tesouro?"

"Sim, vamos deixá-lo. O fantasma de Injun Joe deve estar bem ali, tenho certeza."

"Não está, não, Huck. Ele deve estar vagando perto de onde morreu, na entrada principal da caverna, que fica a oito quilômetros daqui."

"Não, Tom, não está. Ele deve estar perto do tesouro. Conheço bem os fantasmas, e você também."

Tom começou a recear que Huck estivesse certo. Ele ficou um pouco confuso, mas então algo lhe ocorreu:

"Veja só, Huck, que tolos nós somos! O fantasma de Injun Joe não virá para cá por causa da cruz!"

O argumento era válido, e Huck aceitou-o.

"Tom, não tinha pensado nisso. É verdade. Que sorte a nossa de a cruz estar bem ali. Acho que devemos descer logo e procurar a caixa, então."

Tom desceu primeiro, caminhando com dificuldade sobre o calcário. Huck foi atrás dele. Quatro corredores saíam daquela pequena galeria. Os garotos examinaram três deles, sem encontrar nada. No último, próximo da base da rocha, avistaram uma pequena reentrância. Dentro dela havia uma placa de madeira, com cobertores, um velho suspensório, restos de bacon e alguns ossos de galinha. Mas nenhuma caixa. Os garotos vasculharam todo o local, mas o esforço foi em vão. Tom disse:

"Ele falou que estaria debaixo da cruz. Imagino que seja bem aqui. Não pode estar debaixo da rocha porque ela está fixa e sólida no chão."

Procuraram por todos os cantos mais uma vez e depois sentaram-se desanimados. Huck não conseguia pensar em nada. Após alguns instantes, Tom disse:

"Veja, Huck, há pegadas e cera de vela no chão deste lado da pedra. Nos outros cantos não há nada. Por que será? Aposto que o tesouro está debaixo da rocha. Vou cavar bem aqui."

"Não é má ideia, Tom!", disse Huck, animado.

O canivete Barlow de Tom foi retirado do bolso e, depois de cavar cerca de dez centímetros, bateu em alguma coisa de madeira.

"Você ouviu isso, Huck?"

Huck começou a cavar também. Algumas placas de madeira foram sendo retiradas e acabaram revelando uma pequena fenda que ia para debaixo da rocha. Tom se debruçou para dentro da fenda e esticou o braço com a vela para tentar iluminar o seu interior, mas não conseguiu enxergar nada. Decidiu então explorar o interior da fenda. Dobrou o corpo, entrou pela estreita passagem e começou a descer lentamente. Seguiu pelo caminho sinuoso, com Huck bem atrás dele. Tom fez uma curva fechada e logo exclamou:

"Meu Deus, Huck, olhe aqui!"

Era a caixa do tesouro com toda a certeza. Estava em uma pequena cavidade, junto com um barril de pólvora vazio, dois estojos de arma de couro, dois ou três pares de sapato, um cinto de couro e outras quinquilharias encharcadas pelas goteiras.

"Conseguimos, finalmente!", disse Huck, mergulhando sua mão nas moedas. "Estamos ricos, Tom!"

"Huck, sempre achei que iríamos conseguir. É bom demais para ser verdade, mas nós conseguimos mesmo! Não vamos perder tempo aqui. Deixe-me tentar levantar esta caixa."

Tinha cerca de vinte quilos. Tom conseguiu levantá-la, mas percebeu que não conseguiria carregá-la por todo o caminho.

"Eu bem que imaginei", disse ele. "Quando eles a carregaram, no dia da casa mal-assombrada, eu percebi que era pesada. Ainda bem que me lembrei de trazer as sacolas."

O dinheiro foi logo transferido para as sacolas, e os garotos saíram em direção da rocha com a cruz.

"Agora vamos buscar as armas e as outras coisas", sugeriu Huck.

"Não, Huck. Melhor deixá-las lá. Elas serão úteis quando começarmos a roubar. Vamos deixá-las lá para sempre. Faremos nossas orgias lá também. É um ótimo local para orgias."

"O que são orgias?"

"Eu não sei. Mas os ladrões sempre fazem orgias. Por isso temos que fazê-las também. Venha, Huck, já faz muito tempo que estamos aqui. Está ficando tarde e eu estou com fome. Vamos comer e pitar quando chegarmos ao barco."

Depois de alguns minutos, os garotos emergiram do buraco escondido nos arbustos. Observaram os arredores e depois correram para a beira do rio. Logo estavam lanchando e pitando seus cachimbos no barco. Quando o sol começou a baixar no horizonte, eles partiram. Tom remou rio acima, observando o dia escurecer e conversando alegremente com Huck. Eles atracaram no início da noite.

"Agora, Huck", disse Tom, "vamos esconder o dinheiro debaixo do telhado da casa da viúva. Amanhã de manhã vou te visitar lá. Assim podemos contar o dinheiro e dividi-lo. Depois procuramos algum lugar na floresta para que possamos escondê-lo com segurança. Agora fique aqui e vigie tudo; eu vou até a casa de Benny Taylor para pegar um carrinho de mão. Volto em menos de um minuto."

Ele desapareceu e logo voltou com o carrinho de mão. Colocou as duas sacolas dentro dele, cobriu-as com alguns panos velhos e saiu andando, levando sua carga. Quando chegaram à casa dos galeses, pararam para descansar um pouco. Quando estavam prestes a sair novamente, o velho saiu da casa e disse:

"Olá! Quem está aí?"

"Huck e Tom Sawyer."

"Bom! Venham comigo, rapazes. Estão todos esperando. Vamos, rápido, corram para cá. Eu carrego o carrinho para vocês. Ei, não está tão leve quanto pensei. O que estão carregando? Tijolos? Metais?"

"São metais", disse Tom.

"Foi o que imaginei. Vocês garotos preferem sair por aí caçando pequenos pedaços de ferro velho para vender para a fundição do que arrumar um trabalho de verdade e ganhar muito mais dinheiro. Mas é assim que é. Agora, vamos, depressa, depressa!"

Os garotos quiseram saber o porquê da pressa.

"Não se preocupem com isso, vocês saberão quando chegarmos à casa da viúva Douglas."

Huck respondeu com apreensão, pois já fora injustamente acusado antes:

"Mas, senhor, nós não fizemos nada."

O galês sorriu.

"Bem, não estou certo disso, pequeno Huck. Não estou certo disso. Você e a viúva são muito amigos, não é?"

"Sim. Ela tem sido muito boa comigo."

"Então está tudo bem, não é? Por que ter medo?"

Aquelas perguntas não tranquilizaram o espírito de Huck. Ele e Tom foram levados até a sala de estar da senhora Douglas. O velho galês deixou o carrinho de mão próximo da porta e seguiu os meninos.

O ambiente estava bem iluminado, e muita gente da vila estava presente. Toda a família Thatcher, os Harpers, os Rogers, tia Polly, Sid, Mary, o padre, o jornalista, e muita gente importante, todos muito bem-vestidos. A viúva recebeu os garotos calorosamente, como sempre, apesar de eles estarem imundos e cobertos de cera de vela. A tia Polly corou de vergonha, fuzilando Tom com um olhar reprovador. Mas ninguém ali estava sofrendo mais que os dois garotos. Então o senhor Jones disse:

"Tom ainda não havia chegado. Voltando para cá, encontrei com ele e Huck parados em frente à minha casa, então peguei os meninos e viemos correndo para cá."

"E fez muito bem", disse a viúva. "Venham comigo, garotos."

Ela os levou até um quarto e disse:

"Agora lavem-se e vistam-se. Há roupas novas para vocês: camisas, meias, tudo. Estas roupas pertencem agora a Huck. Não precisa agradecer, Huck. Eu comprei um conjunto e o senhor Jones comprou o outro. Mas, agora, cada um de vocês pode vestir um conjunto. Estaremos esperando vocês descerem depois que estiverem arrumados."

E então saiu.

Capítulo XXXIV.

Assim que a viúva saiu, Huck disse:

"Tom, podemos fugir se arranjarmos uma corda. A janela não é tão alta."

"Mas por que você quer fugir?"

"Bem, não estou acostumado com tanta gente. Não suporto isso. Não vou descer novamente."

"Não se preocupe! Não deve ser nada! Eu não estou nem aí. Vamos descer, e eu cuido de você."

Sid entrou no quarto.

"Tom", disse ele, "a tia ficou esperando você a tarde inteira. Mary preparou seus trajes de domingo, e todos estavam preocupados com você. Por acaso esta sujeira em sua roupa é calcário e cera?"

"Isto, senhor Siddy, não é da sua conta. E o que está acontecendo aqui, afinal?"

"É uma festa oferecida pela viúva. Ela tem dado muitas festas. Esta é para os galeses, em agradecimento por eles a terem salvado do perigo naquela noite terrível. E posso te dizer outra coisa, se quiser saber."

"Sim, o quê?"

"O senhor Jones iria revelar um segredo para as pessoas daqui da festa hoje. Mas eu o escutei contando tudo para a tia mais cedo, e acho que agora a notícia não é mais segredo. Quase todo mundo já sabe. A viúva já sabe, apesar de estar disfarçando. E o senhor Jones fizera questão de contar com a presença de Huck, pois, sem ele aqui, não revelaria segredo algum!"

"E qual é o segredo, Sid?"

"Sobre Huck ter seguido os criminosos até aqui naquele dia. Acho que o senhor Jones queria fazer disso uma grande surpresa, mas tenho a impressão de que vai ser decepcionante."

Sid deu um leve sorriso de satisfação.

"Sid, foi você que contou a todos?"

"Não importa quem contou. Alguém contou, e isso já basta."

"Sid, só uma pessoa deste vilarejo seria mesquinha o suficiente para fazer esse tipo de coisa, e esta pessoa é você. Se em vez de Huck fosse você naquele dia, estou certo de que sairia correndo morro abaixo sem contar nada sobre os criminosos a ninguém. Você só sabe fazer intriga e não suporta quando alguém é premiado por ter feito algo bom. Tome isto e, como diz a viúva, não precisa agradecer." Tom deu um tapa na orelha de Sid e colocou-o para fora do quarto aos pontapés. "Agora vá contar tudo para a tia, se tiver coragem. Amanhã tem mais!"

Alguns minutos depois, os convidados da viúva sentaram-se à mesa de jantar e uma dúzia de crianças se acomodou em pequenas mesas, no mesmo ambiente, como era de costume na época. Em um momento apropriado, o senhor Jones fez seu pequeno discurso, agradecendo à viúva pela honra em nome dele e de seus filhos, mas disse que havia lá outra pessoa, cuja modéstia...

E assim por diante. Ele revelou a participação de Huck na aventura de maneira dramática no momento mais emocionante do discurso, mas a surpresa dos convidados não foi tão clamorosa e efusiva quanto ele esperava. A viúva, por sua vez, fez uma excelente representação e dirigiu tantos elogios e agradecimentos ao garoto que este quase se esqueceu do grande desconforto causado pelas roupas novas e do ainda maior incômodo que sentia ao ser o centro das atenções e ser elogiado e cumprimentado por todos.

A viúva disse que pretendia dar a Huck abrigo em sua casa e lhe proporcionar uma educação, e que, quando pudesse e tivesse o dinheiro, o empregaria em algum negócio. A chance de Tom havia chegado. Então ele disse:

"Huck não precisa disso. Ele é rico."

Nada além da educação e da elegância dos convidados impediu que o comentário do garoto fosse seguido de fartas risadas, pois aquilo só podia ser uma piada. No entanto Tom logo quebrou o constrangedor silêncio, dizendo:

"Huck tem dinheiro. Talvez não acreditem, mas ele tem muito dinheiro. Vocês não precisam acreditar em mim, eu posso lhes mostrar. Esperem um minuto."

Tom correu para fora da casa. Os convidados entreolhavam-se, perplexos e curiosos. Huck era observado por todos, mas permanecia calado.

"Sid, do que Tom está falando?", perguntou a tia Polly. "Não consigo entender esse garoto. Eu nunca..."

Tom então voltou, carregando as duas pesadas sacolas, e tia Polly não conseguiu terminar sua frase. Tom derramou o monte de moedas douradas na mesa e disse:

"Aí está. Eu não disse? Metade disto pertence a ele. A outra metade é minha!"

Os convidados perderam a respiração. Todos olhavam admirados, sem pronunciar uma palavra sequer. Todos queriam uma explicação. Tom afirmou que podia explicar, e foi o que fez. A história era longa, mas muito interessante. Quase não houve interrupções, ninguém queria atrapalhar o fluxo de informações. Ao fim da explanação, o senhor Jones disse:

"E eu achando que tinha reservado uma surpresa para este evento. Depois de tudo isso, minha revelação parece notícia cotidiana, devo reconhecer."

O dinheiro foi contado. O total ultrapassava doze mil dólares. Era mais dinheiro do que qualquer um ali presente havia visto antes de uma vez só – muito embora alguns convidados daquela festa tivessem aquela quantia em propriedades, talvez até mais.

Capítulo XXXV

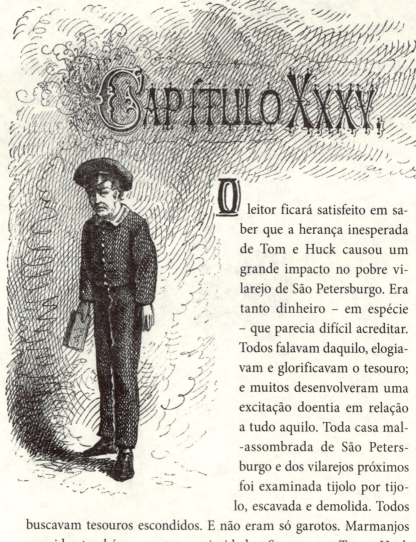

O leitor ficará satisfeito em saber que a herança inesperada de Tom e Huck causou um grande impacto no pobre vilarejo de São Petersburgo. Era tanto dinheiro – em espécie – que parecia difícil acreditar. Todos falavam daquilo, elogiavam e glorificavam o tesouro; e muitos desenvolveram uma excitação doentia em relação a tudo aquilo. Toda casa mal-assombrada de São Petersburgo e dos vilarejos próximos foi examinada tijolo por tijolo, escavada e demolida. Todos buscavam tesouros escondidos. E não eram só garotos. Marmanjos crescidos também caçavam preciosidades. Sempre que Tom e Huck apareciam publicamente, eram cortejados e admirados por todos. Os garotos não se lembravam de ser citados por suas frases antes de tudo aquilo, mas, agora, pareciam grandes sábios, e tudo o que falavam era repetido em verso e prosa; tudo o que faziam parecia um ato heroico, nada mais era besteira; além disso, todas as travessuras do passado eram agora tratadas como traços de uma personalidade notável. O jornal local publicou até uma pequena biografia dos rapazes.

A viúva Douglas aplicou o dinheiro de Huck com um rendimento de seis por cento, e, a pedido da tia Polly, o juiz Thatcher fez o mesmo com a fortuna de Tom. Cada garoto tinha a sua renda, que era incrível: um dólar por dia, durante a semana, e meio dólar aos domingos. Era o mesmo que ganhava o padre – na verdade, era o que lhe fora prometido; ganhar era outra história. Naquela época, um dólar e um quarto por semana era dinheiro suficiente para pagar a estadia, a comida e a educação de um garoto e ainda vesti-lo e pagar alguém para cuidar de sua roupa.

O juiz Thatcher admirava o pequeno Tom. Ele afirmava que um garoto qualquer nunca teria conseguido salvar sua filha daquela caverna. Quando Becky contou a seu pai, em segredo, que Tom havia sido castigado em seu lugar na escola, o juiz ficou visivelmente comovido; e depois, quando ela explicou em detalhes a mentira que Tom contou ao professor para garantir que a culpa caísse sobre ele, livrando assim Becky de qualquer punição, o juiz não poupou elogios ao garoto. Disse que aquela atitude era magnânima e generosa e que aquela era uma mentira que valia a pena. Disse ainda que o garoto era tão bom que merecia um desfile em sua homenagem! Becky constatou que seu pai nunca lhe tinha parecido tão alterado nem tão soberbo como quando disse tudo aquilo, caminhando pela casa batendo os pés firmemente no chão. Ela foi logo contar tudo para Tom.

O juiz Thatcher esperava que um dia Tom se tornasse um grande advogado, ou um grande militar. Ele disse que até ajudaria Tom a ser admitido nas forças militares do exército, e depois o encaminharia para as melhores escolas de direito do país, para que pudesse escolher uma carreira ou outra, ou talvez as duas.

A fortuna de Huck Finn e o fato de ele estar agora sob a guarda da viúva Douglas deram a ele acesso à sociedade – na verdade, lançou o garoto para dentro dela –, e aquilo para ele era um sofrimento. Os empregados da viúva o mantinham limpo e asseado, penteado e escovado, e colocavam-no para dormir em uma cama com lençóis limpíssimos, sem uma manchinha sequer para que ele se lembrasse dos tempos antigos. Tinha de comer com garfo e faca, usar guardanapo, xícara e prato; tinha de estudar, ler livros, ir à igreja; tinha de falar corretamente, e por isso quase não falava; por onde quer que andasse, estava cercado de exigências da civilização que o deixavam com pés e mãos atados.

Suportou bravamente todas essas exigências durante três semanas, depois, desapareceu. Por quarenta e oito horas a viúva procurou-o por todos os cantos, desesperada. Todo o povo ficou muito preocupado; procuraram por todo o vilarejo e até dragaram o rio em busca de seu corpo. Depois de três dias de seu desaparecimento, Tom Sawyer, sabiamente, começou a procurá-lo dentro de alguns barris vazios que ficavam atrás do matadouro e, em um deles, encontrou o fugitivo. Huck havia dormido lá; tomara um café da manhã composto de itens furtados e restos de comida e estava agora tranquilo, pitando seu cachimbo. Estava sujo e despenteado e vestido com os mesmos trapos que fizeram dele aquela figura pitoresca, livre e feliz de outrora. Tom tirou-o de lá, contou-lhe todo o problema que estava causando e insistiu para que voltasse para a casa da viúva. O semblante de Huck perdeu a expressão tranquila e ficou melancólico. Então ele falou: "Não me diga isso, Tom. Eu tentei, mas não deu certo; não deu certo mesmo. Aquilo não é para mim. Não estou acostumado. A viúva é boa para mim, mas não suporto aqueles hábitos. Ela me acorda no mesmo horário todos os dias, me obriga a tomar banho, escova meu cabelo; ela não me deixa dormir no telhado; tenho que vestir aquelas malditas roupas que me apertam, Tom; parece que o ar não passa por elas; e elas são tão lindas e novas que nem sequer posso me sentar, deitar ou rolar no chão; parece que não sento em uma soleira de porta há séculos; tenho que ir à igreja e ficar suando, suando – e eu odeio aqueles sermões! Não posso sequer brincar com uma mosca quando estou lá. Tenho que usar sapatos no domingo. A viúva usa um sino para indicar a hora de comer, de ir para cama, de acordar – tudo é tão controlado que não posso aguentar".

"Mas todo mundo faz isso, Huck."

"Tom, isso não me importa. Eu não sou todo mundo, e não suporto tudo isso. É horrível, é como estar preso. Começo a resmungar sem motivo, e não tenho interesse em viver. Preciso pedir permissão para ir pescar, para ir nadar, para fazer qualquer coisa! Sempre preciso ter autorização. Tenho que falar corretamente, e isso é muito chato! Toda hora tenho que subir no sótão para mascar um pouco de fumo, senão não aguentaria, Tom. A viúva não me deixa pitar, não me deixa gritar, bocejar, espreguiçar e nem me coçar na frente dos outros..." E, com um repentino espasmo de irritação, ele continuou: "E o pior de tudo é que ela reza o tempo todo! Nunca vi algo assim! Eu tive que fugir, Tom. Simplesmente, tive. Além disso, logo mais começam as aulas, e eu teria que ir para a escola. Não aguentaria isso, Tom. Veja, ser rico não é tão legal assim. É preocupação atrás de preocupação, e a gente fica suado o tempo todo, e deseja estar morto. Estas roupas e este barril é que são bons! Não vou deixá-los nunca mais. Tom, eu não teria me metido em todos estes problemas se não fosse por aquele dinheiro; quero que você fique com a minha parte e me dê alguns centavos de vez em quando. Mas não sempre, porque não ligo a mínima para coisas caras ou difíceis de se conseguir. Agora vá até lá e peça perdão à viúva em meu nome."

"Ah, Huck, você sabe que não posso fazer isso. Não é justo. Além do mais, se insistir um pouco em tudo isso, vai começar a gostar."

"Gostar? Só falta me dizer que eu gostaria de me sentar em um fogão, se insistisse um pouco. Não, Tom, não quero ser rico, e não quero viver nessas malditas casas sufocantes. Eu gosto da floresta, do rio, dos barris, e vou ficar com eles. Não me importo com o resto! Já temos armas e um esconderijo na caverna, tudo pronto para começarmos a roubar. Não quero que essas besteiras atrapalhem nosso plano!"

Tom enxergou uma oportunidade:

"Veja bem, Huck, ser rico não vai me impedir de me tornar um ladrão."

"Não? Você jura, Tom?"

"Juro por tudo o que há de mais sagrado. Mas, Huck, nós não poderemos deixar você entrar para a gangue se não for um homem respeitável, entende?"

Huck hesitou.

"Não poderei entrar, Tom? Mas você me convidou para ser pirata!"

"Sim, mas aquilo era diferente. Um ladrão tem mais classe que um pirata. Em alguns países, eles têm títulos de nobreza, como duques."

"Mas, Tom, você sempre foi meu amigo! Não vai me descartar agora, não é? Justamente agora!"

"Huck, eu não quero fazer isso, mas o que os outros vão dizer? Aposto que vão desdenhar da gangue do Tom Sawyer porque ela tem membros de baixo nível. E estarão falando de você, Huck. Aposto que não gostaria disso, não é?"

Huck ficou em silêncio por alguns instantes, pensando nas palavras de Tom. Finalmente disse:

"Está bem. Vou voltar para a casa da viúva e ficar lá por um mês, para ver se consigo me adaptar, mas só se você me aceitar na gangue, Tom."

"Ótimo, Huck, combinado! Venha, meu camarada, vou pedir à viúva que te dê um pouco mais de liberdade."

"Você vai, Tom? Que bom. Espero que ela aceite me dispensar de algumas coisas. Ainda posso pitar e xingar escondido de vez em quando. Quando vamos juntar a gangue e começar a roubar?"

"Imediatamente. Vamos reunir os garotos e fazer a iniciação. Se possível, hoje à noite."

"Fazer o quê?"

"A iniciação."

"E o que é isso?"

"É jurar que iremos defender uns aos outros, e nunca revelar os segredos da gangue, mesmo que formos torturados. E também jurar que mataremos aqueles que nos atacarem, junto com todos os seus familiares."

"Que legal! Isso é muito legal, Tom."

"Pode apostar que sim. E os juramentos têm que ocorrer à meia-noite, em um local isolado e tenebroso. Uma casa mal-assombrada seria o melhor local, mas todas elas estão destruídas agora."

"Em todo caso, meia-noite é um bom horário, Tom."

"Sim, é mesmo. Temos que jurar sobre um caixão e assinar com sangue."

"É assim que se fala! Isso é muito mais legal do que ser pirata! Vou ficar com a viúva para sempre, Tom; e tenho certeza de que ela ficará feliz de ter me tirado das ruas e me educado se eu me tornar um ladrão conhecido, e se todos falarem de mim."

Conclusão

Chegamos então ao fim desta crônica. Sendo esta a história de um garoto, deve terminar aqui; do contrário, começaria a ser a história de um homem. Quando escrevemos um romance sobre adultos, sabemos exatamente a hora de parar – essa hora é o casamento; mas quando escrevemos sobre crianças, devemos parar no melhor momento possível. Quase todos os personagens deste livro ainda estão vivos, e vivem felizes e prósperos. Talvez um dia seja interessante contar as histórias de algumas outras crianças dessa trama, e saber que tipo de homem ou mulher elas se tornaram; por esse motivo, é prudente não revelar a identidade de ninguém por enquanto.

Este livro foi impresso pela Gráfica Rettec
em fonte Minion Pro sobre papel Pólen Bold 70g/m²
para a Edipro.